W0464149

DROEMER

ROBERT KISCH

VATERKIND

EIN TATSACHENROMAN

DROEMER

Besuchen Sie uns im Internet:
www.droemer.de

FSC
www.fsc.org
MIX
Papier aus verantwortungsvollen Quellen
FSC® C083411

Originalausgabe April 2017
Droemer Taschenbuch

Ein Imprint der Verlagsgruppe
Droemer Knaur GmbH & Co. KG, München

Redaktion: Antje Steinhäuser
Covergestaltung: NETWORK! Werbeagentur, München
Coverabbildung: plainpicture / Schiesswohl
Satz: Nadine Clemens, München
Druck und Bindung: CPI books GmbH, Leck
ISBN 978-3-426-30586-7

2 4 5 3 1

1

Es gibt eine zweite Begegnung. Nach jeder Trennung.

Erstaunlicherweise meist in kurzem Abstand danach.

Lisa fällt mir zum Beispiel ein, wir hatten uns fünf Tage nicht gesehen, *auf ewig getrennt,* aber ich erkannte ihr Lachen im dunklen Kino sofort. Bei jedem Gag, neunzig Minuten lang; ununterbrochen. Wir saßen nur zwei Reihen voneinander entfernt: Ich in würgender Anspannung und verschwitzter Fluchtposition, während sie lachte und in einer Popcorn-Packung wühlte, aus der sie mit meditativer Bedächtigkeit knusprige Steinformationen sortierte, die sie übertrieben deutlich zerkaute.

Aber mich beschäftigt zurzeit mehr noch eine mögliche, schicksalhafte dritte Begegnung, und zwar die nach *längerer* Zeit.

Ich habe nämlich auch Charlotte wiedergesehen (zweite Begegnung). Heimlich. Sie hat mich nicht registriert. Ich denke immer wieder an sie, schreibe immer wieder darüber, nach unserer Zeit in Marburg, und ich kann sie nicht vergessen.

Charlotte trug ein buntes, ornamentreiches Kleid, ungewöhnlich eigentlich für sie, und passend dazu eine Handtasche, die mit dem gleichen Stoff bezogen war. Sie parkte ein Fahrrad mit Kindersitz auf dem Gepäckträger an einem mehrstöckigen Gebäude, das vollständig von einem Baugerüst und Kränen umgeben war. Gegenüber eine alte Kirche; die Glocken läuteten. Und irgendwie saugten und filterten die Bleche und Metalle der Umzäunung den Glockenklang an und wandelten ihn in asiatisch anmutende Bambusflötentöne. Wie ein Traumfänger im Wind. Dabei rutschte mir plötzlich auch noch meine Armbanduhr abwärts, bis aufs Handgelenk. Früher, als ich noch eine Uhr mit einem Metalldruckverschluss getragen habe, ist mir das häufiger passiert, weil ich einerseits dünne Handgelenke habe, andererseits der Verschluss dauernd versagte.

Es war schön.

Ihre Schwangerschaft hat uns auseinandergebracht.

Ein Kind verändert alles.

*

Ich muss immer wieder an diese Begegnung mit Charlotte denken, weil ich soeben Felix *übergeben* habe, wie es so schön heißt. Nein, gar nicht schön. Die Stille danach ist grausam. Die Leere.

In dem Moment, als ich den Wagen starte, höre ich eine Feuerwehrsirene. Möglicherweise auch einen Polizeiwagen. Felix achtet immer genau auf den Klang und kann exakt vorhersagen, ob gleich ein Polizei- oder ein Krankenwagen um die Ecke fährt. Manchmal rennt er auch zum Wohnzimmerfenster und beobachtet den Weg der Sirene. All das vermisse ich jetzt.

Ich fahre in meine Wohnung zurück, weg vom Haus seiner Mutter, und bilde augenblicklich aus ungewöhnlichen Autokennzeichen Sätze, so wie ich das normalerweise gemeinsam mit Felix mache, wenn wir zusammen unterwegs sind. Und augenblicklich halte ich auf dem Parkplatz des örtlichen Bekleidungshauses nach vertrauten Autos Ausschau, die hier täglich parken, weil ihre Halter in dem Haus arbeiten. Das ist auch so ein Papa-Sohn-Spiel.

Und falls ich es bis dahin immer noch nicht begriffen hätte, dass ich wegen Felix weit abseits der Metropolen in der Provinz gelandet bin, dringt aus einem Fenster das Klappern einer Schreibmaschinentastatur. Das beinahe archetypische Klingeln, das Ratschen am Zeilenende; rhythmisch. So weit weg, denke ich, dieses Geräusch und dieser Ort, und dann doch noch so vertraut. Aber völlig entfernt. Völlig absurd. Das Gefühl, dass sich doch noch jemand um sein Leben schreibt.

*

Im Prinzip ist das ein Liebesroman.

Aber was ist Liebe?

An dieser Stelle lachen Zyniker vermutlich zum ersten Mal. *Was für ein Hohlkopf!* Aber es beschäftigt mich tatsächlich. Ernsthaft.

Wenn ich an Charlotte denke, wie so oft, dann erinnere ich mich an dieses besondere Gefühl, beim Küssen, ich erinnere mich an die besondere Schwärze einer Nacht, irgendwo in Bayern, umzingelt von Tausenden Sternenklecksen, auf einem gefährlich morschen Holzsteg, während ich, eingepfercht zwischen schlierigem Mond, oben, und Nebelschwaden aus dem Fluss, zu unseren Füßen, abwechselnd ihre warmen Augenlider und ihre nieselkalten Wangen küsste. Jeder Blick, jeder Gedanke war dabei scheinbar versiegelt, irgendwie in diesen Moment verschweißt. Auch wenn wir miteinander schliefen, miteinander alberten, Pläne schmiedeten, nur alleine Kaffee tranken, fühlte ich mich herausgestanzt aus der Gegenwart. Ihre Postkartenmarotte, erinnere ich mich. Wenn sie Postkarten aus fremden Briefkästen fischte, um eigene Kommentare darauf zu kritzeln und dann wieder einzuwerfen. *So vieles.*

Aber ich habe auch mit anderen Frauen Kaffee getrunken. Ohne mich zu erinnern. Und ich habe auch mit anderen Frauen geschlafen. Und viele Marotten beschrieben.

Und Charlotte ist nicht die Mutter von Felix.

*

Aber es geht nicht um das Kennenlernen, nicht um das Besondere, in diesem speziellen Liebesroman, sondern nur um den Alltag. Und um die Frage, wie ich diese Liebe erhalten kann.

Wie kann ich es schaffen, Felix ohne Trauma großzuziehen? Ohne das Trauma der Scheidung, all den ganzen Mist. Was ist *das Richtige* für ein geliebtes Kind. Darüber kann man erbittert streiten. Könnte man. Ich mag nicht. Denn *das Richtige* gibt es nicht, behaupte ich mal.

2

Ich habe eine Anzeige aufgegeben. Ich will eine Katze verschenken.

Natürlich will ich das überhaupt nicht. Ich besitze nicht mal eine. Deshalb muss ich mir ein Vieh vom Nachbarn borgen, was allerdings kein Problem ist. Sie streunt ohnehin ständig durch den Hausflur.

Aber ich will nicht mehr alleine sein.

Meine Gespräche mit Carsten über seine Rolle als Hausmann, die ich für dieses Buch aufzeichnen möchte, gestalten sich leider schwierig, weil sich seine Partnerschaft derzeit schwierig gestaltet. Weil die Kinder aus dem Haus gehen.

Carsten hat mich wieder einmal versetzt, also komme ich auf blöde Ideen und gebe Annoncen auf. In der Zeitung steht ansonsten ein Bericht über eine Studie aus Amerika, wonach Schüler und Studenten heutzutage verhaltensauffälliger seien als ihre Altersgenossen vor siebzig Jahren. Bereits seit den 1930ern messen dortige Wissenschaftler anhand eines Tests psychische Auffälligkeiten. Und junge Menschen heutzutage seien nicht nur narzisstischer, egozentrischer und antisozialer, sondern auch besorgter, trauriger und unzufriedener. Mehr noch: dieses seelische Ungleichgewicht sei die neue Norm. Während es den meisten vor sieben Jahrzehnten wichtig gewesen sei, ein reifer Mensch zu werden, moralische Werte zu stärken und ein sinnvolles Leben zu führen, strebten die heutigen Jugendlichen vor allem danach, einen möglichst imposanten sozialen Status durch ein hohes Einkommen und gutes Aussehen zu erlangen.

Wo aber Statusgewinn und Eigensicherung die herausragenden Ziele sind, kann man sich nicht mehr auf andere verlassen. Das Einzige, das man dann noch miteinander gemein hat, ist die Angst. Davor, abgehängt zu werden, Letzter zu sein. Auch in Deutschland, lese ich, lässt sich belegen, dass der soziale Zusammenhalt rapide schwindet. Konkurrenz- und Leistungsdruck, Vereinzelung und Ungleichheit: All das habe die Menschen zutiefst verunsichert.

Der Kaffee schmeckt mir nun auch nicht mehr. Ich schütte den braunen Bodensatz in meine Fensterbankblumen (und bilde mir tatsächlich ein, es gehe ihnen besser, seitdem ich diese Koffeinkur betreibe; ohne Wasser).

Also noch einmal: Wie kann ich es schaffen, Felix ohne Trauma großzuziehen? Ohne das Trauma der Scheidung, all den ganzen Mist.

Sich zu trennen, das ist einfach. Hat wahrscheinlich jeder schon mindestens einmal gemacht. *Zack. Weg.* Ich erinnere mich nur zu gut, wie Lisa sich mit einer SMS verabschiedet hat. Kein Wort mehr anschließend. Ich hatte allerdings von ihrer Schwester erfahren, dass sie seitdem einen deutschen Popsong inhalierte. Diesen melancholischen Mollmatsch. Von morgens bis abends. Ich fuhr wenige Tage später in einem Taxi und hörte plötzlich dieses Lied, dürftig leise und durch atmosphärisches Rauschen gestört – aber ich lauschte dem doofen Text, als sei er ein buddhistisches Mantra.

Nur gebracht hat es mir nicht allzu viel. Also: Trennung ist normal – aber *Eltern* zu bleiben, darin besteht die Kunst. Nicht alle Brücken hinter sich abzubrechen, sondern ein Leben lang für die Kinder zu sorgen. Gemeinsam. Mein Gott, das ist mehr als ein Eheversprechen.

Aber ich will es versuchen, denn ich war die treibende Kraft beim Kinderwunsch, nicht Ulrike. Ich war schon zweiundvierzig Jahre alt, als ich sie kennenlernte, und sah meine letzte Chance (nach Milenas Fehlgeburten), doch noch Vater zu werden. Und ich wollte das erleben. Also muss ich mich dazu zwingen, meine Gefühle abzubinden, nach der Trennung, und mich allein auf das Wohl von Felix zu konzentrieren.

Dabei kommt mir plötzlich eine schräge Idee für eine Kurzgeschichte, von der ich nicht weiß, ob sie funktioniert. Ein junger Mann gewinnt eine Traumreise für zwei Personen. Er ist aber Single, weitgehend auf sich allein gestellt, hat kaum Freunde. Und entführt deshalb eine Frau …

*

Das Stigma »Scheidung« sei verblasst. Heißt es. Aber das denken und betonen nur Geschiedene. Betone ich. Als ich nämlich selber noch verheiratet war und damit von Verheirateten umgeben, galten Geschiedene selbstverständlich als gescheitert. Natürlich hinter vorgehaltener Hand. Vor allem diejenigen, die nicht unmittelbar wieder *glücklich,* also ansatzlos wieder liiert waren, wurden selbstverständlich aussortiert. Nicht von mir. Ehrlich. Aber *es ergab sich so.* Deshalb finden sich auch so selten Fünfträder bei den üblichen Gartenfesten und Geburtstagssonntagen. Es sei denn, es sind Nachbarn oder sie laufen seit mehr als dreißig Jahren alleine herum. Ansonsten geistern wahre

Horrorgeschichten bei den Verheirateten herum, von alkoholisierten Wracks nach einer Scheidung, wobei die Kinder selbstverständlich allesamt drogenabhängig und paralysiert vegetieren. Der Tenor lautet: Wir sind auf jeden Fall besser. Auch wenn wir uns untereinander abgrundtief hassen und verachten und anschreien und betrügen – wir sind auf jeden Fall besser als die Geschiedenen.

Wir sind nämlich keine Versager.

3

Felix verliert wenigstens nicht sein Zuhause. Papa geht.

Und bleibt. Zurückzugehen, nach Berlin, also einige Hundert Kilometer weiter weg verschwinden, das ist unmöglich.

Also bleibe ich auf dem Land.

In dieser anderen Welt.

Nestmodell, heißt das. Der Ausdruck soll angeblich der Biologie entlehnt sein, eine Analogie zu Vogeleltern, die ihre Brut füttern. Der Vorteil liegt auf der Hand, es ist die vertraute Umgebung für Felix, die Schule, die Freunde, und sein Papa ist auch nicht weit weg.

Aber sein Papa leidet. Hier auf dem Land.

Das wird Felix allerdings niemals erfahren.

Es ist schon erstaunlich, denke ich, dass sogenannte zerrüttete Partnerschaften, geschiedene Ehen, heutzutage eine derartige Normalität darstellen. Ein beachtlicher Weg seit dem 19. Jahrhundert, in dem die *Kernfamilie* als einzig achtbare Lebensform galt. Unter diesen Begriff fiel die Mutter, die in den guten alten Zeiten Haus und Herd hütete, und ein verehrter Vater, der die Brötchen verdiente. Angeblich saß eine solche Familie (selbstredend bürgerliche Mittelschicht) dreimal täglich gemeinsam am Tisch. Schule und Kindergarten waren pünktlich zum Mittagessen beendet. *Kenne ich noch.* Das Spielen im Hof, zwischen den

Wohnhäusern, mit einer Armada von Kindern, und später riefen wir laut nach unserer Mutter. Also: »Butterbrot!« Es war ein Wettbewerb, welche Mutter am schnellsten eine Stulle geschmiert und dann mittels Schnüren abgeseilt bekam. *Butterbrot* war für mich ein Synonym für Kindheit. Weshalb ich mich als Kind auf das Erwachsensein freute? Weil es bedeutete, nie mehr Brote essen zu müssen.

Heutzutage lebt jedes fünfte Kind in einer Familie, die nicht mehr dieser traditionellen Form entspricht. Und es heißt dann oft: Die Lebenswelt dieser Familien unterscheidet sich wesentlich von der intakter Familien.

*

Die Trennung verlief schleichend, erinnere ich mich. Es begann, als Felix vier Jahre alt war. Damals arbeitete ich noch in diesem Möbelhaus, und im Einzelhandel ist der Samstag ein heiliger Tag. Das heißt, es gab keine Möglichkeit, Felix mal ein ganzes Wochenende hindurch zu sehen. Ich holte ihn donnerstags, an meinem freien Tag, vom Kindergarten, später von der Schule ab, brachte ihn freitags früh wieder dorthin, und alle zwei Wochen verbrachte ich wenigstens noch einen Sonntag mit ihm.

Horror!

Ab dem zweiten Schuljahr durfte ich Felix keinen Abschiedskuss mehr geben, wollte er nicht, auch keine Berührung mehr vor dem Schulgebäude. *Coolness* beginnt immer früher. An den freien Wochenenden las ich zur Erbauung in einem UNICEF-Bericht, wonach Kinder Alleinerziehender in Deutschland bereits am Ende der vierten Klasse in Mathematik und Naturwissenschaften einen Leistungsrückstand von einem halben Jahr aufwiesen. *Aber was sollte ich denn ändern?*

Es klingelt.

Das muss Angelika sein.

Sie hat sich unmittelbar nach Veröffentlichung meiner Annonce gemeldet und ist gerne bereit, meine Katze zu übernehmen. Es haben sich auch noch andere Frauen (und Männer) gemeldet, aber die sind mir entweder zu alt oder zu jung (ansonsten, wie gesagt: zu männlich) oder offensichtlich zu liiert. Angelika wiederum ist Ende dreißig und wohnt nur wenige Autominuten entfernt. Und will nunmehr eine Katze sehen – ich eine Frau. Angelika nickt zur Begrüßung, räuspert sich verlegen, spricht gleich über Katzen, ich (verschachtelt) über eine Partnerin.

Die Katze des Nachbarn streift um ihre Beine.

Sie trägt eine weiße Lederjacke, *puh,* und ein Stirnband mit dem großflächigen Aufdruck POWER. Nur leider falsch herum. Vor einer halben Stunde ist Gonzalo (der Nachbar) glücklicherweise mit seinem Wäschesack im Keller verschwunden, bei geöffneter Haustür, um anschließend bei den Mitbewohnern zu klingeln. Das kleine Fellvieh sammelt nämlich heimlich Wäsche ein und transportiert sie im Maul umher. Bei Gonzalos Routinebefragung ging es nunmehr darum, überzählige Shorts und Socken den einzelnen Mietparteien zuzuordnen. Und dabei ist Mieze erst mal bei mir geblieben. Reingeschlichen. Sie darf so lange bleiben, bis Angelika sich entschieden hat.

Und die Katze passt offensichtlich, schließe ich aus den entzückten Augen und den unbeholfenen Versuchen, das Schnäuzchen zu kraulen.

Die Frau hingegen eher wohl nicht.

»Kaffee?«

Alleine schon ihre straffen, zurückgezogenen Schultern, denke ich, wie aus Metall, und wie sie pausenlos ihre Hände aneinanderreibt, schnell und kraftvoll, als sei ihr fürchterlich kalt.

»Soll ich die Heizung anmachen?«, frage ich.

Sie lächelt, als habe sie das vergeblich vor einem Spiegel trainiert.

Es ist das erste Mal seit vielen Jahren, dass hier wieder eine Frau herumläuft. Folglich ist es lange her, dass ich einem Verhör ausgesetzt war. Mir fehlt ein wenig die Routine.

Angelika stellt nämlich die richtigen Fragen. Auf die ich nur leider nicht vorbereitet bin. »Ist die Katze gesund? Geimpft? Warum willst du sie weggeben?«

Meine Antwort ist eher so: »Ja … Ja … Jaaa …«

Ich versuche daher einen Bogen zu schlagen. Schließlich ist diese Katze nur ein Vorwand.

»Du bist bestimmt Steinbock?«

»Woher weißt du das?« Zum ersten Mal läuft ein Lächeln durch ihr Gesicht, also in meine Richtung.

Puh, Glück gehabt, wenn gar nichts geht, Astrologie funktioniert immer. »Deine Art«, druckse ich herum, »wie du dich bewegst und redest …« Irgendwas halt.

»Du bist Fisch«, sagt sie abrupt und punktet mit dem Zeigefinger vor meinem Bauch herum.

»Wahnsinn«, antworte ich und klatsche in die Hände. Astrologie lügt nicht, der Beweis ist erbracht. Allerdings bin ich kein Fisch. Das ist aber momentan zweitrangig.

»Trinkst du deinen Kaffee mit Milch?«, frage ich, um irgendwie den Bogen weg von der Mieze und hin zu einem möglichen Gespräch zu kriegen. Zu einem Abschlussurteil.

»Viel Zucker«, antwortet sie und schält ihre Jacke im Sitzen nach hinten über die Stuhllehne. Das gibt einen Pluspunkt.

Dann erhebt sie sich ruckartig wieder, weil auf dem Stuhl eine Schraube liegt. Was mich genauso schlagartig an ein solches Ritual erinnert, das mir viele Jahre vertraut gewesen ist. Ich hatte nämlich mit Milena zusammen eine Wohnung gefunden, dort mit zwei Katzen logiert, und deshalb mussten wir die Wohnzimmerstühle immer erst leicht anheben, wenn sie unter den Tisch geschoben standen. Weil eine der Katzen gerne unsichtbar auf der Sitzfläche sinnierte. Um sicherzugehen, dass wir sie dort nicht erdrückten.

Jahrelang vertraut, diese Geste, denke ich – und dann völlig vergessen.

Auch das Geräusch herabfallender Flaschen, erinnere ich mich plötzlich, das Poltern und Rollen, über Jahre hinweg vertraut. Aus der Junggesellenwohnung. Das hat mich immer schon fasziniert: die Besetzung einer Geste mit einem schicksalhaften Verlauf.

»Katzen waren der einzige Lebensinhalt meiner verstorbenen Mutter«, erzählt Angelika leise. »Verwilderte Katzen aufnehmen und die dann beinahe bewusstlos zu quatschen. Sie las ihnen stundenlang Märchen vor und sprach mit ihnen, nur um nach zwei, manchmal erst drei Jahren ein wenig Zutrauen zu gewinnen.«

Ich reiche ihr die Milch und sie schnuppert erst einmal misstrauisch an der offenen Packung. Mehrmaliges Schnuppern. Und beinahe scheint es mir so, als sei diese Vergewisserung von Frische auch ein innerer Dialog über den sonstigen Geruch in dieser Küche.

»Heute gekauft«, sage ich.

Sie schnuppert ein letztes Mal und reicht mir dann wortlos die Packung mit einem deutlichen Stirnrunzeln. Dabei starrt sie mich regungslos an.

»Heute gekauft …«, wiederhole ich mich kleinlaut, um

natürlich jetzt auch wie ein Nagetier am Milchtütenfalz zu schnüffeln. *Nichts …*

Bevor ich meine Milch aber verteidigen kann, greift sie zu ihrem Handy. Der Klingelton ist penetrant laut und simuliert einen früheren Wählscheibenapparat.

»Da muss ich dran«, sagt sie und sieht schon an mir vorbei, während sie ihre geöffnete Hand konsequent in der Luft stehen lässt. »Mmh … Aaah … Mmmh … Aaah …« Die Hand bleibt konsequent in der Luft. Als ich mich auf eine mögliche Anschlussfrage vorbereite, beendet sie das wichtige Gespräch unvermittelt in einer Stimmlage, die gleichzeitig gehaucht, gereizt, sachlich, kindisch und noch eine Prise atemlos wirkt: »Bis gleich … Schatz …«

Gefolgt von einem lippengesprochenen »Ciao«.

»Die Katze …«, sage ich.

Angelika sitzt nun völlig in sich verschlossen vor mir. Wie eine weiße Wand.

»Ich würde sagen … ich melde mich bei dir, Angelika, ob das mit der Katze klappt … Es gibt da noch einen Interessenten im Haus, und das wäre vielleicht am einfachsten und so …«

Dann ist sie weg.

*

Ich muss das anders angehen, denke ich anschließend beim Kaffee, mit der Katze. Im Gespräch mit mir alleine. Ich muss das anders aufbauen. Dramatischer. Systematischer.

Vielleicht sollte ich es auch eher an einem Wochenende versuchen, an dem Felix bei mir ist. Damit dieser entscheidende Punkt gleich geklärt wäre. Es geht schließlich nicht um die blöde Katze. Wobei sich unmittelbar ein diabolischer Konter in meinen Gedanken verfängt, nämlich: Was machst du eigentlich, wenn du wirklich eine Frau kennenlernst, also *richtig* kennenlernst, näher, für länger – und dann existiert später gar keine Katze mehr?

Auf Wiedervorlage, denke ich. Es geht erst einmal nur um Felix. Er ist schließlich mein Dreh- und Angelpunkt (was für ein blöder Ausdruck).

Und Felix würde es nicht mögen, wenn ich unsere spärliche Zeit mit irgendwelchen fremden Frauen in der Küche verbringe. Zu Recht. Bislang habe ich das deshalb auch immer abgelehnt.

Weiß ich eigentlich, was Felix mag?

Letztlich, denke ich, ist er so vieles. Er ist mein Spielkind, aber er ist auch das Schulhofkind, das mit seinen Freunden über Raumschiffe diskutiert. Und er ist das Motzkind, das mit Ulrike einkaufen geht. Und bei der Oma schimpft.

Letztlich kenne ich ihn vermutlich überhaupt nicht richtig.

4

Ich sehe meinem Vater verblüffend ähnlich. Felix hingegen sieht eher aus wie Justin Bieber.

Nun ja, vielleicht sollte ich eher schreiben: Er sieht mir nicht ähnlich. Manchmal ertappe ich mich deshalb bei dem Gedanken: Bist du dir wirklich sicher, dass Felix dein Sohn ist?

Und was würde das ändern?

Würde ich ihn wirklich verbannen, wenn so eine genetische Expertise postalisch zugestellt würde? Für mein Vater-Sein würde sich streng genommen nicht viel ändern, außer dem Verlust der Hoffnung, dass meine Gene, mystisch befrachtet, irgendetwas von mir in die Welt tragen. Aber ich bin mir ziemlich sicher, dass ich ihn gezeugt habe. Alleine schon deswegen, weil es hier auf dem Land weit und breit keinen Mann gibt, der so ein wunderbares Kind zeugen könnte.

Das denken wahrscheinlich viele Väter.

Gleich hier in der Nachbarschaft lebt so ein Kind. Ein Mädchen, das ich beinahe täglich sehe: Anna. Sie ist inzwischen sechzehn Jahre alt, hat einen Freund, ist meist schlecht gelaunt, starrt in ihr Handy, ein normales Mädchen eben.

Ihr Vater ist allerdings nicht ihr leiblicher Vater. Was

Anna aber nicht weiß. Und ich habe das nur erfahren, weil eine ehemalige Freundin die ehemals beste Freundin von Annas Mutter war, und irgendwann hat sich die Mutter ihrer Freundin anvertraut.

Vermutlich wissen inzwischen eine Menge Leute von diesem Geheimnis. Nur Anna nicht. Vielleicht wissen sogar inzwischen *alle* darüber Bescheid, und sie alle grüßen Anna und ihren vermeintlichen Vater, der kurz nach der Geburt mit Annas Mutter zusammenkam, aber niemand sagt ihr die Wahrheit.

Wozu auch?

Vaterschaft ist so eine irrsinnig starke Bindung. Und gleichzeitig so brüchig. So beliebig. Wenn ich an meinen leiblichen Vater denke, dem ich so unvergleichlich ähnlich sehe, dann sehe ich einen Mann, der schweigend über seinen Teller gebeugt sitzt, wie ein Tier an einem Napf. Manchmal überkommt mich dann so ein abstoßendes Gefühl von Liebe, unlösbar verknüpft mit Gleichgültigkeit, Verachtung und Ekel. Angst. Wenn er sich darüber aufregte, dass ich die *falschen* Familienfotos machte. Eben beim Essen, beim Schweigen, beim Aufregen. Ich sollte stattdessen die Familie nebeneinander vor einem Hoteleingang knipsen, nebeneinander vor einem Flussbett, oder all diesen anderen Schrott, der niemanden interessierte. *Beim Essen.* Ich erinnere mich an meine Mutter, in ihrem Bemühen, dass nach dem Dinieren immer die Töpfe leer sein mussten. Sie stand dann vor mir mit dem Rest Spinat und ich sagte »Danke, satt«, und sie verharrte einen Moment und platschte trotzdem alles auf meinen Teller.

Und wir lachten.

Das Merkwürdige ist, wenn ich so darüber nachdenke,

ich kenne noch mehr solcher Fälle. Ich weiß zum Beispiel von Max, dass er einen Sohn in Spanien hat. Mit einer Madrilenin, die seit ihrer Kindheit in Deutschland lebte. Eine Jugendliebe. Sie sind gemeinsam mit neunzehn nach Spanien getrampt, blieben sogar über ein Jahr dort, es ging auseinander, aber sie wurde in Spanien schwanger. Die Ex blieb dann dort wohnen, mit dem Kind. Max hat die Geburt noch miterlebt, auch die erste Zeit danach, aber das Zusammenleben entwickelte sich katastrophal. Beleidigungen, Diebstahl, das volle Ferienprogramm; es ging nicht mehr. Max fuhr zurück nach Deutschland und machte sich schwere Vorwürfe, seinen Sohn zurückgelassen zu haben. Aber Max wurde in dem spanischen Dorf, bei den Einwohnern, den Verwandten, nicht akzeptiert, und er fand keine Möglichkeit zu arbeiten.

»Max?«

Ich rufe ihn an. Schallendes Publikumsgelächter dringt aus dem Telefonhörer. Offensichtlich läuft der Fernseher (mit hundertprozentiger Sicherheit eine amerikanische Sitcom). »Ich sitze hier und schreibe ein Buch über Väter und irgendwie bist du …«

»Meine Ex hat sich gemeldet …«, antwortet er tonlos.

»Nein!«

»Angeblich will mein Sohn mich kennenlernen. Er kann kein Wort Deutsch, obwohl die Mutter es perfekt spricht … Sie hat wohl irgendwann über den leiblichen Vater gesprochen. Weiß Gott, warum …«

»Und?«

»Merkwürdig … Ich bin nur noch ein Wrack. Krankgeschrieben … (Was nicht zu überhören ist.) Ich habe zehn Jahre gebraucht, um einigermaßen damit klarzukommen. Und jetzt diese Nachricht …«

»Wie weiter?«

»Keine Ahnung. Ich will meinen Sohn sehen, aber meine Ex und ihre Familie – no way!«

Schweigen. Rauschen.

Aus dem Fenster sehe ich einen Mann, der mit seinem Handy telefoniert. Er steht breitbeinig, versunken in sein Gespräch, auf einer Wiesenfläche herum, wo ansonsten täglich nur Hunde ihr sogenanntes Geschäft verrichten. Dann macht er einen leichten Schritt zur Seite. Er versteckt abwechselnd seine Hände in den Hosentaschen, mit diesem wankenden Schleichgang voller Glückseligkeit. Vermutlich ein verliebter Anruf. Die nächste halbe Stunde sehe ich ihn mal ganz links, dann ganz rechts, in einem Radius von etlichen Metern.

Schleichend.

»Das Ganze läuft über Mails, in Englisch, in übersetztem Spanisch, und über Skype …«, erzählt Max. »Er sagt ›Papa‹. Das ist schön. Ich hab auch geantwortet: Ciao, Papa. Jetzt ist seine Mutter sauer. Es gäbe einen Mann in ihrem Leben, der als ›Papa‹ akzeptiert sei und ich bräuchte jetzt nicht damit anzukommen … Mein Sohn wiederum sagt, er spricht diesen Mann nur mit Vornamen an …«

»Darf sie das denn?«

»Mein Sohn ist mittlerweile fünfzehn und ich habe ihr eine Mail geschrieben, dass mein Sohn selber entscheiden kann, welche Wörter er verwendet …«

»Alles per Mail?«

»Natürlich.«

Dann wieder Schweigen. Der Mann draußen telefoniert unaufhörlich verliebt weiter. Auf der Hundewiese.

Neben meinem Schreibtisch, neben dem Telefonapparat, spaltet sich irgendwo eine Füllung im Holzgebälk.

Schweigen verstärkt die Konzentration auf das Wesentliche. Irgendwo rieselt auch Lehm oder Mörtel herab, und wenn ich mich nicht arg täusche, wächst ein neuer Riss an einem Balken entlang. Ich mag die Vorstellung, dass er sich jetzt von einer Zimmerecke in die nächste vorarbeitet, von dort in das Nebenzimmer, anschließend in einer Irrsinnsgeschwindigkeit abwärts zu Gonzalo, in sämtliche Zimmer dort, weiter in das Nebenhaus, in sämtliche Nebenhäuser, in sämtliche Städte.

»Du musst dir mal reinziehen, sie hat sich nie gemeldet, nicht ein einziges Mal, sie wollte nicht mal ein Bild schicken. Ich habe von meinem Sohn nur ganz wenige Fotos – als Baby!«

»Sie hat Angst.«

»Ja, klar, sie hat Angst, dass ihr Sohn sagt, ich will zu meinem Vater nach Deutschland.«

»Und du? Willst du das?«

Schweigen.

»Mein Sohn wollte dann auch Bilder sehen aus den ersten Lebensjahren, wo wir beide drauf sind. Puh, ich hab wirklich welche gefunden … Aber nur solche, wo er Windeln anhat, als Baby, beim Füttern … Seine Mutter habe ich natürlich immer rausgeschnitten. Nur er und ich, versteht sich …«

Er lacht.

Wenn es um die eigenen Kinder geht, denke ich, dann reicht ein Telefonat, und die Seele kocht. Tiefe Gefühle. Tiefste Gefühle. Und diese Emotionen wirken beinahe wie ein Hilfeschrei. Und immer sind es Verurteilungen. Und Fehler. Und immer urteilen wir über Menschen und Fehler, wo wir vermutlich selber einen ähnlichen Mist verbockt haben. Wir zeigen mit dem Finger, wir weisen alles von uns, und wir weisen damit auch alles von uns, was tief in uns verborgen liegt.

Wenn ich mir eingestehen kann, selber Mist gebaut zu haben, dann bin ich offen, etwas zu lernen.

»Hörst du mir überhaupt zu?«

»Natürlich …«

5

Eine gute Trennung hat fast schon eine philosophische Dimension, so kommt es mir zumindest vor, wie eine gewaltige spirituelle Aufgabe, eine politische Mission. Eine gute Trennung verlangt viel mehr als eine simple Heirat:

Das kann jeder.

Diesen Moment ausblenden, wo wir einander endlich *die Wahrheit* ins Gesicht schreien wollen, gefolgt von Türenknallen, Flaschenschmeißen, dem berühmten »Das war's« und all diesen großen Szenen. Stattdessen müssen wir uns zurückhalten, leise sprechen, zurücknehmen, freundlich sein.

Aber ist das denn wirklich so schlimm?

Carsten klingelt. Endlich. Er ist pünktlich. »Mach dir allerdings keine Hoffnung«, sagt er direkt zur Begrüßung, »ich habe kaum geschlafen, kriege keine Gedanken sortiert. Es wird dir nicht viel bringen …«

So ist er halt, denke ich, deute auf eine Espressokanne, während mir plötzlich, beinahe schon peinlich, schuldbehaftet, klar wird, dass ich doch gar nicht weiß, wie er halt ist. Obwohl ich Carsten schon fünfzehn Jahre kenne. Aus einer Bürogemeinschaft, wo er sein Atelier anteilig gemietet hatte. Aber wir haben in all den Jahren kaum mehr miteinander gesprochen als über den Verlauf der Regenwolken. Er wirkte abweisend, kam immer erst dann vorbei, wenn ich auf dem Weg nach draußen war. Über Monate hinweg hatten wir es nicht einmal geschafft, uns einander vorzustellen. Ein Umstand, der sich zumindest bei mir irgendwann zu einem Unbehagen steigerte. Bei jedem flüchtigen Kopfnicken. Mittlerweile waren mir sein kahl rasierter Schädel und seine grummelige Transzendenz schon so vertraut geworden, dass sein Status als »Unbekannter« fast schon peinlich war. Irgendwann bin ich dann sogar länger in der Bürogemeinschaft geblieben, nur um auf seinen Auftritt zu warten. Alle anderen kannten Carsten schließlich. Wenigstens kurz in der Gemeinschaftsküche einen Espresso schlürfen, dachte ich, weil mittlerweile ein Punkt erreicht war, an dem unsere gegenseitige Fremdheit in einem ansonsten liebevollen Ambiente zu einer höheren Ebene von betretenem Schweigen führen würde.

Der Espresso führte dann schnell zu einer gewissen Form von Freundschaft. Ich erfuhr, dass er Architektur studierte, diverse Ausstellungen seit 2001 gehabt hatte, aber kaum verkaufte. Seine farbenfrohen Gemälde, die er nebenan aufstellte, gefielen mir auf Anhieb. Und ich war überrascht zu erfahren, dass er zwei Kinder hatte. Und dann erst recht, dass er sie großzog. Als Hausmann.

»Deshalb bist du immer erst so spät in das Büro gekommen«, eröffne ich das Gespräch und platziere mein Aufnahmegerät neben seinen Sessel. Seine Stirnpartie runzelt unaufhörlich vor und zurück, als sei es eine Form von Muskelflattern.

»Die Kinder«, antwortet er und poliert seine Brille, indem er sie ableckt. Sein Gesicht, unterhalb des Kinns, ist mit Haar bedeckt. Ab der Oberlippe hingegen ist alles sorgfältig glatt rasiert.

»Wie hast du Carmen eigentlich kennengelernt?«

»In einem Studentenheim. Sie studierte Sozialarbeit, ich Architektur. Ich habe in der zweiten Etage gewohnt, sie in der ersten, und ich habe sie immer beobachtet, wenn sie mit dem Fahrrad rein- und rausfuhr. Ihre langen Haare wehten im Wind und ich war schnell in sie verliebt. Ohne ein Wort mit ihr gesprochen zu haben, dachte ich immer nur daran, wie ich sie kennenlernen könnte.«

»Carmen hat dich also nicht als Künstler kennengelernt?«

»Nein, das mit der Kunst kam bei mir relativ spät. Als Kind habe ich in der Schule zwar immer in meine Bücher gezeichnet, aber das hat mir nur großen Ärger gebracht. Es gab auch keinen Lehrer, der mich gefördert hätte, ich war eher ein Ärgernis. Erst Ende der Achtzigerjahre änderte sich das alles. Ich habe Kunst allerdings nicht in einer Galerie oder in einem Museum für mich entdeckt, sondern auf der ›Art Cologne‹, einer Kunstmesse. Ich kam mir vor, als ob ich etwas Verlorenes gefunden hatte. Ich war so begeistert, gerade von den sogenannten ›Neuen Wilden‹, dieser expressiven Malerei, dass ich nicht lange überlegen musste, sondern es war sofort klar: Ich fange an zu malen.«

Ich erinnere mich daran, dass ich mit Charlotte sogar bei einer seiner Vernissagen gewesen bin. Sie hatte sich dort nicht wirklich wohl gefühlt. Irgendwie schienen die Gespräche, die Andeutungen, das Getuschel um sie herum nach abstrusen, gleichzeitig aber dogmatischen Regeln eröffnet und abrupt beendet zu werden, die sie nie verstand. Und die ich ihr auch nicht erklären konnte. Bizarrerweise hatte sich dann ein Kunsttourist ausgerechnet bei Charlotte in den Kopf gesetzt, sie sei eine Vorreiterin der Avantgarde. Wenn er nur über ein wenig Menschenkenntnis verfügt hätte, wäre ihm aufgefallen, dass sie (an diesem Abend) nichts weiter war als ein verschrecktes Reh.

»Geld spielte zu Beginn eurer Beziehung keine Rolle?«

»Auch nicht, als wir 1986 geheiratet haben. Da habe ich noch studiert, sie war gerade fertig. Wir sind gemeinsam mit dem Fahrrad durch die Stadt geradelt, um einen Studentenjob für mich zu finden. Wir waren frei. Es ging nicht um Geld … 1992 kam Pauline zur Welt. Carmen hatte davor die Branche gewechselt und arbeitete als Vorstandssekretärin. Und es war klar, dass sie weiter arbeiten geht. Schon acht Wochen nach der Geburt …«

Ich ziehe und zerre unter großem Geraschel (unfreiwillig) an einer Kekstüte, passend zum Kaffee, ohne irgendwo eine Öffnung zu bewerkstelligen, und als ich mich entnervt der Beschaffenheit des Materials zuwende, entdecke ich, dass ich kurzzeitig schon vergessen habe, was sich in der Tüte befindet.

»Ihr habt das gar nicht groß besprochen?«

»Es war einfach naheliegend. Ich wollte noch zu Ende studieren. Also habe ich Pauline großgezogen.«

»Ohne Zweifel an den eigenen Fähigkeiten? Als Mann, sage ich mal, was macht man da, wenn das Baby schreit?«

»Es gab keinen einzigen Fall, wo ich jemanden um Hilfe gefragt oder bei Carmen angerufen hätte: ›Hilfe, das Baby weint, was soll ich jetzt machen?‹ Für mich war das unkompliziert. Okay, das Bewusstsein, dass ich wahrscheinlich etwas Ungewöhnliches mache, das war da. Das machen nicht viele Männer. Eine polnische Kommilitonin sagte mir sogar scherzhaft, wenn in ihrer Heimatstadt ein Mann um 10 Uhr morgens einen Kinderwagen schiebt, dann rufen die Leute einen Arzt. Oder die Polizei. Da stimmt was nicht.«

»Aber es hat dir nichts ausgemacht?«

Über die Schwiegereltern will er nicht reden, sagt er unvermittelt. Dabei habe ich gar nicht nach denen gefragt. Offensichtlich ist deren Sicht auf die Dinge nicht unbedingt positiv.

»Es gibt eine Studie in Amerika«, zitiere ich, »die herausgefunden haben will, dass die Herzinfarktrate bei Hausmännern höher ist als bei Berufstätigen. Offensichtlich werden viele doch nicht mit dem gesellschaftlichen Druck fertig, zu Hause zu bleiben und die Frau verdient das Geld.«

»Für mich war das kein Problem. Vielleicht, weil ich nach der Hausarbeit meiner Malerei nachgegangen bin. Abends war ich im Atelier, oder am Wochenende. Immer dann, wenn Zeit war. Für mich ist das eine richtige Arbeit, kein Hobby. Viele Leute verstehen das nicht, sie denken, für eine Arbeit musst du einen Chef haben, geregelte Arbeitszeiten. Malerei gilt als nicht vollwertig. Selbst beim Windelwechseln war ich mit einem Teil meiner Aufmerksamkeit auch bei der Malerei. Denn für mich war immer klar: Die Bilder sollen irgendwann verkauft werden. Das ist, wie gesagt, kein Hobby.«

Aber dafür schwieriger als gedacht.

Wobei der Erfolg nicht an die Tätigkeit als Hausmann gekoppelt sei, das betont er. Es sei nicht zwangsläufig, dass ein alleinstehender Künstler sich durchsetze, während der Familienmensch scheitere. Denn nur drei Prozent der Künstler können von ihrer Arbeit leben.

»Allerdings ist es doch schon auffällig«, sage ich, »wie wenige Künstler Kinder haben.«

Carsten denkt kurz nach. Dabei fällt mir zum ersten Mal auf, wie unausgeschlafen er aussieht. Der gefährliche Erschöpfungszustand zeigt sich bei ihm immer dann, wenn er seinen Daumen kraftvoll umklammert. Dann muss man ihn besonders nachsichtig behandeln.

»In fünfzehn Jahren Künstlerkolonie, puh ... stimmt, das waren höchstens zwei, drei Künstler, die auch noch Familie und Kinder hatten.«

»Ich kann das verstehen. Von heute aus gesehen wünsche ich mir, ich hätte eine ganze Fußballmannschaft Kinder großgezogen – aber dann nicht als Autor. Als solcher hätte ich besser – von heute aus gesehen – auf alles verzichtet. Also keine feste Partnerschaft und erst recht keine Kinder. Es wäre zumindest einfacher gewesen ...«

Er stutzt.

Und immer dann, wenn er sich in ein Gespräch zu sehr hineinsteigert oder unschlüssig ist, wie er ein Argument beleuchten soll, dann dreht er (unbewusst?) seinen Kopf von links nach rechts und wieder zurück, pausenlos von links nach rechts, beinahe wie ein Elefant.

»Andere Künstler«, antwortet er, »die von ihrer Kunst nicht leben können, arbeiten nebenbei in einer Fabrik oder in einer Werbeagentur. Meine Arbeit bestand darin, nach Hause zu gehen und mich um die Kinder zu kümmern ... Allerdings kenne ich kaum Künstler, die ohne Familie leben und dabei glücklich sind. Zumeist sind sie verbissen und enttäuscht, erst recht, wenn sie mit ihrer Kunst keinen Erfolg hatten. Und am Ende haben sie gar nichts. Robert Rauschenberg hat mal in einem Interview gesagt, als Künstler opferst du dein Leben.«

Wobei der erfolgreiche Künstler, der wohlhabende Künstler, wie Robert Rauschenberg, dann auch noch eine Familie dranhängen (ernähren) kann, denke ich. Ein Haufen Kinder, problemlos, auch von mehreren Frauen. Dann stellt sich auch nicht mehr die Frage, ob jemand nun Hausmann sei oder nicht. Weil: Er ist ja reich. Und im Wohlstand verschwimmen die Rollen. Künstler sind schließlich auch nur ein Teil der Leistungsgesellschaft.

»Absurd ist das schon«, sagt Carsten, »wenn ein Angestellter jeden Morgen unglücklich zur Arbeit geht und widerwillig seine Arbeit macht – dann wird er trotzdem von der Gesellschaft anerkannt. Weil er ein geregeltes Einkommen hat. Ob du für diese Gesellschaft irgendwas bewirkst, das spielt keine Rolle. Es ist auch absurd, wie ich das kürzlich im Bekanntenkreis gesehen habe. Die Kinder sind aus dem Haus, die Frau geht aber trotzdem nicht arbeiten – und niemand beklagt sich darüber. Das ist für das Umfeld kein Problem. Sogar dann nicht, wenn die Frau darüber meckert, dass es ihr zu Hause zu langweilig sei. Jemand, der aber so lebt wie ich, bekommt keinerlei Anerkennung. Wenn also ein Künstler kein Geld mit seiner Kunst verdient, beschweren sich die Leute.«

»Mal was anderes: Hast du eigentlich ein Erziehungskonzept?«

»Nein.«

»Hast du irgendwelche Bücher über Erziehung gelesen?«

Wie ich weiß, konnte er keine Großmutter zur Seite nehmen. Seine Eltern leben in einem anderen Bundesland, und Carmens Eltern sind, nun ja, eher *passiv.* Er musste das komplett ohne Frauen stemmen.

»Ich hatte gar nicht die Zeit, um nebenher noch Bücher darüber zu lesen. Wir haben uns auch als Eltern nicht groß über Erziehung unterhalten. Ich wüsste gar nicht, was so ein Konzept sein soll.«

»Warst du denn ein strenger Vater? Oder eher liebevoll?«

»Beides. Liebevolle Strenge. Aber ich habe meine Kinder nie zu etwas gezwungen. Ich merke das manchmal, wenn wir heute beim Frühstück zusammensitzen und die Kinder drücken mich. Das sind so Momente, wo mir klar wird, ich bin nicht so ein konventioneller Vater.«

»Der ›normale‹ Vater ist eher abwesend …«

»Ich habe das komplett mitbekommen, was es heißt, Verantwortung für die Kinder zu übernehmen. Früher sind die Väter nach Hause gekommen, das Essen stand schon auf dem Tisch, und weiter hat sie nichts interessiert. Weder wie es den Kindern geht noch wie sie großgezogen werden, was gekocht wird oder wie gekocht wird. Ein Mann verdient das Geld und gut ist. Das war bei uns anders. Carmen hat das Geld verdient, aber sie war sowohl im Haushalt als auch in der Erziehung sehr involviert. Und ich habe halt immer gekocht. Carmen kam nach Hause und das Essen stand bereit. Ich koche auch gerne. Das war auch für die Kinder immer klar, es gibt immer mindestens eine warme Mahlzeit am Tag, frisch gekocht, keine Tiefkühlware. Für meine Kinder war das irgendwann normal, denen ist das gar nicht mehr aufgefallen, aber ich habe das gemerkt, wenn Freunde zu Besuch waren, aus traditionellen Familien, wo es abends nur Butterbrote gab. Die haben oft zwei volle Teller gegessen, weil sie so etwas gar nicht mehr kannten.«

Ich muss dabei schmunzeln, weil mir Milena in den Sinn kommt, die in ihrem Unternehmen derart reichlich entlohnt wurde, dass wir beide prima davon hätten leben können. Aber es war für sie undenkbar, dass eine Frau das Einkommen heranschafft. Unvorstellbar! Vor allem, wenn tagtäglich andere Männer vor ihr mit den Hufen scharrten, die mehr verdienten. *Mehr* hatten. *Mehr!*

»Ich denke, meine Frau und ich sind nicht so materiell«, erzählt Carsten. »Für uns waren andere Dinge wichtig. Alleine jeden Tag frisch zu kochen, das ist teurer als Tiefkühlware. Carmen ist auch nicht wild darauf, ein großes Auto zu fahren oder sich mit Schmuck zu behängen, das ist nicht ihre Welt.«

»Aber ein zweites Kind kostet Geld. Hattet ihr diesbezüglich keine Diskussionen?«

»Das war nie ein Thema, also kein zweites Kind zu bekommen, weil wir dann auf das Geld hätten schauen müssen.«

»Euer Sohn Vinzenz ist aber erst neun Jahre später als seine Schwester zur Welt gekommen …«

Kurze Irritation.

Ich weiche seinem Blick aus und bemerke dabei, dass die Kerzen, die ich in einer romantischen Anwandlung auf die Fensterbank gestellt habe, in der kurzzeitig ausgebrochenen Sonnenhitze geschmolzen sind. Die Fensterbank ist inzwischen fast vollständig von einer braunen Pampe bedeckt.

»Ich war immer der Meinung«, erklärt Carsten, »entweder gar kein Kind – oder zwei. Einzelkinder finde ich merkwürdig, alleine auf der Welt zu leben, ohne Geschwister. Wir waren zu Hause fünf Geschwister, und auf die konnte ich mich immer verlassen. Das ist ein wichtiges Gefühl … Für Carmen hat sich danach auch nicht viel geändert. Sie kann ruhig bis 18 oder 19 Uhr abends arbeiten oder sogar länger. Sie musste nie in Sorge sein: Oh weh, ich muss schnell nach Hause, meine Kinder. Vielleicht ist das auch einer der Gründe, warum sie sogar ein wenig Karriere gemacht hat. Trotz zweier Kinder.«

»Bei Männern, die Karriere machen, sagt man immer, im Hintergrund hält ihnen eine Frau den Rücken frei. Nach deiner Schilderung müsste eigentlich jede Frau sagen: Wenn ich Karriere machen will, brauche ich einen Kerl, der mir den Rücken frei hält, der zu Hause sitzt und sich um die Kinder kümmert … Stattdessen suchen sie aber einen Mann, der noch weniger Zeit als sie hat und noch häufiger durch die Welt jettet.«

»Robert, ich kann nicht mehr. Ich bin völlig übermüdet … Wir sprechen in den nächsten Tagen weiter, okay?« Carsten sieht wirklich übel aus. Wenn ich das gestern richtig herausgefiltert habe, steht die Ehe auf der Kippe. Sex gibt es lange schon nicht mehr, aber das ist bekanntlich eher ein Indiz für eine gesunde Mittelschichtsverbindung. Schwieriger ist ihre Verbitterung. Ohne Einsicht. Ohne Absicht, etwas zu ändern. Die beiden Kinder sind so gut wie aus dem Haus. Wie soll das in Zukunft weitergehen?

»Wir telefonieren …«

*

Täglich hängt sie Carsten damit in den Ohren, seit drei Jahren: *Du bist fremdgegangen.* Aber sie will ihre Wunde nicht bedecken.

*

Die Kinder werden es spüren.

Kinder spüren alles, denke ich, und trotzdem hoffe ich, wie so viele, dass unsere Kinder das schon irgendwie hinkriegen. Alleine. Trotz allem. Zumindest solange sie nicht darüber sprechen. Die Kinder. Oder solange sie nicht verhaltensauffällig werden. Die Kinder.

Letztlich geht es doch bei all diesen Streitereien und Problemen immer auch um einen Fehler, den *ich* gemacht habe. Den ich mir aber nicht eingestehe. Und weil ich ihn mir nicht eingestehe, ende ich in einem Hamsterrad aus Verteidigung und Angriff. Während ich gleichzeitig bestrebt bin, meinen Standpunkt als einzig rationalen zu rechtfertigen.

Über Jahre hinweg.

Der Mensch, den ich dabei anklage, ist meist nicht einmal in der Nähe. Vermutlich schon vor Jahren weggezogen. Aber ich will ihn (sie) unaufhörlich dazu bewegen, sich zu ändern. Während es viel mehr darum gehen muss: Wenn du dich ändern sollst, muss ich mich ändern.

Letztlich kommt in meinen Außendramen und Theaterschlachten nur mein inneres Wüten zum Ausdruck.

6

Felix ist endlich wieder da!

Ich will kein Wochenendpapa sein, der mit Geschenken um sich schmeißt. Das ist mein Vorsatz. Ich habe also nur eine Ressource, über die ich unendlich verfügen und die ich beliebig verschleudern kann, und das ist: Zeit. Und Aufmerksamkeit.

»Ich habe die Straßen stehen lassen«, sage ich zur Begrüßung und demonstriere Felix die Holzkurven, mit denen wir unsere Teppichstadt ergänzen. Autospielen geht immer gut zum Auftauen.

»Das Hotel ist verrutscht«, bemängelt er und korrigiert.

Erziehen heißt ernst nehmen, sagt man. Aber erziehe ich?

Woran ich mich hochhalte, ist die Hoffnung, dass ein Kind weniger unter der Scheidung als vielmehr unter den Streitigkeiten der Eltern leidet. Und unter der Ungewissheit in ihrem Leben.

Also vermeide ich möglichst jeden Streit mit Ulrike. Und schenke Felix Gewissheit.

Zeit.

»Wir hatten lange keinen Feuerwehreinsatz mehr …«, schlage ich vor.

Ich vermeide jedes Grübeln über meine Angst vor einer

zunehmenden Distanz, weil wir uns nur alle vierzehn Tage sehen. Einmal hat er sogar schon davon gesprochen, dass es bei Papa wie im Hotel sei. Weil er dort nur zu Besuch ist. Zu Hause fühlt er sich bei Ulrike.

Der einzige Vorteil dieser Sorgerechtsklamotte ist, dass ich die alleinige Bezugsperson für Felix bin, wenn er mich besucht. Ich koche für uns beide, lege ihm die Anziehsachen heraus, gehe mit ihm einkaufen. In traditionellen Familien erledigt das alles ausschließlich die Mutter. Selbst wenn die Väter im gleichen Raum stehen. Im klassischen Regelumgang, wie es heißt, hat die Mutter das »Aufenthaltsbestimmungsrecht« und darf über alle Alltäglichkeiten allein entscheiden. Seit 1999 gibt es zwar ein sogenanntes »gemeinsames Sorgerecht«, das andeutet, dass Eltern Entscheidungen, die das Leben des Kindes weitreichend beeinflussen, zusammen treffen müssen, aber ich kenne eigentlich nur Frauen, die sich als »alleinerziehend« vorstellen. »Getrennt erziehend« wäre vielleicht eine bessere Wortwahl, aber das ist letztlich Klauberei. Denn es überpinselt: *Ein* Kind, *eine* Schule, *eine* Krippe.

»Und aus der Garage fährt die Polizei …«

Ich hoffe so sehr, dass es gelingt. Ich möchte ein Vorbild für ihn sein. Nach vorne schauen: Ich möchte ein Vorbild für ihn sein, dass er sich nicht aufgibt. Niemals! Dass er die Hoffnung behält, es geht weiter. Immer. Und dass es eine Menge schöne Dinge gibt in diesem mitunter unschönen Leben.

Also spielen wir.

Ich zwinge mich dazu, zum Spielen, auch wenn es nach einer halben Stunde weiterhin ausschließlich darum geht, Autos in den Stadtkern zu bugsieren, von wo aus sie wieder in die Peripherie kutschiert werden. Es geht um das *Jetzt,* denke ich. Das Spielen. Und wenn ich es dabei schaffe, nicht über meinen Sorgenkram zu sinnieren, der meist längst hinter mir liegt oder sich als morgiger Dämon ankündigt, sondern wenn ich stattdessen konzentriert in dieser Teppichstadt verweile, *jetzt*, mit Felix, dann legt sich auch mein Magengrummeln. Ansonsten frisst mein Gestern das Morgen erbarmungslos auf, wenn ich *Zeit* als Pfeil, als Linie denke, die von links nach rechts wandert. Aber wenn ich es schaffe zu spielen, nur zu spielen, dann dehne ich das Jetzt ins Unendliche.

Die Ewigkeit ist gar nicht mal so ewig. Sie ist nur: *Jetzt.* Ohne Pause.

*

»Ich lasse die Straßen wieder stehen«, sage ich.

Felix will mittlerweile lieber fernsehen.

Das ist eines der Probleme mit dem Aufräumen, denke ich, sie zerstören Vergangenheit. Also bleibt vieles stehen. Auch mitten im Wohnzimmer; kommt ja sonst keiner hier herein. Aber ich habe damit gleich wieder einen Anknüpfpunkt, wenn wir weiterspielen. Oder wenn er mich nach vierzehn Tagen wieder besucht. Das Durcheinander auf dem Boden, die vermeintliche Unordnung, erinnert mich eher an einen Wärmespeicher, seine verstreuten Hosen und Hemden an ein wollenes Knäuel, an das man sich gegen die Kälte eng schmiegt.

Ich kann auch nichts wegschmeißen, was Felix jemals gemalt, geschrieben, bekritzelt, gebastelt hat. Nicht mal seine ersten Schreibversuche in meinem Terminkalender. Vermutlich werde ich all das nie mehr ansehen, aber ich kann es nicht wegschmeißen. Auch kein Spielzeug. Keine Postkarten. Keine Fotos.

»Aber du musst dann auch die Rennwagen in der Garage lassen«, antwortet er. Ich bin immer wieder erstaunt, wie gut Felix sich an jedes einzelne Detail erinnert. Auch daran, welchen Zwischenstand ein Brettspiel hatte. Oder welcher Passant zu welcher Tageszeit seinen Kaufmannsladen besuchen wollte – alles ist gespeichert.

Aufräumen war früher kein Problem, denke ich zurück, an die Zeit, als wir noch gemeinsam unter einem Dach wohnten. Die vermeintliche Unordnung ist erst im *Hotel* aufgekommen. Davor habe ich das Zusammenlegen der Dinge als Wettkampf ausgegeben, und das funktioniert tatsächlich, zumindest bei einem Jungen. Wer schafft den Haufen schneller? Jetzt mag ich dieses Spiel nur noch selten anpfeifen, weil jede Autopyramide, jede Straße, jedes Lego-Haus wie ein Beweis für unsere Gemeinsamkeit steht. Es ist geronnene Spielzeit. Ein Denkmal für unsere Kreativität. Meist räume ich es weg, nachdem ich ihn zur Schule gebracht habe. Es ist wie eine Form von Abschiednehmen.

Dann betrachte ich die Anordnung der Socken auf dem Fußboden – Felix schmeißt sie gerne morgens in hohem Bogen nach vorne, wenn er den Schlafanzug auszieht oder seine Straßenkleidung wechselt – und es kommt mir vor, als spräche eine dieser Socken zu mir.

Felix war vier.

Er war noch klein, bei der Trennung. Das ist das Einzige, das mich tröstet. Es war ein schleichender Übergang. Und ich lebe nicht weit entfernt. Aber ich kenne Erzählungen von anderen Scheidungskindern: *»Es hat mir den Boden weggezogen«, »Von einem auf den anderen Tag war alles anders«, »Bis heute leide ich unter der Trennung«* …

Ich kenne natürlich auch Langzeitstudien, die davon ausgehen, dass knapp 80 Prozent der Trennungskinder nach zwei, drei turbulenten Jahren ohne besondere Folgen weitermachen. In den folgenden Dekaden durchleben sie dann genauso viele (oder wenige) Ängste und Sorgen wie Kinder aus Regelfamilien.

Was diese Untersuchungen allerdings unterschlagen, ist der Umstand, dass eben annähernd 20 Prozent langfristig Probleme haben, die sie nicht kennen würden, hätten sich ihre Eltern nicht verkracht.

Und auch wenn Scheidung heutzutage nicht mehr als alleinige Ursache für Drogensucht und/oder Bulimie herangezogen wird und auch wenn Scheidungskinder später genauso in der Lage sein sollen, stabile, beglückende Partnerschaften zu führen, so bleibt doch die hervorstechende Quote an Schulschwierigkeiten, an Ängsten und Konzentrationsproblemen. Die einen maßgeblichen Einfluss darauf haben, wie sich Heranwachsende beispielsweise in einem Bewerbungsgespräch schlagen. Oder im Werben um eine First Lady.

Es ist bemerkenswert, dass 80 Prozent der Scheidungen heutzutage einvernehmlich vorgenommen werden. Das ist ein erstaunlicher Wert, denke ich. Und mehr als 90 Prozent der Eltern einigen sich darauf, getrennt, aber gemeinsam für ihre Kinder zu sorgen.

In Großstädten wird jede zweite Ehe geschieden, sagt die Statistik. Das bedeutet aber auch (und wird in keiner Statistik erfasst), dass jedes Jahr für etwa 135000 Kinder die Welt um sie herum zerbricht.

Ulrike hat das nie zu schätzen gewusst, denke ich, dass ich wegen Felix in dieser Wüste geblieben bin.

*

Wir malen inzwischen.

Er schraffiert und kreiselt *etwas* auf ein Blatt Papier und händigt es mir mit einem bedeutsamen Blick aus.

»Was ist das?«, frage ich.

»Papa«, antwortet Felix vorwurfsvoll. »Das sieht doch jeder, ein Haus, eine Sonne, und hier fährt ein Auto …«

Manchmal ertappe ich mich bei einem besorgten Blick auf diese Bilder. Auf seine Entwicklung. Auf seine Marotten. Ich verberge meine Sorge darüber, dass er vielleicht doch Schaden genommen hat, dass er mit der Trennung nicht ganz so klarkommt.

Meist betrachte ich ihn allerdings mehr wie ein Wunder. Dass er gesund ist, obwohl seine Mutter während der Schwangerschaft Medikamente einnehmen musste. Und dass er eben genau so ist, wie er ist. Ich erinnere mich an sein Plappern, gleich nach der Geburt, unvergleichlich, so etwas habe ich nie mehr von anderen gehört, und Felix war hübsch, überhaupt nicht zerknautscht. Das ist kein Kriterium, aber ich erinnere mich daran, wie ich ihn im Kreißsaal im Arm gehalten habe, er schlüpfte aus dem Mutterleib – und er war hübsch.

»Sand im Schuh«, hat er später auf meinen Schultern gebrabbelt. Ich kenne das aus meiner eigenen Kindheit. Auf den Schultern meines Vaters. Und erst viele Jahre später habe ich begriffen, was im Körper passiert, wenn die Füße einschlafen.

Kinder mögen in ihrem Leben keine Veränderungen, das ist richtig, und sie mögen vor allem keine Unsicherheiten. Sie suchen nach Dingen, die ihnen Sicherheit vermitteln, und halten daran fest. Und meine Aufgabe besteht darin, denke ich, herauszufinden, welchen Halt und welche Sicherheit ich Felix bieten kann. Und dazu zählt auch der

Vorsatz, dass Mutter und Vater möglichst nicht miteinander streiten sollen.

Anstatt mich also jetzt geistlos, planlos in eine neue Beziehung zu stürzen, ist es wahrscheinlich sinnvoller, mit meiner Vergangenheit leben zu lernen. Und dabei zu versuchen, *gut* mit ihr zu leben.

Mit der Vergangenheit.

Nicht mit Ulrike.

Mittlerweile scheint es mir zutreffend, dass meine Haltung zu Konflikten davon bestimmt wurde, wie meine Eltern mit Konflikten umgegangen sind. Und dabei nicht nur mit ihrem eigenen Mist, als Ehepaar, sondern auch mit den Konflikten, die sie mit mir und meinen Brüdern hatten.

Solange Emotionen nämlich alles dominieren, sind Absprachen zwischen Ulrike und mir kaum möglich. Immer wieder geht es darum, um Emotionen, Distanz dazu aufzubauen, um wieder klar zu sehen und mein verwirrtes Ego zu kontrollieren. Nicht mehr wutentbrannt aus der Haut zu fahren. Nicht mehr falsch verstehen, was falsch verstanden werden kann. Und mir stattdessen klarzumachen, dass ich vermutlich nicht den leisesten Schimmer davon habe, was sich tatsächlich abspielt. Denn je überzeugter ich von meiner Haltung bin, umso deutlicher zeigt mein Agieren und Abwehren, dass ich selber etwas verberge. Aus der Vergangenheit. Dass ich also wieder nur Schmerz aus meiner eigenen Kindheit aufkochen lasse, um ihn heute zu verschütten.

Letztlich geht es wieder einmal nur darum, mir selbst und allen anderen Menschen zu vergeben.

Auch Ulrike.

7

Felix ist in der Schule. Ich habe ihn hingefahren.

Ihn morgens zur Schule zu bringen, wenn die Sonne scheint, und ihn abzuholen, wenn immer noch die Sonne scheint – das sind Momente des Glücks.

Wenn ich Felix zur Schule bringe und mir noch ein Gag gelingt, irgendeine humorvolle Aktion, und sei es nur dieser Blödsinn, dass ich etliche Meter in der Parkbucht neben einem anderen Schulkind daherrolle, das sich fragend umsieht, und Felix dabei lacht und lacht und lacht, sodass er auch noch beim Aussteigen fast mit dem Schulranzen umkippt – das ist schön. *So schön.*

Darum geht es.

Und wenn er mich nachmittags lässig auf dem Schulhof begrüßt (manchmal allerdings auch mit vollem Schwung in meine Arme springt), mit diesen weiten Augen. Und ich ihn nebensächlich streichle, berühre, als gäbe es ansonsten nichts mehr, nirgendwo, als uns beide. Dann lebe ich.

So lange feile ich allerdings in meiner Wohnung an einem neuen Annoncen-Text. Es bleiben mir noch sechs Stunden, bis ich Felix wieder zu mir hole. Meine Überlegung ist, ob es nicht vielleicht eine bessere Kombination wäre, wenn ich öffentlich verkünde: »Geld gefunden! Zehntausend Euro. Ehrlicher Finder sucht ehrlichen Besitzer.«

Mich reizt vor allem die Idee. Vielleicht auch ohne eine potenzielle Heiratskandidatin.

Allerdings geht mir ein weiterer Hinweis durch den Kopf. *Eine Frau, die sich (als Fake) auf eine solche Anzeige meldet, kannst du ohnehin vergessen.* Zudem brauche ich dann ein Sicherheitsnetz. Wenn gewisse Elemente das Gefühl bekommen, an einer bestimmten Adresse grinst ein Dummkopf mit 10 000 Euro, dann kann das schnell unangenehm werden. Vor allem dann, wenn es nichts zu holen gibt. Aber die Idee beschäftigt mich noch bis in den Nachmittag.

*

»Wir könnten ins Kino gehen«, eröffne ich das Wiedersehen auf dem Schulhof. Hausaufgaben sind offensichtlich erledigt.

Felix jubelt.

Ausnahmsweise beschäftigt mich bei meinem Vorschlag kein Hintergedanke, obwohl solche Vorstellungen beinahe ausschließlich von Müttern besucht werden. Nun ja, nicht ganz: Mütter geben ihre Kinder meist nur im Kino ab, um sich mit anderen Müttern in einem Café zu verabreden. Pünktlich zum Abspann warten sie dann im Foyer und nicken vorgeblich interessiert, wenn ihre Sprösslinge das Gesehene kommentieren. Aber ganz selten mal ist ein Vater anwesend. So wie ich.

Möglicherweise wissen die Filmemacher über den fehlenden Männeranteil Bescheid, denn die meisten Kinderstreifen (aus Deutschland) sind unter aller Kanone. Langweilig, putzig, harmonisch bis zum Erbrechen, und so erbarmungslos *gut.* Es sind also Filme für die vereinzelt anzutreffenden Mütter, die sich dann in ihrer pädagogischen Ausrichtung bestätigt sehen. Felix will dieses Zeug glücklicherweise auch nicht sehen. Wie die meisten anderen Jungs.

Ein Fest wiederum sind amerikanische Filme, voller Anspielungen, Humor, Geknalle, Action, nebst eingestreuten Witzen für die Erwachsenen, die die Kinder nicht verstehen.

So ein Geschenk wird glücklicherweise heute auf die Leinwand projiziert.

Und was murmeln die beiden Mütter pausenlos in der Reihe hinter mir, während ich gackere wie ein Backfisch und Spaß habe, *Spaß*, der wiederum auch Felix gefällt: »Das ist bedenklich …«

Die beiden Frauen lachen auch kein einziges Mal.

Und ich denke so: Was sollte ich mit solchen Müttern reden? Ich verstehe, warum die nur untereinander im Café sitzen, das kannst du als Mann nicht ertragen.

Felix wiederum lacht.

8

Keine Begrüßung, kein Handschlag.

Das nennt sich: Übergabe.

Ein eisernes Ritual, das keinerlei Flexibilität erträgt, darin sind sich die meisten Frauen einig. Es gibt eine Mutterwoche, eine Vaterwoche (eher ein Wochenende), und dieser Dualismus muss strengstens eingehalten werden.

Eine Woche Leben – eine Woche Leiden.

»Felix schreibt nächste Woche in der Schule einen Test«, sage ich, während Sohnemann im Flur herumalbert.

»Aha …«

Ich bin irgend so ein Mensch, der Dinge sagt. Ich habe nichts verbrochen; ich habe mich nicht getrennt. Aber es ist unwesentlich, was ich anmerke. Manchmal habe ich das Gefühl, es wäre Ulrike lieber, ich würde auf eine Südseeinsel verschwinden und Felix zurücklassen. Meist melde ich mich, wenn es etwas zu besprechen gibt, meist schicke ich ihr Grüße zum Geburtstag; umgekehrt kommt wenig. Das Nötigste. Manchmal gar nichts. Aber ich darf das nicht werten. Es ist so. Ulrike ist eine tolle Frau, eine attraktive Mutter, sie kann jeden Mann haben, und vor allem hat sie andere Sachen im Kopf als mein penibles Aufrechnen. Meine Empfindlichkeit ist diesbezüglich unvergleichlich höher als ihre.

»Sag dem Papa Tschö …«

Mir fällt es sofort auf, wie immer, wenn sie ihre Haare anders, kürzer, länger trägt (aber ich sage nichts), wenn sie aufgebrezelt wirkt oder im Garten arbeiten will, geschminkt ist oder weniger – umgekehrt könnte ich hier mit Atemschutzmaske und Ganzkörpertätowierung auftauchen, sie würde es kaum bemerken. Manchmal kommt es mir beinahe komisch vor, dass zwei Menschen, die jahrelang zusammengelebt, die Trauringe getauscht haben, sich plötzlich wie Fremde begegnen. Die einzige Kommunikation, die zwischen uns noch stattfindet, verläuft über Felix. Er ist auch der einzige Gesprächsinhalt.

Als Paar, als gemeinsame Eltern werden wir unsichtbar. Und manchmal drängen wir Felix dazu, den anderen Teil der Eltern, *den Geist,* zu negieren.

Absurd, denke ich. Diese Übergabe-Gespräche in ihrer betonten Nüchternheit und Sachlichkeit sind surreal. Wir haben schließlich ein Kind zusammen! Keine Immobilie.

Aber so verhalten wir uns vorbildlich. Wir sind neutral. Andere Trennungspaare streiten sich auch noch auf den Treppenstufen.

»Nächste Woche hat die Oma am Sonntag Geburtstag …«, merkt Ulrike sachlich an. Es ist natürlich *mein* Wochenende. Familienfeste fallen grundsätzlich auf meinen Sonntag und können unmöglich verschoben werden. Das ist natürlich ein subjektiver Eindruck.

Also atme ich. Tief. Und denke nach.

Allein dabei spüre ich schon wieder ihre Verbitterung. Ich weiß manchmal gar nicht, warum. Ulrike wollte die Scheidung; sie hat die Scheidung – sie ist verbittert. Wie auch vor der Trennung. Offensichtlich bin ich *der Schuldige,* für alles, was in ihrem Leben falsch läuft. Ich bin der Sündenbock.

Andererseits kollabieren wir beide im sicheren Hafen der Unschuld. Denn *der andere* ist schuld. Hat angefangen. Verletzt immer. *Der andere.* Immer.

Es gibt einen Film von Godard, der mir an dieser Stelle gerne einfällt, aber nur wegen seines Titels: »Die Verachtung«. Irgendwie scheint dieser Begriff all das zu umfassen, was eine typische Trennung ausmacht. Es wird auch nie eine Entschuldigung von ihr geben, für keine kleinste Kleinigkeit, da kann ich lange warten.

»Können wir das irgendwie ausgleichen?«, frage ich.

Ihr Blick gibt mir das Gefühl, ein Feind zu sein.

Ich will das nicht.

Ich will Frieden. Also sage ich »Ja« und stimme allem zu. Ruhig bleiben, das ist das Allerwichtigste. Felix läuft schließlich durch den Flur und zeigt mir einen neuen Bagger. Ich bin Ulrike völlig gleichgültig. Sie sieht durch mich hindurch. Und dabei bleibt immer die Befürchtung, dass sie gleich wieder einen Hammer auspackt, vor dem Kleinen, irgendeine Sache, die entweder umfangreich ist oder zumindest Diskussionsbedarf hat. Aber wenn ich dann vorsichtig einwerfe: »Bitte nicht vor Felix«, rastet sie erst recht aus und wirft mir tausend Belanglosigkeiten vor, die ich und immer nur wieder *ich* vermeintlich falsch mache. Vor dem Kleinen. Als ob es darum ginge.

Manchmal denke ich, das ist die Frau, mit der ich von allen Frauen am wenigsten gemeinsam habe. Und umgekehrt. Aber wir haben ein Kind zusammen. Ein wunderbares Kind!

Und dann wieder bin ich so dankbar, wenn sie mich wenigstens kurz als Vater des Kindes akzeptiert. *Und mal ehrlich, was erwartest du? Sie hat andere Probleme. Du bist derjenige, der über die Trennung nicht hinweg ist. Du be-*

gehrst sie immer noch. Du hast immer noch Hoffnung, dass vielleicht eine erneute Annäherung möglich wäre. Objektiv gesehen, denke ich, also aus ihrer Sicht, ist es vermutlich genau umgekehrt. Sie bemüht sich um einen sachlichen Umgang, weil ich ständig neue Unwägbarkeiten einführe. Und sie muss sich wahrscheinlich krampfhaft zusammenreißen, weil ich so ein Arschloch bin.

Früher, denke ich, bei meinen Eltern, war das alles noch einfach. Ich war das Kind meiner Mutter. Punkt. Es sei denn, irgendetwas lief schief – dann hatte ich das von meinem Vater.

Ohne gemeinsames Kind hätten Ulrike und ich uns nach der Trennung nie mehr gesprochen, nie mehr angesehen. Es hätte uns gegenseitig nicht die Bohne interessiert, was der andere macht. Vor allem sie nicht. Aber jetzt sind wir miteinander verschweißt.

Und ich muss wieder gehen.

»Ich hab dich lieb …«, sage ich und drücke den Kleinen.

Felix will mich aber nicht einfach so ziehen lassen. Er hält mich am Ärmel, schaut mir in die Augen, lacht verlegen. »Kannst du nicht hierbleiben?«

»Das geht nicht.«

Er lässt mich nicht los, grapscht unentwegt am Ärmel. Es tut mir in der Seele weh. Aber es ist nicht möglich.

Ulrike wendet sich deshalb um und stiefelt demonstrativ ins Bad. »Ich hab keine Zeit für so was, das ist albern …«

»Tschö«, sage ich leise.

Ruhig bleiben. Das sind genau diese Momente, in denen die Wut überschäumt und ich Dinge sagen möchte, die letztlich nur tiefe Wunden hinterlassen. Aber mittlerweile weiß ich, wenn ich hartnäckig auf einer Meinung beharre, drücke ich damit nur eine Form von Angst aus. Auch hinter meiner Wut, meiner Ungerechtigkeitsdramatisierung lauert immer nur Angst. Ulrike filtert stattdessen Ärger und Zorn heraus und reagiert entsprechend mit einem Konter. Mit Wut.

Carsten hat mir von einem (ehedem) befreundeten Pärchen erzählt, wo sich die Eltern nach der Trennung nicht einmal mehr begegnen wollen. Können. Die Wechselsachen der Kinder werden regelmäßig bei der Großmutter deponiert. Die Oma dient als Puffer. Der eine bringt die Blagen in den Kindergarten, der andere holt sie dort ab.

Aber mir ist klargeworden, dass Trennung nicht Tod bedeutet.

Felix steht dabei im Türrahmen und schaut in den Himmel. Also breche ich meinen gedanklichen Disput sofort ab, es bringt nichts. Es würde auch sonst nichts bringen, aber es geht auf keinen Fall vor Felix.

»War das schlimm?«, frage ich.

»Nein«, sagt er.

9

Auf der Straße, vor dem Café, in dem ich Carsten wiedertreffen werde, knutschen frisch Verliebte. Seltsam sieht das aus. Ein wenig eklig und pervertiert, weil die beiden Zungenakrobaten schon weit in den Vierzigern stehen. Es hat etwas Verzweifeltes. Eine Unbeholfenheit, die heutzutage nicht einmal mehr Zwölfjährige ausstrahlen.

»Drei Monate«, sagt Carsten und reicht mir die Hand zur Begrüßung, »dann ist bei denen der Saft raus …«

»Dann bleiben wenigstens keine Kinder zurück«, antworte ich und beiße mir gleichzeitig auf die Zunge. Junge, Junge, du wirst langsam auch so ein Ewiggestriger, einer von denen, die ständig von *früher* quaken, als man noch »der Kinder wegen« zusammengeblieben ist. Wobei es natürlich immer nur die Verlassenen sind, die auf dieses *Früher* starren. Und zunehmend Männer. Ich erinnere mich an den Brief, den mir Marcel, ein Freund, zeigte, geschrieben von seiner Ex-Frau, kurz nach der Trennung. Sie hatte einen anderen Mann kennengelernt und Marcel von heute auf morgen verlassen. Und in dem Brief schrieb sie: »Nur weil man verheiratet ist, muss das doch nicht heißen, dass man für immer zusammenbleibt.« Und ich erinnere mich nur zu gut, wie Marcel diesen Brief wutentbrannt zerriss, unschlüssig darüber, was er mehr hassen sollte: das

Wörtchen *»nur«* – oder ihre unterschwellige Unterstellung, er sei ein zurückgebliebener Spießer. *»Die Hochzeit war ihre verdammte Idee, ich wollte das nicht mal!«* Ich höre ihn noch immer schreien.

»Letzte Nacht habe ich wenigstens geschlafen«, sagt Carsten.

Er hat das Café ausgesucht, und einer der Gründe für seine Wahl könnte damit zusammenhängen, dass drei seiner Bilder über dem Tresen platziert wurden.

»Und sonst?«, frage ich.

Während wir den Raum durchqueren, unterstreichen die Glasgehänge des Deckenlüsters jeden unserer Schritte mit einem sanften Klirren. Es ist weiterhin unklar, ob er mit vollem Namen bei dem Projekt mitmachen wird. Überhaupt ist derzeit alles schwierig, weil Carmen, seine Frau, nur noch das Nötigste mit ihm redet, nur noch bockt, andererseits auf die Frage nach einer Trennung ausweicht.

»Was soll das alles?« Carsten ist genervt. »Und kein Sex … Ich will das nicht. Ich bin doch noch nicht tot …«

Die Affäre ist inzwischen drei Jahre her. Wenn ich mir das Gekeife und Gezanke zwischen den beiden so betrachte, als Außenstehender, bin ich fast schon froh, alleine zu sein. Merkwürdigerweise war es für mich stets selbstverständlich, mit einer Frau alt zu werden, aber es wird immer unselbstverständlicher, eine alte Frau kennenzulernen.

Als alter Mann.

Ich bin davon überzeugt, dass seine Erfolglosigkeit einer der Gründe für Carstens Ehekrise ist. Die Tochter studiert mittlerweile in einer anderen Stadt, der Sohn macht bald Abitur – warum sollte Carmen ihn weiterhin finanziell unterstützen? Es gehört schon eine gewisse Charakterstärke dazu *(oder ist es Verschrobenheit?)*, trotzdem weiterzumachen, jeden Tag ins Atelier zu gehen, auch wenn der Markt sich nicht für ihn interessiert.

»Die Erfolglosigkeit«, frage ich, »das tut weh, oder?«

»Es ist immer die Frage, ob deine Kunst wirklich von Leuten gesehen wird, die das auch schätzen können. Wenn wir ›Offene Ateliertage‹ machen, habe ich selten das Gefühl, dass da Leute kommen, die sich wirklich für Kunst begeistern können. Und ob die Qualität immer so ein Kriterium ist bei der Malerei, die da gefeiert wird, das möchte ich bezweifeln.«

»Kein Erfolg, aber du hast trotzdem in dir drin ein Gefühl, es ist wichtig, was du machst?«

»Es ist meine Arbeit, das ist kein Hobby. Ein entscheidender Unterschied. Man will immer neue Türen öffnen, wenn man sich mit Malerei auseinandersetzt. Etwas, was noch nicht da war. Du willst dich nicht wiederholen. Wenn es nur darum geht, etwas zu verkaufen, hat das mit Malerei nichts zu tun. Dann kann man auch Metzger werden.«

So malt er auch, erinnere ich mich. Die Leinwand auf dem Boden ausgebreitet, Rücken krumm, den Kopf tief gesenkt, und dann mit den Pinseln vom Strich weg, zurückweichen, bis ans Fenster. Und wieder zurück. Gekrümmt. Als fühle er, dass diese materielle Welt vergeht und seine Aufgabe darin besteht, die Spuren der Zeit zu kultivieren.

»Dann hat dir das Zusammensein mit den Kindern manchmal darüber hinweggeholfen, wenn keine Anerkennung da war?«

»Hundertprozentig«, sagt er. »Wenn du aus dem Atelier nach Hause kommst und dein Kind wartet auf dich, das ist ein Gefühl, das dich stark macht. Maler ohne Kinder ertrinken in ihrer Frustration. Gerade ältere Künstler, ohne jede Familie …«

»Wie war das eigentlich tagsüber? Da sind ja nur Mütter unterwegs …«

In vielen Familien sind Männer inzwischen verschwunden, so kommt es mir zumindest vor. Entweder wurden sie durch eine Trennung entsorgt, auf ihre sogenannte Ernährerrolle reduziert, oder sie haben die Erziehung der Kinder freiwillig der Mutter übertragen, um so möglichen Reibungspunkten und Auseinandersetzungen aus dem Weg zu gehen. Bis ungefähr zum zehnten Lebensjahr scheinen fast alle Bezugspersonen der Kinder weiblich besetzt.

»Wenn ich mit Pauline oder mit Vinzenz auf dem Spielplatz war, habe ich immer schnell Kontakt zu den anderen Müttern bekommen. Ich wurde nie abgeschottet. Okay, Väter waren tatsächlich eher selten zu sehen, das ist richtig, aber mir haben die Mütter nie Fragen gestellt, warum ich mich um die Kinder kümmere oder so. Auch nicht im Kindergarten oder in der Schule. Wobei, zum Elternabend ist Carmen gegangen …«

Was er jetzt bei diesem Aufnahme-*Take* verschweigt, ist, dass seine Affäre damals genau diesen Punkt zu ihrem Angriffsziel erklärt hatte, nachdem Carsten die Liebelei beendete. Ich erinnere mich, wie sie ihn demütigen wollte, indem sie ihn als »Versager« bespuckte.

»Meine Kinder haben solche Status-Fragen nie mitbekommen«, erzählt Carsten. »Die hatten eine sehr harmonische Kindheit. Denen hat nie etwas gefehlt, weder materiell noch an Liebe von Seiten der Mutter oder des Vaters. Beide sind zum Gymnasium gegangen und sind gute Schüler.«

»Es gibt ja so eine weitverbreitete Meinung: Ein Kind gehört zur Mutter …« Ich unterschlage mal das dazugehörige

Fragen-Trio: *Auch wenn eine Mutter schwere psychische Probleme hat? Heißt das also: Ein Kind gehört nicht zum Vater? Ein Kind muss nach der Trennung also zwangsläufig seinen Vater verlieren, weil es zur Mutter gehört?*

»Keine Ahnung. Es funktioniert auch anders. Biologisch gesehen muss die Frau nicht zu Hause bleiben. Meine Kinder zumindest haben nichts vermisst. Es ist auch nicht so, dass Vinzenz jetzt eher weiblich wäre und Pauline eher männlich, weil ein Vater sie erzogen hat. Es sind ganz normale, wunderbare Kinder.«

Sein Handy klingelt.

»Carmen«, sagt er leise und betrachtet das Display. »Vielleicht … Lass uns ein anderes Mal weitermachen …«

10

Wir müssen reden.

Nicht zu auffällig, nicht zu lautstark, eher beiläufig. Gleichzeitig aber voller Freude und Begeisterung.

Wir müssen vor der Kamera reden.

»Ihr sitzt an diesem Tisch und habt euch ewig nicht mehr gesehen …«, erklärt Ben, der Regie-Assistent, den ich schon seit Jahren kenne. Das ist auch der Grund, warum ich mit dieser schönen Frau zusammensitzen darf. Für Claudine wiederum ist es eher Zufall, und Fernsehen, und Chaos, und »überall Scheinwerfer«, wie sie kiekst; für mich ist es ein Montag. Wir sind Statisten für eine *Soap* und sollen im Hintergrund sitzen und quatschen.

Ich mag diese Ausflüge in eine andere Welt, und ich mag es, mich zu verstellen, mich zu verkleiden, in meinem schwarzen Nadelstreifenanzug, nehme die paar Kröten mit, und ich mag hübsche Frauen. Für mich ist das eine Möglichkeit, mit jüngeren Frauen zu reden. Das klingt vielleicht ein wenig eklig, weil ich jetzt fünfzig bin (mich aber nicht so fühle), und ich erzähle das auch sonst nicht öffentlich, aber ich bin gerne mit schönen Frauen zusammen. Was sich mit zunehmendem Alter problematischer gestaltet. Dabei fühle ich mich nicht alt. Nicht mal annähernd. Und ich spüre auch das Gefälle nicht. Das ist aber gefährlich, weil ich aufpassen muss, nicht als so ein lächerlicher Lustgreis zu enden.

Ich höre ähnliche Musik, kenne die Welt, die Trends, und das Gefährliche ist, dass die Grenze abwärts, hin zu den Dreißigjährigen, sogar bis hin zu den Zwanzigjährigen, von meiner Warte aus gesehen nur so *ein bisschen* verschoben ist. Und ich spüre diese Abspaltung nicht wirklich. Das ist mehr eine Form von Rationalisierung. Wenn also eine jüngere Frau mich anlächeln würde, und sei es auch nur, um mich bloßzustellen, ich wäre sofort brünstig. Dabei weiß ich, *rational,* dass diese Grenze von unten aus gesehen keine Grenze ist, sondern eine Schlucht. Ein Ozean. Eine Milchstraße. Eine Neunzehnjährige sieht einen Fünfzigjährigen nicht als Menschen an.

Was sich tatsächlich verändert hat, in der Einsamkeit, alleine, ist der Blick: Aus einem fahrenden Zug hinaus auf Menschen zu schauen, auf völlig unbekannte Passanten, in einer fremden Stadt, und sich ihnen anzuvertrauen. Wenn sie fröhlich gucken, dann mitlachen – wenn sie traurig schauen, dann trösten. So im Vorbeifahren ein Drücken und Streicheln. Und dann wieder weg. Wir werden uns nie mehr wiedersehen, geschweige denn kennenlernen.

»Aufregend?«, frage ich.

Claudine schaut an mir vorbei. Ihre völlige Gleichgültigkeit verletzt mich sogar ein wenig. Ich bin im Alter des Neutrums, also in einem Stadium, in dem man junge Frauen nicht mal mehr nervt. Man existiert irgendwie so. Neutral. Sachlich. Frauen um die fünfzig fühlen sich vermutlich ebenso (kleiner Witz). Man vegetiert irgendwie für die kopulierende Umwelt, aber man darf nicht mal zuschauen. Vermutlich würde Claudine vom Stuhl fallen, wenn sie hören könnte, dass ich noch solche Gedanken hege. Das

Witzige ist ja, dass junge Frauen immer davon überzeugt sind, Männer suchten im Laufe ihres Lebens gleichaltrige Frauen.

»Nicht auf die Hauptdarsteller schauen, nicht in die Kamera schauen«, sagt Ben, »und vor allem LEISE reden …«

Dabei würde ich es niemals versuchen mit einer Frau wie Claudine zu flirten. Lächerlich. Ich möchte sie nur gerne riechen.

Feige?

»Du …«, sagt Ben und deutet auf mich, »bist ein erfolgreicher Rechtsanwalt …« Ben ist klein, schmächtig und bärtig, hat auffällig dünne Beine, einen dünnen Po, und trägt trotzdem immer eine enge, schwarze Hose, deren Gesäßtasche herumschlabbert. Er sieht aus, als studiere er Soziologie im fortgeschrittenen Semester.

»Und du …«, sagt Ben und deutet auf Claudine, »bist eine Auszubildende … und heimlich in ihren Chef verliebt …«

Das gefällt mir.

»Alles verstanden?«, frage ich und Claudine lächelt gequält.

Sie ist schön. Eine blonde Frau mit ebenmäßigen Gesichtszügen und blauen Augen, und zwei riesigen Ohren, die auf beiden Seiten beinahe ihre Wangen bedeckten. Erstaunlich ist, dass ihr diese Muscheln in der Kombination mit ihrer sonstigen Schönheit etwas unglaublich Wollüstiges verleihen.

An ihrer Ohrwand hat sie zudem chinesische Schriftzeichen eintätowiert. Es soll zumindest asiatisch aussehen (und ist dabei wahrscheinlich von der Speisekarte eines Restaurants abgepinnt). Sie wirkt unsagbar müde, weil ihre Augenbrauen jeweils zur Stirn hin spitz zulaufen. Ihr ganzes Gesicht fällt dabei irgendwie dreieckig nach unten, auch die Mundwinkel. Aber sie hat blonde, schulterlange Locken.

Claudine ist dreiundzwanzig Jahre jung.

Ich kenne dieses Alter. *Oh ja!* Und das Merkwürdige ist, dass es für mich so eben gestern gewesen ist, also noch sehr, sehr nahe. »Ich bin wirklich ein erfolgreicher Anwalt«, sage ich und warte auf eine Reaktion.

Claudine lächelt an der Kamera vorbei.

»Und was machst du dann hier?«, antwortet sie, starr auf die Linse fixiert.

Nicht dumm, die Frage.

An ihrer schwarzen Umhängetasche baumelt ein buntes Holzmännchen. In dem dunklen, kalten Zusammenhang wirkt das kleine hampelnde Farbwesen wie der Rest ihrer Seele.

»Ich sammle Listen von Jugendlichen, in denen sie sich angeblich charakterisieren. *Was ich mag/hasse* ... Wenn ich mir das so überlege, dann aus dem gleichen Grund. Um den Verlauf der Zeit darin zu dokumentieren ... Denn die Zeit rast ...«

»Das kannst du laut sagen«, prustet Claudine, »ich habe die erste Cellulitis-Stelle bei mir entdeckt ...«

»Aber das macht doch nichts! Frauen haben ein anderes Bindegewebe als Männer, weil der weibliche Körper aufs Kinderkriegen eingestellt ist.«

»Mit den Oberschenkeln?«

Sie ist eine auffällig elegante Dame, aber sie bläst die Haarsträhnen, die ihr in die Stirn fallen, wie ein Schulmädchen nach oben.

»Ich habe die Kanzlei von meinem Vater übernommen«, quatsche ich weiter, *rieche,* »und in dessen Bürotrakt hat es früher immer Orangensaft und Kekse zu essen gegeben.

Von der Sekretärin. Das war eine erstaunliche Frau. Sie schrieb heimlich Gedichte, zwischen die Zeilen der Bücher, die sie gerade las. In einer Miniaturgeheimschrift.«

»Aha …«

Claudine ist eher unterschwellig interessiert.

»Ja, und die Sekretärin hat sich vor Katzen geekelt, und wenn eine Nachbarin zu Besuch kam, einfach mal so, mit ihrer Lieblingskatze, dann drehte Frau Lautenbach sich abrupt und angeekelt zur Seite. Was aber genau den gegenteiligen Effekt hatte, denn die Katze fühlte sich durch diesen Blick ermuntert und sprang der Sekretärin auf den Schoß. Bis sie sich verflucht fühlte.«

Katzen gehen immer, denke ich. Und tatsächlich prustet Claudine, als hätte ich einen neckischen, kleinen, schmutzigen Witz gemacht.

»Dieses Warten …«, stöhnt sie dann genervt, weil die Szene wieder unterbrochen wurde.

»Ich warte inzwischen gerne«, sage ich. »Ich bin ein ›Gernewarter‹ geworden. Wenn alles über mir zusammenbricht und sich alle Schicksalsmächte gegen mich verschworen zu haben scheinen, genau dann renne ich in das Postamt in meiner Straße, weil ich weiß, dass es dort immer brechend voll ist. Und ich mindestens fünfzehn Minuten in einer Schlange stehen muss. Ich kann dann nachdenken …«

»Nachdenken …?«, fragt Claudine und runzelt ihre Stirn.

»Nachdenken«, sage ich.

Schweigen.

»Als ich so alt war wie du«, sage ich, »also vor etwa fünf Jahren …«

Sie prustet wieder. *Leider.*

»… da habe ich mir mit zwei Freunden zusammen ein

Auto gekauft, für vierhundert *Mark, damals,* um nach Prag zu fahren. Um dort mal so richtig die Sau rauszulassen. Wir hatten das Auto nur für die Fahrt gekauft und wollten es danach verschrotten. Na ja, das Auto war nicht mehr ganz in Ordnung. Auf der Fahrt sind zuerst die Zylinder kaputtgegangen, was zur Folge hatte, dass wir nur im zweiten Gang fahren konnten, bis etwa vierzig Stundenkilometer. Die Tschechen haben uns, in dem deutschen Auto, mit dem deutschen Nummernschild, hupend überholt, wütend in das Auto geschaut und nur den Kopf geschüttelt. Da sitzen drei junge Kerle in einem deutschen Auto und fahren nur vierzig …«

»Auf Anfang«, brüllt Ben.

Claudine ist erleichtert. Für sie ist das alles hier, trotz aller Warterei, aufregend und spannend, und die Tatsache, mit den Lieblingen ihrer Jugend zusammen in einem Studio zu sitzen, ist einer der Höhepunkte ihres Lebens. Mir hingegen ist abwechselnd zu warm, zu kalt, und ich habe Hunger. Mit anderen Worten: Ich bin unprofessionell.

Zudem komplett uninteressant.

Ich erinnere mich an ein völlig vermurkstes Date. Als ich noch solche Treffen hatte. Sie hieß Angelika (glaube ich zumindest). Ich war mit ihr in einem Thai-Restaurant essen. Und das Essen war so scharf, dass sie pausenlos hechelte, schwieg, weinte und höchstens mal mit Bier zwischen ihren Backen spülte.

Wir sind dann auch nicht zusammen ins Bett gegangen. Ihr war übel. Aber ich mag unverändert scharfe Thai-Küche.

»Ich mag asiatisches Essen«, sage ich.

Claudine lächelt in Richtung des Hauptdarstellers.

Angelika, erinnere ich mich, musste als Kind ständig bescheuerte Frisuren tragen. Eine Freundin ihrer Mutter war Friseurin und benutzte das kleine Mädchen als Versuchsobjekt.

»Musstest du auch so weit fahren, um hier mitmachen zu können?«

Überraschenderweise ist diese Frage für Claudine von einer gewissen Dringlichkeit, denn sie beschreibt in schnellen, begeisterten Einwortsätzen ihre neue Wohnung und ihren Lieblingskiez, und die Clubs und Bars dort, und wer dort alles herumläuft.

Ich bin so oft umgezogen, dass ich mir keine neuen Straßen mehr merken kann. Oder will. Sie klingen sowieso immer gleich.

»Und du?«, fragt sie plötzlich.

»Ich wohne in einem Dorf«, antworte ich, »zwei Stunden von hier entfernt.«

»Das ist bestimmt schön.«

»Nun ja, die einzige Attraktion in fünfzig Kilometern Umkreis sind Wälder und Hügel. Und ansonsten zwei Sägewerke, außerdem vielleicht noch das entfernte Papierwerk mit seinen treuen Begleitern: den schwarzen Vögeln. Raben und Elstern …« Wie sie in beeindruckender Massierung die Lagerflächen umkreisen, denke ich. Abends, manchmal sogar nachts, müssen die Maschinen Druck ablassen. Dann überlagert ein blechernes Heulen und Jaulen von Sirenen und Turbinen den Horizont, als drängelten sich Dutzende Großraumflugzeuge in Bodennähe. Und als würden dort gleichzeitig noch Hunderte Hexen gequält.

»Ansonsten könnte man höchstens noch über die Rushhour am Samstag quatschen«, rede ich weiter. »Wenn die Dorfkirche ihren Gottesdienst zeitgleich mit dem Ladenschluss eines der Möbelhäuser beendet. Und die Verkäufer den Weg durch das Dorf als Abkürzung zur Autobahn nutzen.«

»Nein«, unterbricht sie mich kategorisch. »Das ist doch kein Leben.«

11

Kann ich es schaffen, mein Kind ohne Trauma großzuziehen?

Nach einer Trennung. Mich quält der Gedanke unaufhörlich. Deshalb habe ich mich zu einem Gespräch mit der Psychologin Andrea Schaal in ihrer Praxis in der Kölner Innenstadt verabredet.

Nach längerer Autobahnfahrt lenke ich den Wagen in ein Parkhaus, bis mich vornehmlich der Gedanke an meine traumatische Blase quält. Aber wo kann man sich heutzutage noch in einer deutschen Innenstadt erleichtern? Also ohne zuerst ein Getränk zu bestellen oder ein Menü zu ordern, in einer langen Schlange, um nach quälenden Minuten einen Geheimcode für das Urinal überreicht zu bekommen. Weit und breit keine Möglichkeit. Und dann: die Erlösung. Auf dem Neumarkt steht eine kleine, unscheinbare öffentliche Toilette. Kein Personal unten, nur ein Drehkreuz. Ich bin so ehrlich, ich schmeiße sogar Münzen in den Schlitz hinein. *Alleine.* Innen … Überall liegen Fixerunterlagen, Spritzen; Blut. Zwei Toiletten sind von innen abgeschlossen; keine Geräusche. Ich wanke hastig an ein Urinal. Wenn jetzt ein Junkie runterkommt, schießt es mir durch den Kopf, dann kannst du nirgendwohin abhauen. Es gibt nur diesen Vordereingang, du sitzt hier in der Falle. Keine Hilfe. Kein Entkommen!

Aber es geht noch einmal gut.

Ohne Flecken auf der Hose klingle ich am Praxiseingang. Ich schlendere das Treppenhaus hinauf, komme auf der obersten Stufe an, in Gedanken, also überzeugt davon, es folgen noch einige weitere davon, von diesen Stufen, sodass ich daherstampfe wie ein Elefant. Mit einem dummen, überraschten Gesichtsausdruck.

»Das passt …«, sage ich beim Eintreten und meine weniger mein Stampfen als vielmehr zwei Bücher, die unter einem Glastisch ausliegen. *Liebe, wie geht das?* Ist der Titel des einen. Und: *Paare, die passen.*

»Damit kann man sich seinen perfekten Partner basteln«, erklärt Frau Schaal lächelnd. Die elegante (und wirklich attraktive) Mittfünfzigerin hat zehn Jahre lang in Los Angeles eine Praxis geleitet und kennt sich nicht nur deswegen in verschiedenen Kulturkreisen aus. Draußen rumort noch ansatzweise das Gewusel der Welt, hier drinnen dominieren hohe Decken, weiße Ledersessel; Ruhe.

Charlotte hat mir mal von einigen ihrer Therapiestunden erzählt und davon, dass sie dort immer nur ihr verstörtes Ich belauert habe, wie es Backsteine ihres Lebens sortierte, um sie in bunte Geschenkpakete einzuschlagen. Auf denen Zettel klebten: »Charlotte – Studentin«, »Charlotte – Tochter«, »Charlotte – Bitch«, »Charlotte – Ehefrau«. Später, in ihrer Wohnung, hätten sich dann alle diese Paketzettel vor ihr gedreht, während sie sich in ihrem Bett verkroch und die Augen schloss.

»Trennung muss also kein Trauma sein?«, falle ich mit der Tür ins Haus.

»Wenn sich bei einer Trennung die Eltern trennen, trennt sich das Kind nicht von beiden Eltern. Es bleibt erst mal hauptsächlich bei einer Person, in den meisten Fällen ist das die Mutter. Oft entscheiden die Paare auch, dass beide das Kind fifty-fifty sehen. Das sind meist sehr engagierte Väter, die auch Wert drauf legen, dass sie in der Nähe des Kindes wohnen, nicht weit wegziehen, und es gibt dann auch solche Lösungen, wo die Väter auf eine solche Regelung bestehen, weil es für sie finanzielle Vorteile hat. Das sind aber die Ausnahmen.«

»Ist es denn für Frauen ein Problem, wenn die Väter plötzlich so engagiert sind?« Die Stille um mich herum gefällt mir. Sie schafft eine Atmosphäre, die mich loslöst. Stille schafft Raum, tatsächlich, um meine Gedanken herum, um belanglose Dinge, Bücher, Erinnerungen, Vergangenheit und Gegenwart. Sie stanzt Einzelheiten in den Vordergrund und ermöglicht es dadurch, dass ich sie nacheinander dankbar betrachten kann.

»Manchmal schon«, antwortet Frau Schaal. »Kinder sind – das darf man nicht außer Acht lassen – ein kleines Druckmittel. Und das Kind zu haben bedeutet auch, dass mehr Geld in die Richtung des Partners fließt, der die Kinder betreut. Oft haben Frauen so ein Selbstverständnis: Ich bin der Hauptbezugspartner für die Kinder, ich bin ja schließlich die Mama. Und wenn dann der Anspruch gestellt wird, vom Vater, ich möchte mich aber auch einbringen, ist das irgendwie ein bisschen Revierkampf. Das erlebe ich auch bei Paaren, wo die Frau hauptberuflich war und das Familiengeld verdient hat und der Mann zu Hause war und die Kinder betreut hat. Wenn es dann zu einer Trennungsphase kommt, tauchen auf einmal die Mütter auf und sagen: Natürlich kommen die Kinder zu mir, ich bin ja schließlich die Mama. Obwohl sie die ganze Zeit vom Papa betreut wurden. Das ist noch ein altes Muster, mit dem sich Frauen auch mal auseinandersetzen müssen.«

Ich denke an Carsten. Er durchlebt so etwas gerade. Absurderweise ist das ein Vorwurf, den ansonsten gerne Männer machen: Hausarbeit, das ist doch nichts Ernstes.

»Weil mit dem Männerbild immer noch verknüpft ist, das sind die Versorger«, fährt Frau Schaal fort. »So ein archetypisches Ding. Und es ist ja auch erst eine Generation her, dass wir uns damit anfreunden, dass es andersrum sein kann.«

Aber in jedem Fall, betont sie, wird sich nach einer Trennung ein Verhalten zeigen. Altersbedingt.

Ich habe es befürchtet.

»Kleine Kinder nässen auf einmal wieder ein, bei größeren Kindern sieht man, dass sie in der Schule absacken. Es ist fast immer der Fall, dass es so einen Knick gibt, deshalb sollte man eine Trennung, wenn möglich, nicht gerade vor dem Abi machen. Ganz im Ernst, ich erlebe das immer wieder. Die Kinder durchleben ein halbes Jahr lang einen Knick in der Schule, was man gut nachvollziehen kann, denn die Kinder beschäftigen sich ja damit. Die konzentrieren sich in der Schule auf was anderes als auf Mathe. Ihr Gehirn muss eine neue Situation verarbeiten. Das sind ja ganz weitreichende Konsequenzen. ›Was bedeutet das für mich?‹ ›Wo zieht der Papa oder die Mama hin?‹ Sie machen sich Gedanken über Dinge, die sich nicht in ihrer Macht befinden. Sie sind hilflos und müssen vielleicht damit zurechtkommen, dass sie einen Elternteil haben, den sie trösten müssen. Vielleicht kommt der Papa nicht gut damit zurecht, dass die Mama ihn verlassen hat, oder vielleicht heult die Mama, weil der Papa nicht zahlt. Die Eltern haben ja selber Schwierigkeiten mit der Trennung und die Kinder fühlen sich sehr oft in der Verantwortung, den einen oder anderen Elternteil zu unterstützen. Die stellen sich neben die Mama und sagen: ›Ja, der Papa zahlt nicht‹ – und wettern mit der Mama gegen den Papa. Oder die Mutter will immer mehr Geld, der Vater beschwert sich darüber. Da passiert ja noch eine ganze Menge, bis das alles richtig abgewickelt ist, und die Kinder sind daran beteiligt. Aber sie können nichts machen. Und das beschäftigt die natürlich. Durch dieses innere Beschäftigtsein mit den Ängsten und Problemen, die auf die Familie zukommen, ziehen sich die Kinder erst mal von dem, was wichtig ist, zurück, und das hat dann außen sichtbare Konsequenzen. In der Schule mehr Gereiztheit, die Kinder lassen sich auf einmal nix mehr sagen, ›du hast mich sehr verletzt‹ – sagen die natürlich nicht so, aber das steckt dahinter –, ›du hast mir sehr wehgetan, jetzt tu ich dir auch weh‹. Oder sie tauchen ab und zocken auf einmal oder verschwinden im Alkohol oder dröhnen sich mit Dope zu. Irgendwas passiert. Wenn das eine kurze Phase ist, ist das eine völlig normale Geschichte, wenn das eine längere Phase ist, sagen wir mal mehr als drei, vier Monate anhält, dann ist da vielleicht Hilfe und Unterstützung für das Kind angesagt.«

Draußen: Jugendliche. Passend irgendwie, denke ich. Offensichtlich schulfrei. Unverkennbar: die Schreierei. In der Pubertät muss es immer laut sein, es reicht kein Gruß, es muss gebrüllt werden, auf die andere Straßenseite hinüber; alles ist überzogen und schrill. Vor allem das Lachen der Mädchen, gehässig, in hohen Oktaven. Ich war auch so ein Schreier, erinnere ich mich. Es kam mir nicht einmal anormal vor.

»Wenn es die annimmt …«, werfe ich ein. Das Kind. Also Felix.

»Die Unterstützung kann von einer guten Freundin oder von der Patentante kommen oder einem Onkel oder einem

Psychologen oder einem Pfarrer oder einem Lehrer – irgendjemand, der sich dem Kind dann aktiv zuwendet und auch einen Weg sucht, aktiv mit den Kindern zu reden. ›Was belastet dich? Was verarbeitest du gerade?‹«

»Die Sehnsucht nach der heilen Familie ist unverändert vorhanden?«

»Die Sehnsucht ist da«, erklärt Frau Schaal, »weil wir beide Eltern haben wollen, und das ist einfach schön, diese wichtigen Menschen im täglichen Leben um uns zu haben. Denn die Eltern sind ja beide wichtig für die Entwicklung der Kinder. Kinder wollen beide haben und greifen auch immer nach den Händen beider und wollen sie wieder zusammenführen.«

Neben meinem Sessel steht eine kleine Blechdose, mit goldfarbenem Beschlag. Das Tageslicht fällt durch einen schmalen Schlitz im Deckel und beleuchtet innen alles überzogen. Chaotisch. Beinahe künstlich. Die heile Welt, denke ich.

»Kinder haben das alles im Kopf«, frage ich, »wenn sie selber eine Familie gründen?«

»Sichtbar daran, dass immer wieder neue Ehen eingegangen werden. Wenn man sich vorstellt: Jede zweite Ehe wird geschieden. Es ist absurd, dass trotzdem wieder geheiratet wird. Aber es *wird* geheiratet mit der Sehnsucht: Wir machen das anders, wir machen das besser. Solche Paare kommen dann mitunter auch eher in die Beratung, weil sie sagen, ich möchte nicht, dass meine Kinder das erleben, was ich erlebt habe, denn das war ganz schrecklich.«

Das interessiert mich. »Kommen Paare in die Therapie, weil die nicht mehr klarkommen oder weil sie eine gute Trennung wollen?«

»Beides. Ich gebe dabei nichts vor oder mit auf den Weg.

Ich verstehe mich mehr als jemand, der versucht herauszuhören, was das Anliegen der einzelnen Person ist, und ich bin deren Verstärker. Also, ich gebe denen nichts von mir aus mit, aber ich spüre in beiden schon den Wunsch, ›Ja, wir möchten uns wieder vertragen‹. Was nicht unbedingt heißt, ›Wir kommen wieder zusammen‹. Viele Trennungen, die sehr unschön ablaufen, die im Rosenkrieg enden, sind darin begründet, dass einer oder beide noch so einen tiefen Schmerz haben, und der Schmerz findet keinen Ausdruck, weil dazu müsste ich mich ja sehr verletzlich und offen und bedürftig zeigen. Und wenn mein Partner schon als Feind auftaucht in meinen Augen, dann zeige ich mich nicht als verletzlich und bedürftig, sondern dann zeige ich mich als Angreifer. So entstehen diese Rosenkriege, wo einer den anderen beschießt, angreift, und da werden auch Kinder instrumentalisiert, da wird vor gar nichts zurückgeschreckt. Da wird beim Finanzamt angeschwärzt, alles Mögliche …«

»Aber es geht doch nur um das Wohl des Kindes …« (Kleine ironische Replik.)

»Wenn da so ein tiefer Schmerz sitzt, ist das Bedürfnis immer noch da: ›Ich möchte, dass du hörst, dass du siehst, dass du fühlst, wie weh das mir tut. Und ich weiß nicht, ob du mich hörst oder siehst, aber ich kann dazu beitragen, dass du fühlst, wie weh es mir tut. Ich brauch dir nur genauso wehzutun.‹ Abgesehen davon, wenn eine Bindung sich auflöst, dass auch gewisse Altruismen wegfallen. Also, ich finanziere dir dein Studium, weil irgendwann tust du mir was Gutes. Diese ausgleichende Waage, die wir alle in uns haben, die wird dann in dem Moment deutlich, wenn die Bindung gekappt wird. Wenn einer sagt, ich geh jetzt. Dann wird aufgerechnet. ›Was ich alles für dich getan habe!‹«

Ich muss dabei an Charlotte denken, für die ich ebenfalls alles getan hätte und für die ich mich ins Zeug legte, damit sie ein bezahltes Praktikum erhalten könnte. Ich telefonierte, bettelte, bis ich eine Zusage für sie erreichen konnte und sie anrief. Damals gab es noch keine Handys, keine Kurzwahl. Ich prustete in den Telefonhörer: »Ich hab's!« Ich kreischte und jubilierte, weil ich wusste, dass auch Charlotte sich freute. Dann wartete ich ihre Reaktion ab. Schweigen. Langes Schweigen. Eine tiefe Männerstimme sagte: »Das freut mich für sie …« Ich hatte die letzte Ziffer ihrer Nummer vertauscht.

»Also ein Wechsel«, sage ich, »vom Paar-Sein zum reinen Eltern-Sein.«

»Dazu zählt auch, ich kann mich nicht mehr bei dir einmischen. Du hast freie Wahl bei neuen Partnerschaften. Da taucht oft noch Eifersucht auf. Jetzt hab ich mich von dem getrennt, oder umgekehrt, und jetzt auf einmal ist da jemand anders. Wird er dort jetzt ausleben, was ich mir sehnlichst gewünscht habe? Wie gemein ist das denn?! Wenn man sich getrennt hat, ist noch lange nicht alles vorbei.«

Es sind diese Kleinigkeiten, denke ich. Wenn Ulrike aus dem Bett sprang, um etwas zu suchen, nackt, es war kalt in der Wohnung, aber sie *musste* etwas suchen, und kam dann wieder ins Bett, und mir war nicht klar, ob sie gefunden hatte, wonach sie suchte – aber ihr Körper war nun auch kalt. Und wenn ich meine warme Hand dann auf ihren kalten Bauch legte, zuckten wir beide abwechselnd kurz zusammen. Aber ich wärmte sie. Diese Kleinigkeiten, denke ich.

»Es gibt Paare«, sagt Frau Schaal, »die gehen als Freunde auseinander, aber bei denen kann man sagen, da war auch lange vorher eine Freundschaft, keine Paar-Leidenschaft mehr. Das hat sich so auseinandergelebt.«

Das ist mal ein Wort. »Ist das für das Kind nicht besser?«

»Für das Kind ist es gut, wenn die Eltern ihren Streit so weit wie möglich beigelegt haben. Denn sonst besteht die Gefahr, dass die Streitigkeiten, die mit dem Partner noch offen sind, spürbar werden für das Kind. Bei der Kind-Übergabe, wenn der Vater kommt oder die Mutter, braucht es ja nur einen Blick auf die Uhr, ein Tippen mit dem Fuß, und das Kind weiß, die Mutter ist genervt, weil der Vater nicht pünktlich kommt. Man sagt dem Kind gar nichts Negatives über den Partner, weil, man will ja *korrekt* sein, aber das Kind schnappt das auf. Oder ein Blick, ein Augenrollen, ein tiefes Atmen, oder überhaupt nur ein starkes Gefühl für die andere Person, das ist für ein Kind wahrnehmbar. Das Kind spürt diese Streitigkeiten und kommt dann in einen Loyalitätskonflikt und weiß nicht, zu wem soll ich denn hier halten? Es sucht sich dann meistens die schwächere Person.«

Ich blicke zu Boden.

Die Stille rauscht. In der Leere. *Verstehen* ist auch so ein stiller Vorgang, in dem es nichts zu tun gibt, sondern den ich nur wahrnehme. Was in meine Wahrnehmung drängt; die Leere. Vollständige Aufmerksamkeit duldet kein Denken.

Wichtig: kein Streit.

»Wenn eine Trennung zu einem Trauma wird«, ergänzt Frau Schaal, »dann ist das damit verwurzelt, dass das Kind hilflos ist, in einer Welt steht, in der es handlungsunfähig ist. Ich krieg meine Eltern nicht mehr zusammen, egal wie brav oder wie laut ich bin. Egal, was ich versuche, die trennen sich trotzdem. Und wenn die Trennung sehr unschön verläuft, dann geht sie einher mit Streitigkeiten, Abwertungen, und das Kind erlebt, dass eine ihm wichtige Bezugsperson im schlimmsten Fall komplett abgelehnt und abgewertet wird. Das Kind kommt daraufhin in einen großen Zwiespalt. ›Ich habe Papa und Mama lieb und jetzt darf ich das irgendwie nicht, kann ich nicht, weil der Papa oder die Mama redet ja schlecht über den anderen, ich muss dem ja wohl glauben. Was soll das sein?‹ Und wenn der Partner, der weggeht aus dem Familienverbund, nicht mehr kommt … Und das Kind weiß nicht, warum der Papa nicht mehr kommt. Vielleicht sagt die Mutter noch: ›Der hat keinen Bock auf dich, der hat eine neue Freundin.‹ Oder: ›Der hat jetzt eine Familie woanders, der will uns nicht mehr.‹«

Nach drei Jahren hat schon die Hälfte der Männer keinen Kontakt mehr zu ihren Kindern.

»Eine erschreckende Zahl«, sage ich.

»Oft ist der Grund der, dass man mit einer neuen Partnerin zusammenkommt. Wenn man sich früh getrennt hat, ist die Chance groß, dass die neue Partnerin noch einen Kinderwunsch hat. Dann konzentriert man sich auf die neue Frau, das neue Kind. Oftmals ist noch ein Spannungsfeld zwischen neuer Partnerin und eigenen Kindern.«

»Und wie bereinigt man dieses Spannungsfeld? Wichtig ist vermutlich Klarheit?«

»Man sollte auf keinen Fall vor dem Kind den anderen Partner schlechtmachen, weil das in diesen Loyalitätskonflikt führt. Und ganz wichtig ist: Was verändert sich für das Kind? Gibt es immer noch die gleichen Routinen, die es vorher hatte? Spielt mein Vater immer noch mit mir Samstagnachmittag Fußball? Oder bin ich da abgeschrieben, weil er nicht mehr kommt? Weil er nicht darf oder nicht kann, weil er in eine andere Stadt gezogen ist. Und wie wird das dem Kind erklärt? Natürlich immer altersbedingt. Selbst wenn man einem Kind erklärt, dein Vater kann jetzt eine bestimmte Sache nicht mehr machen, der ist jetzt in einer anderen Stadt wegen dem Job – ganz tief wird dem Kind der Gedanke bleiben: ›Wenn der Papa mich wirklich gewollt hätte, wäre der nicht weggezogen.‹ Die Kinder beziehen das sehr stark auf sich.«

»So etwas sinkt enorm tief ein …«

»Je mehr von der Routine und dem täglichen Leben intakt bleibt, auch wenn verschiedene Wohnorte existieren und man nicht mehr unter einem Dach lebt, desto geringer ist der Schmerz, den die Kinder erleben. Und traumatisch wird es, wenn die Kinder instrumentalisiert werden und wenn sie in den Loyalitätskonflikt gebracht werden. ›Bei wem möchtest du denn lieber sein, beim Papa oder bei der Mama? Du willst doch wohl lieber bei mir bleiben, oder? Das habe ich dem Papa schon gesagt!‹«

12

Sportvereine, heißt es, führen Menschen zusammen.

Ja, das stimmt. Und zwar: junge Menschen.

Ich wollte nach vielen Jahren mal wieder Badminton spielen, weil dort der Frauenanteil höher ist als bei Rugby oder Schach, aber ich hätte mich vorher vielleicht besser über die Altersstruktur informiert. Und die ist leider mittlerweile für mich zu einem Alleinstellungsmerkmal geworden.

Früher habe ich dort immer wieder Frauen kennengelernt, beim Badminton, aber in der Gegenwart *(»welcome«)* spiele ich eher die zweite Geige. In der dritten Mannschaft. Als Auswechselspieler. Ohne Einwechslung.

»Männer sprechen immer über Fußball«, sagt Almut, die mir beim Training zugewiesen wurde, weil: Anfang vierzig, frisch getrennt und gleichfalls Neuling, »und sie sprechen alle über Fußball, kennen dabei alles, wissen dabei angeblich alles – oder sie hassen Sport und sind witzig und dick.«

Dabei ist das völliger Blödsinn. Denke ich.

Also nicht, dass wir alle über Fußball sprechen oder dicklich sind. Sondern, dass es innerhalb der Sportliebhaber eine gemeinsame Sprache gäbe. Weil es nämlich zwei Sorten von Männersportlern gibt, die sich untereinander nicht vermischen lassen. Es sind zum einen die Kämpfer, die Schwitzenden – und zum anderen die Gemütlichen.

Und eines der schwierigsten Dinge im Leben eines Mannes ist es, einen Freund für den gemeinsamen Sport zu finden. Das sage ich allerdings laut. »Wohlgemerkt, es geht nicht um das berühmte erste Mal, an dem sich zwei Männer lautstark und enthusiastisch zu einer Form von Bewegung entschließen, sei es nun wildes Herumgerenne im Wald oder tumbes Herumgeschieße gegen einen Ball.«

Beim ersten Mal macht das noch Spaß, denke ich, und gilt als Auftakt zu einem lebenslangen Ritual.

Beim zweiten Mal allerdings stellt sich heraus, dass die Pausen zwischen den Wiesenspurts für den einen überlebensnotwendig, für den anderen mehr erkältend sind. Und beim dritten Mal *»kommt gerade was ganz Dringendes dazwischen«*.

Von diesem Tag an lernst du als Mann eine entscheidende Lektion: Du bist allein. Und du wirst immer allein bleiben.

Vor allem, wenn es regnet.

Die zweite Lektion, die du als Mann lernst, aufbauend auf der ersten, denke ich, die du aber als Mann nicht einmal denken solltest, denke ich, ist: *Du wirst nie eine Frau finden, mit der du Sport machen kannst.* Auch nicht, wenn die Sonne scheint.

Erst recht nicht, wenn die Sonne scheint.

Und erst recht nicht, wenn es regnet oder bewölkt ist oder wenn der Berg zu steil oder die Jogginghose noch in der Wäsche ist.

Frauen, die Sport machen, denke ich, und die nicht gerade talentiert sind, also ganz normale Frauen, erinnern mich irgendwie an die 1920er Jahre. Gerade wenn sie Tennis oder Badminton spielen. Sie folgen dem Schläger, vorneweg gestreckt, steif, als jagten sie Schmetterlinge. Wie mit einem Schwert. Und immer dem Ball ausgeliefert.

Aber ich lächle Almut an, weil sie sich schon aufwärmt, und weil sie die Einzige ist, die mit mir spielen darf. Und nicke.

»Wir sind aus der gleichen Schule«, sage ich freudig. Was sie sichtlich wundert, denn sie ist in Berlin geboren und aufgewachsen, ich in Köln. »Ich meine dein Aufwärmen«, sage ich, »du dehnst dich sehr schnell und federst bei den Dehnübungen immer nach. Das ist unverkennbar meine Schulzeit, lange her, und es stimmt mich beinahe melancholisch. Dieses Wippen geht nämlich nicht mehr raus. Ich will auch immer noch wippen, beim Aufwärmen …«

Almut hingegen stimmt ihr Aufwärmen überhaupt nicht melancholisch. Sie stellt es augenblicklich ein und schaut mich befremdlich an. Irgendwie beleidigt.

»Dabei hat es auch bei mir erst sehr spät angefangen mit dem Sport«, sage ich, »denn mein Vater hat mir jeden Spaß daran abgetötet, sogar an Fußball. Er hat mich als Kind immer zu Benefizspielen von ehemaligen Nationalspielern mitgeschleppt.« Und das ist furchtbar, das ist grauenhaft; Folter. Er schleppte mich zu irgendwelchen verrotteten Provinzaschenplätzen und sagte: »Schau, der Schnellinger, und huu, der Uwe Seeler.«

Schnellinger und Seeler waren damals schon alte Männer, die höchstens noch einen Spurt andeuteten und dann furchtbar keuchten, schlechten Fußball spielten, über keinerlei Technik verfügten und tumbe Tore schossen. Ich wollte mit Sport nichts zu tun haben.

»Einer war dabei«, sage ich, bei diesem Benefizgekicke, »der war nun wirklich richtig dick. So richtig fett. Der lief auch kaum noch, der stand mehr rum und stolperte bloß, wenn er den Ball bekam. Es war soo jämmerlich. Aber die Leute und mein Vater sagten nur: ›Huu, das ist doch der XY aus der Vierundfünfziger-Elf‹, und ich dachte nur: Mein Gott, ist das peinlich! Aber das durfte man nicht sagen. Weil, es war für einen guten Zweck. Also schauten wir dicken Männern zu, die sich nicht mehr bewegen konnten, und zählten lächerliche Tore, weil der Torwart nicht mehr springen konnte. Und in der Pause gab es Bratwurst. Das war das Beste an diesen Tagen.«

Almut schweigt bezüglich der deutschen Vergangenheit, aber sie greift nach einem Badmintonball und tastet an den Plastikfedern herum. Es soll wahrscheinlich wissend wirken. Vielleicht mag sie auch einfach nur Plastik.

»Irgendwann habe ich dann doch im Verein Fußball gespielt«, sage ich, während Almut einen ersten Schlag versucht. »Und ich war angeblich richtig gut.« Das Absurde war nur, dass ich zu diesem Zeitpunkt extrem kurzsichtig zu werden begann, aber noch keine Brille hatte, weil man als Kind selber den Verlust der Augenkraft nicht so recht versteht und von daher nicht handelt, stattdessen halb blind durch die Gegend läuft. Und aus – im wahrsten Sinne des Wortes – *blinder Verzweiflung* schlug ich Pässe, die man traumhaft nennt, und schoss unentwegt ins Tor, weil ich den Ball nicht zu einem Nebenmann spielen konnte.

Almut nickt überraschend. »Ich schaue auch jeden Samstag Fußball«, sagt sie. »Jeden Samstag, obwohl ich es tatsächlich nicht spielen kann, und auch manche Regeln nicht verstehe. Dafür sage ich sogar Verabredungen ab, wenn Fußball kommt. Ich habe nämlich mit meinem verstorbenen Vater früher immer zusammen Fußball geguckt. Ein Ritual, das einzige Symbol der Nähe, das bis heute geblieben ist.«

Dabei klopft sie auf das Netz im Spielfeld, als wolle sie mich an den Grund unseres Aufenthaltes erinnern. Also setze ich einen kurzen Aufschlag, mit dem sie nicht gerechnet hat.

Daraufhin ist sie leicht angesäuert und sagt, ich solle *richtig* spielen.

»Ich habe mal in einer Buchhandlung gearbeitet«, sage ich, um sie aus dieser resignierten Haltung zu lösen, die schnell in offene Aggression kippen kann. »Und da kam eines Tages ein riesiger Bodybuilder herein. Er betrat den Laden und suchte zielstrebig ein Buch. Er war ein Mann von mildem Stumpfsinn, der mit Sicherheit weder Beratung noch Gesellschaft suchte. Der Sportsmann blätterte dann konzentriert in einem dicken Buch, das er wohl schon von draußen entdeckt hatte. Es war ein Schwarzenegger-Gesamtpaket, mit Hunderten Trainingsanweisungen und Tausenden Fotos. Oberes Preissegment; gebunden. Luxus. Ihn zu beobachten hatte einen gewissen Reiz, weil dieser Bodybuilder mit Sicherheit noch niemals zuvor in einer Buchhandlung gewesen war. Selbst meinen Kollegen fiel das auf. Sie kamen zu mir rüber und deuteten auf die Kraftmaschine. Es war uns allen klar, dass er nichts kaufen würde, erst recht nicht einen derart teuren Schinken. Wir wollten sogar darauf wetten. Bevor wir aber den Einsatz austauschen konnten, registrierte der Sportsmann, dass wir über ihn sprachen. Er klappte das Buch theatralisch zu und suchte nach einer Rechtfertigung für sein ausdauerndes Lesen. Ohne zu kaufen. In diesem fremden, unwirklichen Geschäft, in dem ein Mann seiner Klasse normalerweise nichts verloren hatte. Er suchte deutlich sichtbar nach einem Wort, das ihn entlastete und gleichzeitig zu diesem Ort passte, und es musste ihn von dem Klischee reinwaschen, ein Dummkopf zu sein. Er suchte also nach einer Beschreibung, einer Dechiffrierung, einer Metapher, die ihn auswies als einen Eingeweihten, einen Geistmenschen. Er suchte nach dem Klang eines Wortes, das man wohl so ausstieß, in diesen Buchhandlungen, wie er sich das vorstellte. ›Ein Meisterwerk …‹, sagte er schließlich und atmete dabei lang gezogen aus, wie ein Schauspielschüler.«

Almut allerdings antwortet nicht. Sie versucht eine Täuschung, die ich meinerseits mit einem verdeckten, angeschnittenen Ball retourniere.

Das Interessante ist doch, denke ich, dass sich heterosexuelle Männer beim Sport heutzutage in einer Weise anstarren, den Körper vergleichen, wie wohl niemals zuvor in einer Epoche. Und dass dabei niemand homosexuelle Absichten unterstellt.

»Schon Adorno und Horkheimer haben übrigens das ›Interesse am Körper‹ als ›todbringend‹ bezeichnet«, sage ich zu Almut, während sie moniert, dass auf ihrer Seite des Platzes das Deckenlicht ungleich unfairer eingestellt sei. »Der Umgang des modernen Menschen mit seinem Körper erschien ihnen als gestört, denn der Mensch gehe mit seinen Körperteilen um, als wären sie bereits Prothesen.«

Almut schmeißt derweil den Schläger auf den Boden und verflucht den Bodenbelag.

Der Bauch hat sich verändert, denke ich dabei plötzlich, als sie sich so müht und streckt. Bei den Männern. Und seitdem der Körperkult bei uns Männern ausgebrochen ist, also der Waschbrettbauchkult, wirkt auch der weibliche Bauch so schwabbelig. Dicklich, untrainiert, uninteressant. Aber erst seitdem der männliche Bauch derart im Blickpunkt steht.

Ich schaue inzwischen tatsächlich auch oft auf den Bauch

bei einer Frau. Und dieses Bauchgefühl sagt mir, ob mich eine Frau interessiert.

»Großartig«, sage ich also zu Almut und setze den letzten Punkt zum Satzgewinn.

»Schau mich nicht so an!«, flucht sie daraufhin, greift ihre Tasche und verlässt grußlos den Platz.

»Wir haben doch noch eine Viertelstunde …«

Aber sie sieht sich nicht einmal nach mir um.

Es ist wirklich eine bittere Lektion: Du bist allein. Und du wirst allein bleiben.

Vor allem, wenn es regnet.

13

Bestimmte Probleme treten verstärkt bei Scheidungskindern auf, lese ich in einem Artikel und beschließe, unverzüglich per Mail einen zweiten Interview-Termin bei der Psychologin anzufragen. Scheidungskinder haben mehr psychische Probleme und weisen mehr Verhaltensstörungen auf, lese ich, und bei vielen fallen die schulischen Leistungen deutlich ab.

»Felix ist ein kluger Junge«, sagt meine Mutter.

Ich bin bei meinen Eltern vorbeigefahren, also den Großeltern von Felix, allerdings ohne ihn. Was beide erkennbar traurig stimmt. Sämtliche Enkel sind so etwas wie ihre Lebensaufgabe.

»Er ist ein fröhliches Kind«, sagt meine Mutter.

Das Erstaunliche ist, denke ich, mit welcher Ruhe und Toleranz unsere Großeltern ihre Enkel aufwachsen sehen, während die Erziehung der eigenen Kinder eher als »ausbaufähig« beschrieben werden dürfte. Und gleichzeitig rutscht ihnen noch die vertraute Welt an allen Ecken aus den Händen. Aber die *Familie* verhärtet sich zum Kern hin. Die alten Ordnungen sind derart zerbrochen, dass selbst eine Scheidung inzwischen schon als Normalität angesehen wird.

»Was wünscht Felix sich denn zum Geburtstag?«, fragt Oma.

Das heutige Esszimmer ist mein ehemaliges Kinderzimmer. Der Löffel auf dem Unterteller meiner Kaffeetasse erzittert unter dem dumpfen Nachhall eines Lastwagens, und ich erinnere mich, wie vertraut mir früher dieses Beben war. Und wie sich seltener Besuch darüber erschrak. Noch heute registriere ich die Gewichtsvibration, die sich auf dem Parkett als Bollern ausbreitet, mit einem wohligen Schauern. Mir ist nie der Gedanke gekommen, dass hier mal alles einstürzt, denke ich. Niemals. Sogar der Fernseher zitterte, denke ich.

»Er hat eine Liste geschrieben«, antworte ich meiner Mutter, »ich rufe dich morgen an.« Manchmal bricht noch ihre schlierenartige Vergangenheitswelt durch, wenn sie mir abenteuerliche Rezepte diktiert. Bei einem Gerstenkorn, sagte sie letztens, musst du mit einem Goldring über die Stelle reiben. Jeden Abend. Und nach drei Abenden sei alles wieder gut.

Wie im Märchen.

Selten mal so ein Sticheln in Richtung Ulrike, im Sinne dessen, sie sei die Schuldige. Beide halten sich erstaunlich diszipliniert aus dem Trennungsmatsch heraus, zumindest gibt es keine offenen Anfeindungen.

Mein Vater schweigt ohnehin meistens.

Ich will das nicht, denke ich plötzlich. Ich möchte für Felix eher ein Freund sein, der natürlich hin und wieder Entscheidungen treffen muss, die ihm nicht gefallen, das ist nun mal so, aber ich will nicht diese abwesende Autorität verkörpern, die mich als Kind eher verängstigt hat.

»Oh«, sage ich überrascht, weil ich eine SMS von Ulrike erhalte. Mit allerdings eher unschönen Untertönen. »Keine Kommunion …«, sage ich leise. Manchmal antwortet Ulrike nicht gleich auf meine SMS, manchmal gar nicht. Ich gebärde mich dann wieder überempfindlich, obwohl mir auch sonst nicht jeder Bekannte antwortet. Aber es geht um Felix, brüskiere ich mich gedanklich, und ich geniere mich als Mimose. *Es sei denn,* tucke ich herum, *wenn es um ihre Termine geht.* Oder aber, ich frage penetrant nach. Das wiederum empfindet sie als unverschämt. »*Was soll das denn wieder? Ich habe auch noch was anderes zu tun.*« Fast schon wie ein altes Ehepaar.

Das Kriegsbeil begraben, ermahne ich mich. Weil ein Krieg keine Sieger kennt, sondern nur Tote; Verwundete. Verlierer.

»Felix müsste zur Kommunion angemeldet werden …« Aber Ulrike will ihn aus dieser bürgerlichen Routine raushieven. Ich würde das Ganze erst einmal nur verschieben. Abwarten.

Sie ist klüger.

Ich bin nicht sauer auf Ulrike; sie macht ihre Sache perfekt, wenn es um Felix, um dessen Probleme geht. Das macht sie gut! Sie ist eine tolle Mutter. *Ich* fühle mich nicht respektiert. Spüre keine Aufmerksamkeit.

Aber ich habe auch keine Freundin, denke ich.

Vielleicht würde ich das alles anders sehen, wenn ich selber wieder verstrickt wäre in diesen Beziehungswahn. Dann würde ich nicht mit Adleraugen auf eine Nachricht warten. Wahrscheinlich sehe ich in Ulrike den Blick einer Frau, die mich nicht will. Daher rührt meine Ungerechtigkeit. Meine Unausgeglichenheit.

Ich bin auch sauer auf das große Ganze, auf die sogenannte Gesellschaft, für die ein Vater nichts wert ist. Die Mutter hat geboren, die Mutter ist die Hülle des Menschen – der Vater steht tapsig daneben.

Trotzdem: *das Kriegsbeil begraben!*

Mein Ego beiseiteschieben, ganz nach hinten. Das ist nicht eben einfach. Aber wenn Felix erleben sollte, dass seine Eltern im Streit auseinandergehen, wird er eine brutale Verletzung davontragen. Und wir erziehen letztlich eine Generation aus Kriegsversehrten. Seelenkrüppeln. Es geht immer nur um Bindung, das heißt Vertrauen, und dass wir als Eltern für ihn sorgen werden. Wenn wir uns aber gegenseitig und Felix gegen den anderen aufhetzen, dann können wir diese Bindung in die Mülltonne packen.

Und wenn ich mich schlecht fühle, wegen dieser Trennung, dann bin ich einzig und alleine selber dafür verantwortlich. Wenn ich mich von meinen Gefühlen mitreißen lasse, ignoriere ich die Auswirkung auf die Menschen in meiner Umgebung, weil ich von meinen eigenen Gefühlen besessen bin. Die *selbstverständlich* gerechtfertigt sind, deklamiere ich, ohne zu realisieren, dass ich damit das Seelenleben anderer Menschen vollkotze. Während ich doch eine Verantwortung übernehmen muss, sowohl für meine eigenen Gefühle als auch für die Gefühle, die ich in meiner Umgebung spüre.

Aber haben meine Eltern das getan?

Nein.

Habe ich je gesehen, dass meine Eltern miteinander geschmust oder sich geküsst haben?

Nein.

Umso schöner ist die Unbefangenheit von Felix dem Opa gegenüber, die ich nie hatte. Was schön ist. Felix kennt auch keine Angst vor Strafen, die ich in mir trug. Bei jedem Treffen durchlebe ich solche Situationen, in denen ich genau weiß, wie mein Vater reagieren würde (nicht als Opa), und ich sehe dann meine Handlung im Vergleich dazu. Reflektierter. Nicht so aus dem Bauch heraus. *Heute,* als Vater, habe ich die Möglichkeit, mich selber noch einmal aus der Perspektive des Kindes anzuschauen. Von daher könnte ich heute auch anders mit meinem Vater sprechen und ihn zu seinen Vorstellungen befragen. Aber nein, das geht nicht. Er ist aus Stein. Und ich will das nicht zerschlagen. Ich habe Angst vor dem, was da möglicherweise ausbrechen könnte, wenn ich zu nachdrücklich bohre. Ich denke daran, wie er den Telefonhörer an Mutter weiterreicht, selbst an seinem Geburtstag, weil er einfach nicht weiß, was er sagen soll. Weil er nie etwas von sich gibt. Ich denke daran, wie er Mutter im Restaurant danach fragt, was er essen soll. Was sie *beide* bestellen sollen, genauer gesagt. Und ich erinnere mich an seine Flugangst. Und wie wir uns gegenüberstanden; ich war vielleicht dreizehn Jahre alt und entschlossen, mich mit ihm zu prügeln. *Absurd.* Ich war kleiner, schwächlicher, hatte mich noch nie geschlagen, keinerlei Erfahrungen, Angst vor den Schmerzen, aber irgendwie war ich überzeugt davon, es müsse jetzt sein, weil ich mich nicht mehr länger anpampen lassen wollte. Oder weil ich enttäuscht war, keine Ahnung, ich habe den wahren Grund längst vergessen. Vermutlich war es Frustration. Weil er nie da gewesen ist. Nie erreichbar. *Schweigend.*

Ich erinnere mich daran, wie ich ihn verleugnet habe, als ich mit den wirklich coolen Schülern auf dem Heimweg war und er uns entgegenkam. »Na«, sagte er freundlich (schon ein wenig unsicher, ob meiner Reaktion), aber ich schlenderte einfach so an ihm vorbei, woraufhin natürlich die coolen Schüler grinsten: *»Was war das denn für einer?«* Ein simples Nicken hätte gereicht. Aber ich habe auch bei einer Vereinswahl gegen ihn gestimmt; es ging um irgendein Kassiereramt, irgendetwas Unbedeutendes, wo jeder Verein froh ist, einen Ehrenamtler zu finden. Die Wahl war also nur pro forma – und ich stimmte vor allen Anwesenden gegen ihn. Das war peinlich und hat ihn tief getroffen.

Damals sollte es das auch. Ich wusste mir nicht anders zu helfen.

Aber wir haben nie darüber gesprochen.

Er war das Oberhaupt. Der Ernährer. Wie so ziemlich alle Väter damals an der »emotionalen Infrastruktur« der Familie kaum beteiligt. *(Aber hätte er das denn gewollt? Musste er so leben?)* Dieses betonierte Rollenverständnis hat eine beachtliche Haltbarkeit aufzuweisen, vom Ende des Mittelalters bis weit in die 1970er Jahre hinein. *(Und hat sich das inzwischen alles geändert?)* Die meisten Soziologen datieren den Bruch natürlich etwas früher, um das Jahr 1968 herum. Dieses Jahr erscheint ein wenig wie die Geburtsstunde des Messias, aber auch ein wenig gewollt. Entscheidender scheint mir doch die Umwälzung im Industrialisierungsprozess, mehr noch als irgendwelche *Sit-ins*. Über Jahrhunderte hinweg, denke ich, hat sich der abwesende Vater als Regel durchgesetzt, beinahe ohne Ausnahme. Der einsame Patriarch an der Spitze des Familiengefüges, von dem man nicht erwartet, dass ihm seine Arbeit (oder gar das Leben) Freude und Sinn bietet. Es ging einzig und alleine darum, genügend Geld zu verdienen, um eine Familie zu versorgen. Bei jedem Besuch wird mir das alles wieder an den Sandstrand meines Bewusstseins gespült, was sich in der Psychologen-Sprache so nett »inneres Kind« nennt. Also die guten wie auch schlechten Erfahrungen, durch die wir als Kinder hindurchgegangen sind und die wir verdrängt oder vergessen haben. Wobei mir klar ist, dass vermutlich niemand (nicht mal Psychologenblagen) in einer Familie aufwachsen, ohne verletzt zu werden. Ohne dabei destruktive

Verhaltensweisen zu entwickeln. Aber wenn wir erwachsen werden, müssen wir für diese Verhaltensweisen die Verantwortung übernehmen.

Nur: Ich mag nicht.

14

Was ist denn mit Kontaktanzeigen?

Früher, denke ich (weil mir noch fünf Stunden bleiben, bevor ich Felix ENDLICH WIEDER aus der Schule abholen darf), also vor den verworrenen Zeiten des Internets, da ist das doch auch irgendwie gegangen. Mit der *Liebe*. Früher ging so etwas nur über Zeitschriften und Tageszeitungen, erinnere ich mich, es war gewissermaßen eine Kunst, die blumigen Anzeigentexte zu durchschauen. Die Richtige zu dechiffrieren. Im Grunde war es furchtbar. Eine Schreiberin war schön, erinnere ich mich, die war richtig attraktiv, kam aber mit ihrer Freundin zusammen, und die beiden wollten auch gleich weiter zum nächsten *Date*. Vor den weiteren anstehenden Verabredungen. Es war nur ein Spaß für sie gewesen. Eine andere Schreiberin zierte sich ewig, weil sie mich einerseits interessant, andererseits doof fand (weil ich die kopierte Rückseite eines Verlagstextes als Briefpapier benutzt hatte), bis sie letztlich doch einem Treffen zustimmte. Ich bekam an dem Tag Kreislaufprobleme *(Sigmund Freud, wo bist du?)*, meldete mich am Bahnhof bei einer Bediensteten mit der Bitte, falls ich ohnmächtig werde, solle sie mich »trotzdem« in den Zug hieven, »bitte, auf jeden Fall!« An den Blick der Bahnfrau erinnere ich mich noch deutlich: *leer*. Junkie, hat sie vermutlich gedacht. Sie hat mir nicht mal geantwortet. Diese Besessenheit, denke ich heute, aber damals hätte ich alles für eine Beziehung getan.

Ach ja, die Angebetete erschien natürlich nicht am angegebenen Treffpunkt. Es war die Wartehalle eines kleinen Bahnhofs. Ich weiß nicht, ob sie mich vielleicht sogar beobachtet hat, keine Ahnung; es ist möglich, dass sie selber in voller Neurosenblüte stand und damit gar nicht in der Lage war, aus dem Haus zu treten. Und dann gab es noch eine Dritte, weiß ich noch, so eine *Gewöhnliche*. Die war nicht hässlich, nein, aber auch nicht wirklich attraktiv; so normal eben. Das Merkwürdige war, dass ausgerechnet die total auf mich abfuhr. Aber sie wollte keinen Sex am ersten Abend. Und genau *das* hat mich dann total scharf gemacht, nur dieser Umstand, also dass sie sich derart zierte. Weil ich spürte, dass sie erregt war und dass sie unglaubliche Kämpfe in sich austrug. Nur deswegen wollte ich mit ihr unbedingt ins Bett. Absurd.

Wir trafen uns ein zweites Mal, und welche Überraschung, jetzt wollte sie auf einmal *alles,* und zwar unbedingt, und ich hatte jetzt natürlich überhaupt keine Lust mehr. Das war mir nun irgendwie zu langweilig.

Wenn ich mir das recht überlege, war früher auch nicht alles besser. Aber zumindest wurden noch Briefe übermittelt. Keine Ahnung, ob das wirklich so viel besser war oder persönlicher, aber wenn ich mir die Seiten heute im Internet anschaue, dann habe ich stärker das Gefühl, einzukaufen. Andererseits sind dafür die Fotos professioneller. Irgendwie sieht beinahe jede Frau heutzutage aus wie ein Model. Also auf Fotos, versteht sich.

Damit ist das Geheimnis schon mal weg, denke ich. Und man macht das alles doch nur, weil man schon mal von jemandem gehört hat, bei dem es angeblich funktionieren soll in der virtuellen Community. Aber ich komme mir trotzdem vor, als ersteigere ich eine Porzellanschüssel.

Was das Alter angeht:

Brutal, ich kann nicht mal ein wenig schummeln. Oder zumindest vertuschen. Na prima, damit werde ich später genauso aussortiert, wie ich selber im Vorfeld verwerfe.

Und zum Abschluss noch ein sogenannter Persönlichkeitstest, der nicht wirklich tiefgründig ist, aber auch nicht uninteressant. *Abschuss!*

Es dauert nicht lange und ich werde tatsächlich angesehen und angeschrieben, und zwar aktiv, von zwei Frauen!

Von Damen allerdings, die älter sind als ich. Und ich bin schon nicht mehr ganz jung. *Die sind also richtig alt!*

Ich mag nicht.

Mit Ende vierzig sehen wir alle so irrsinnig gewöhnlich aus. Ich betrachte die Frau auf dem Foto und es könnte irgendeine Kundin beim Bäcker sein. Und bestimmt eine von denen, die sich pausenlos beschweren, über Krümel in der Auslage oder dass sich jemand vorgedrängelt habe. Oder es könnte auch eine von den gestressten Ladys sein, die mir nachmittags im Supermarkt in die Hacken fahren. Irgendwie ist das alles so profan, wie Tiefkühlware, da wartet kein Schicksal, kein Geheimnis. Aber auch kein Sex. Man überspringt gleich die Zeit der verliebten Jugend und landet augenblicklich in der Langeweile einer Jahrzehnt-Ehe.

Ich mag nicht.

Umgekehrt habe ich sowieso null Erfolg. Die halbwegs attraktiven Frauen melden sich nicht, die jüngeren meine ich. Mein Profil (ich hab's nach Erstellung nicht mal mehr gelesen) scheint offensichtlich kaum der Knaller zu sein, aber ich habe keine Lust, daran zu feilen. *»Ahaa!«*, höre ich schon den Pressesprecher eines solchen Unternehmens ausrufen. *»Da liegt also der Hase im Pfeffer, es ist Ihre Schuld! So wird das nichts!«*

Keine Ahnung.

Im richtigen Leben habe ich auch kein Profil gepimpt. *»Aber das ist nicht das richtige Leben«*, höre ich schon wieder den Pressesprecher keuchen, wobei ich mir nicht sicher bin, ob so jemand das an dieser Stelle wirklich sagen würde. Vermutlich bin ich ohnehin nicht repräsentativ für die Zielgruppe.

Online ist so profan, nerve ich mich schon nach wenigen Stunden. Die bescheidene Kommunikation gestaltet sich zudem mühselig. Kein Witz, kein Charme, kein Esprit. Da geht weder die Hutschnur noch irgendwo sonst der Blutdruck hoch, selbst bei einer Porzellanschüsselbestellung im Internet verspüre ich mehr Aufregung *(was habe ich denn heute mit diesen Porzellanschüsseln?)*. Keine Erregung, keine Vorfreude. Mir fehlt dieses: *»Oooh«*, zu mir selber, instinktiv, *»die ist so süüüß«*, oder von mir aus auch: *»Die ist so klasse! Die ist intelligent. Die will ich küssen!«* Kommunikation im modernistischen Design verläuft dagegen eher einsilbig. Mehr so: »Hi.«

»Wie geht's?«

In einem Wort: langweilig.

Ich habe schon nach wenigen Stunden jegliche Lust verloren. Meine Mitgliedschaft läuft aber noch sechs Monate. Worüber sollte man sprechen? Mit einer Fremden, mit der ich keine Gemeinsamkeiten habe. Schlagfertigkeit ist nicht erwünscht, alle sind so zielstrebig, partnerschaftsorientiert, dabei lieb, freundlich, nett, unkompliziert. Zäh. *Wozu das alles?*

Mein Gott, wenn ich mich zurückerinnere an die Pickelzeiten, als ich mich noch über Tage, mitunter Wochen auf ein Abendessen vorbereiten wollte. Als ich umfangreiche Recherchen unternahm, um ein vermeintlich »schicksalhaftes Zufallstreffen« mit einer Angebeteten zu stemmen, bis ich wirklich ALLES über SIE in Erfahrung gebracht hatte, was es aus dem Freundeskreis oder dem weltweiten Datennetz zu ermitteln gab, nur um eine Form von Gemeinsamkeit zu erzielen.

Und jetzt drücke ich auf vorgefertigte Kästchen.

Andererseits hat das einen Vorteil, denke ich. Es dämpft. Statistisch gesehen scheitern mehr als die Hälfte solcher neuen Beziehungen, und die neu zusammengewürfelten Familien brechen erneut auseinander. Für die Kinder, die nun ein weiteres Mal den Bruch einer Beziehung erleben müssen, hat das meist gravierende Folgen.

Der häufigste Grund dabei, sagen Soziologen, sind falsche Erwartungen.

*

»Alles klar?«

Es ist schön, Felix aus der Schule abzuholen, und genauso bereichernd, ihn hinzubringen, aber ich könnte mir vorstellen, dass es für ihn ein mieses Gefühl ist, wenn ich ihn zu seiner Mutter fahre. Vielleicht denkt er dann, jetzt bringt mich der Papa weg, jetzt schiebt er mich zur Mama ab. Keine Ahnung. Auf jeden Fall erlebt er Trennung schon als etwas Selbstverständliches. Wöchentlich. Zwei unterschiedliche Realitäten. Wöchentlich.

Vielleicht spürt er aber auch, dass eine Trennung nicht nur Ende, sondern auch ein Neubeginn sein kann. Keine Ahnung.

»Papa, heute hatten wir *schwere* Hausaufgaben.«

Ich mag das. Nicht unbedingt die unlösbaren Schularbeiten, aber diese Momente von Alltag. Und ich zwinge mich dazu: ihm zuzuhören, ihn zu bestärken. Es geht so schnell, den Kontakt zu verlieren, weil die eigenen Probleme sein Lachen und Sehnen ausblenden. Es gibt eine interessante Studie, die besagt, dass minderjährige Jungen sich nach einer Scheidung der Eltern bald genauso wohl wie in ihren intakten Ursprungsfamilien fühlen. Das ist meine Hoffnung, versteht sich. Mädchen dagegen reagieren sensibler, insbesondere auf die Anwesenheit eines neuen Partners. Erstaunlicherweise verkehrt sich diese Einschätzung bei volljährigen Kindern, dann sehen die Statistiker eine größere Wertungsdifferenz bei Jungen und kaum einen Unterschied bei Mädchen.

»Können wir fremde Straßen fahren?«, fragt er strahlend.

Bis zur Volljährigkeit ist es noch ein Weilchen, denke ich, und stimme zu. Es ist ein merkwürdiges Hobby, diese Begeisterung über unbekannte Viertel und Ecken, und ich frage mich, ob das nicht vielleicht sogar genetisch veranlagt sein könnte.

In der Abendsonne kreiseln die Schatten der Tannen und Verkehrsschilder um eben diese Tannen und Schilder herum. Das gefällt uns beiden. »Wie Soldaten stehen die Bäume«, sage ich zu Felix. So still, denke ich, die Bäume verharren schweigend, beinahe wie Rivalen.

Auf einem brachliegenden Ackergrund wuchern Klatschmohnblüten und lassen sich im Wind schaukeln. Spaziergänger werden in ihren Umrissen weit nach hinten, weit nach oben, auf einen Hügel projiziert, ihr Schatten manchmal sogar durch Unkraut verzerrt und verschoben. Wir verfolgen diese Schattenriesen an Bänken und Wiesen entlang. Durch die ungewohnten Alleen und Viertel.

Landstraßen erzeugen merkwürdige Gewohnheiten, denke ich. An einigen Abschnitten beschleunigen die Leute, wie von einer unsichtbaren Macht getrieben, obwohl sie in der Zone davor, wo die Geschwindigkeitsbeschränkung aufgehoben war, ganz normal gefahren sind. Aber jetzt, wo die Geschwindigkeit wieder beschränkt ist, nach einer Kurve, geben sie alle Gas. Obwohl bald sogar eine Ortschaft folgt.

»Schön …«, sagt Felix lang gezogen.

In den meisten Autos, die uns entgegenkommen, sitzen Menschen mit einem Gesichtsausdruck, der von dem Augenblick, den sie gerade erleben sollten, abgelöst ist. Ich überlege, zukünftig einen Fotoapparat mitzunehmen, um an einer Ampel heimlich zu fotografieren. Genau diese Abwesenheit in den Gesichtsausdrücken, diese Leere. Es scheint beinahe so, als ob eine spezielle Physiognomie *wesensimmanent* zum Autofahren dazugehörte, vielleicht auch durch das Gleiten und Cruisen verstärkt. Auf jeden Fall aber scheint es eine Einheit zu sein.

Mittlerweile ist es dämmrig geworden. Im Auto vor mir, an einer weiteren Ampel, erkenne ich nur eine schemenhafte Gestalt am Steuer. Aber am Kopf melden sich riesige Ohrlöcher, kreisrund, weil das Laternenlicht durch sie hindurchscheint.

»Sollen wir noch zusammen ein Eis essen?«

Felix nickt begeistert.

Ich parke in Reichweite einer Fußgängerzone und schlendere mit ihm zu den kühlenden Kugeln. Wir setzen uns auf eine Bank und schlecken Vanille und Erdbeergeschmack.

»Du hast nicht die gleiche Farbe genommen«, sagt er überrascht, weil Erdbeere nun mal rötlich absticht. Unser Spaß besteht darin, regelmäßig den Geschmack zu wechseln, aber dann gemeinsam hell oder dunkel zu bestellen.

»Oh«, antworte ich überrascht, als sei mir das gar nicht aufgefallen. Meine linke Hand liegt auf dem Holz, im Schatten, und spielt dabei an einer hervorstehenden Schraube, während meine rechte Hand sich an der untergehenden Sonne erfreuen darf und damit an einer aufgeheizten Farblackierung unter dem Handgelenk. *Heiß*, denke ich, und gleichzeitig strömt so etwas wie ein Gefühl von Frieden, von Einverständnis aus der Sonnenhand hinüber zur Schraubenseite. »Welche Autos blinken, wenn sie an der Fußgängerzone vorbeifahren?« Im Grunde spielen wir immer das Gleiche. Es ist eine abknickende Vorfahrtsstraße, an der wir sitzen, und weil es keinen Gegenverkehr gibt, müsste streng genommen niemand blinken, der einfach nur dem Straßenverlauf folgt. Wir zählen aber die vereinzelten Abweichler.

Dabei versuche ich mit der linken Hand die klebrige Serviette in einen Mülleimer neben der Bank zu drücken. Auf der Sonnenseite tropft mein Eis. Die Schwierigkeit besteht darin, einhändig gleichzeitig die Klappe des Eimers zu drücken und die Serviette hineinzustoßen, dabei aber die Hand schnell genug zurückzuziehen. Ansonsten landet die Serviette auf dem Asphalt.

Felix lacht.

Beim dritten Versuch bin ich erfolgreich, aber nun kleben alle meine Finger. Ich spucke auf die Spitzen und verreibe den Speichel mit dem Daumen, bis eine dunkle Masse aus Erdbeerresten, Smog und Hautpartikeln antrocknet.

Mit der Sonnenhand samt Eis schreibe ich derweil Kreise auf seinem Rücken.

*

»Auto spielen!«

Im Grunde spielen wir immer das Gleiche. Diesmal allerdings in der Wohnung. Auf dem Teppich.

Und ich bemühe mich, auch wenn es anstrengend ist. Ich bemühe mich, *da* zu sein, *jetzt,* einfach nur neben ihm zu sitzen, ohne weiter groß zu denken. Runde um Runde. Stunde um Stunde.

Anschließend klimpert er am Klavier.

Ich hatte früher die Vision eines strengen, aber gerechten, liebevollen Patriarchen, der Musik und Literatur fördert und selbstredend Disziplin abverlangt. Klavierunterricht, einmal die Woche, weil gut für die Entwicklung, vielleicht noch Mal-Training, Zeichnen – aber durch die Scheidung hat sich das alles erledigt. Und vor allem scheitern alle meine Versuche, ihn länger an die Tasten zu locken. Als ahnte er schon, dass er dann *üben* muss.

Es bleibt also beim Klimpern.

Vielleicht bringt es trotzdem etwas, denke ich zurück an meine ersten Momente von Bewusstsein, das Erwachen, als eine Abfolge beliebiger Helligkeitsstufen.

Wie kann ich Felix fördern? In der kurzen Zeit?

Mir bleibt nur: Liebe. Und Aufmerksamkeit.

Vor allem kann ich nicht strafen. Wenn ich mir Anekdoten aus vergangenen Epochen vor Augen führe, diese Abfolge aus Anschreien, In-die-Ecke-Schicken, Ohrfeigen, Prügeln – ich kann das nicht. Wahrscheinlich bin ich zu melancholisch, zu wehleidig. Mir fehlt die Betonung des *anderen,* ich sehe in Felix zu sehr mein eigenes Kindsein. Und seine Hilflosigkeit. Ich sehe ihn nicht als Bestie, als Monster, das mich quälen will.

In einem Buch über die heilige Therèse von Lisieux, aus der Zeit um 1890 herum, als noch mit Freuden wie selbstverständlich geschlagen, geprügelt oder sonst wie »erzogen« wurde, habe ich einen Brief gefunden. »Die Kinder von heute sind so schlecht erzogen, dass wir, wenn sie zu uns kommen, nicht wissen, wie es uns gelingen soll, sie zur Tugend heranzubilden. Die Eltern sind zwar fromm, aber da man seinen Kindern alles durchgehen lässt, werden sie so selbstständig und sind so sehr auf sich selbst und ihre Annehmlichkeiten ausgerichtet, dass sie später, wenn sie sich Gott schenken wollen, große Mühe haben, die Schwierigkeiten zu überwinden.«

Selbst in der guten alten Zeit eine Abfolge von Klageliedern über verhätschelte Sprösslinge. Wie oft habe ich mir schon den Spruch anhören müssen: »Wenn du einem Kind nicht von klein an aufzeigst, wer das Sagen hat, dann tanzt es dir in der Pubertät auf dem Kopf herum!«

Habe *ich* das getan? Weil meine Eltern mich genügend – oder nicht genügend gestraft haben? Sind Kinder derart berechenbar?

Ich selber war es nicht.

Natürlich gibt es Grenzen. Also, bevor das allgemeine Murren ausbricht: Ja, es gibt Grenzen.

Aber erstaunlicherweise erlebe ich selten welche, wenn ich in diesem Umfeld der Liebe agiere. Und wenn ich mit Felix rede. Ja, schrecklich: Ich *rede* mit ihm. Nicht wie mit einem Erwachsenen, klar, aber ich erkläre mich. Ich befehle nicht nach unten.

Kann ich Felix irgendwie fördern? In der kurzen Zeit?

Selbst hier auf dem Land, wo die Zeit stehengeblieben ist, erlebe ich Eltern, die panisch mit ihren Kindern vom Englischunterricht zum Ballettkurs hetzen, gefolgt von »Selbstverteidigung für Grundschüler« und »Chinesisch für Anfänger«. Gerechtfertigt natürlich, wie immer, durch irgendwelche Ergebnisse aus der Hirnforschung. Aber ich kann mich damit nicht anfreunden. Außerdem wirken ihre Blagen selten glücklich. Eher gestresst. Und depressiv.

Und sagenhaft passiv.

»Das ist ein C-Dur-Akkord …«, schlage ich am Klavier einige Töne an und warte. Und hoffe, ich kann ihn vielleicht doch noch locken, wie eine Maus, *jaaaa,* schau mal, hör mal, *ist das nicht großartig?* Du musst aber üben.

Ich würde gerne Tradition vermitteln, denke ich immer wieder, wenn ich mit Felix spiele. Philosophie, Kunst, Literatur. Aber er interessiert sich nicht die Bohne fürs Lesen, auch nicht für Musik, Theater, Schach, Museum, Gottesdienst – alles langweilig. Es bleiben eigentlich nur die blöden Computerspiele, die ich alleine schon aus Trotz nicht mit ihm starte, und Gott sei Dank inzwischen Comics, weil sein älterer Vetter damit in den Tag startet. Und Kinderfernsehen. Und das Beste: *Spielen.*

Selber spielen. Die Kultur-Tradition schlechthin, andererseits auch unglaublich anstrengend. Aber ich spiele mit dem Vorsatz, nur noch ein bisschen durchhalten, das ist für sein Leben. Tatsächlich, ich spiele für seine Zukunft. Weil ich den leisen Verdacht habe, dass all diese *Förderung* ansonsten, die gleich mal einen Haufen Geld verschlingt, wieder nur nach Leistung giert. Im Kindergarten schon Englisch-Nachhilfe, und das alles, um schneller an die Spitze zu gelangen, am Ziel zu sein, erfolgreich zu werden. *Was war noch mal das Ziel?*

Ich sehe keine Absicht mehr in meiner Erziehung, was vielleicht nicht das Schlechteste ist. Ich will nur noch Zeit mit Felix verbringen.

Und mir dabei die eine Frage stellen: Wer bist du eigentlich, kleiner Mann?

15

Als ich noch jung war, ging es einzig und allein darum, Frauen zu imponieren. So ein Blödsinn, geht es mir durch den Kopf, weil ich es doch nicht lassen kann, wenigstens einmal kurz auf die Fotos neuer Kontaktanzeigen zu klicken. Jede Partnerschaft kam überhaupt erst dadurch in Gang, erinnere ich mich, dass mich eine Frau interessant fand. Angraben, Erobern, Kämpfen, der ganze Dreck. Ich bin überhaupt nicht der Typ für diesen Soldatenmatsch, aber ohne das fühlte ich mich auf dem *Markt* chancenlos. Es ging immer nur und immer wieder darum, ein wenig lauter zu sein als die anderen, und oft auch nur darum, ein wenig schneller zu sein.

Und heute? Klicke ich mir einen Wolf.

Früher, erinnere ich mich an meine erste Schwärmerei zu Ausgehzeiten, hätte ich Wälder planiert und Städte in Schutt und Asche gelegt, allein für die Möglichkeit eines Abendessens. Mit Petra beispielsweise *(gibt es diesen Namen eigentlich noch?)*, die in einem Schaltjahr geboren war, was dazu führte, dass sie nur alle vier Jahre Geburtstag feierte. Aber dann richtig.

Einen ganzen Abend lang wich ich ihr nicht von der Seite, um die Möglichkeit einer Annäherung zu forcieren, was konkret bedeutete: zu tanzen. Im Allgemeinen heißt es immer, dass Männer nicht tanzen mögen, über keinerlei Talent verfügen, während es Frauen in die Wiege gelegt bekommen. Sollte diese Einteilung zutreffend sein, dann hat der Storch zumindest Petra übers Ohr gehauen. Wenn sie nämlich tanzte, wackelte sie mit Becken und Bauch in plumpen Stößen vor und zurück, was ihre ehedem kühle Ausstrahlung komplett zerstörte. Aber ich war verliebt.

Ich mochte das.

Und nach vielen, vielen Stößen nahm sie mich plötzlich bei der Hand, ohne groß zu reden, und dirigierte mich aus der Diskothek *(gibt es dieses Wort eigentlich noch?)*, zwei Straßen weiter, zu einem Haus, in dem sie offensichtlich wohnte. In diesen Jahren, weit vor der Ahnung, auch nur der Möglichkeit, einer diffusen Geschlechtskrankheit und weit vor der Vorstellung bedrohlicher Perversitäten, nahm eine junge Frau einen jungen Mann schon mal mit zu sich nach Hause. In einen dunklen Hausflur.

In eine fremde Wohnung.

»Wann bringst du den Mist endlich weg?!«, tobte eine kieksende Stimme aus dem inneren Zirkel meiner Sehnsüchte, also aus dem Dunkel einer fremden Wohnung. Kurz nachdem Petra die Tür geöffnet hatte. Sie wohnte offensichtlich in einer WG, mit gewissen Regeln, die besagten, dass heute *sturmfrei* sein sollte. Für Petra.

War es aber nicht.

Als Petra und ich also küssend und tastend den lang gezogenen Flur der Wohnung betraten, türmten sich dort mehrere hüfthohe Tageszeitungsstapel in den Weg, wie eine verschworene Solidargemeinschaft, die sich gegenseitig abstützte und dadurch Halt verlieh. »Sobald das Zeichen kommt …«, antwortete Petra geduldig in das Dunkel und küsste meine Wange. Der Flur wurde ansonsten von einer lang gezogenen Regalwand begrenzt. Die Bücher darin waren zum größten Teil noch eingeschweißt. Eine monotone graue Metallwand voll mit Büchern, auf der gegenüberliegenden Flurseite von einer bunt bemalten Wand beäugt. Ansonsten noch eine wirre Abfolge von Heizungsrohren, die sowohl dicht über dem Parkett als auch unter der Decke entlangliefen. Dazwischen standen braune Kartons mit weiteren Büchern herum, die wiederum als Ablage für dicht beschriebene Papierseiten, gefüllte Aschenbecher und Plastikbecher dienten.

»Welches Zeichen?«, fragte Petras Mitbewohnerin und stellte sich breitbeinig in den Weg. Sie beachtete mich ansonsten nicht weiter. (Und jetzt erinnere ich mich: Auch sie trug ein Stirnband. Und an der Garderobe hingen noch einige Dutzend davon. Wahrscheinlich besaß sie für jeden Tag ein anderes. Mit Stirnband sah sie zugegebenermaßen verwegen und lasziv aus – und nicht wie das, was sie vermutlich war, eine langweilige Studentin.)

»Aber Lissy, das Zeichen …«, sagte Petra, »sobald der erste Stapel sich langsam senkt und kippt – *dann* …«

»Du hast auch wieder nicht an die Figur gedacht«, zischte Lissy vorwurfsvoll. »Ich ertrage dieses Teil nicht!« Dabei drehte sie demonstrativ einen Teufelsplastikkopf, der auf einen Spazierstock gepfählt war, gegen die Wand, und stampfte in das Wohnzimmer hinein.

Petra deutete mir mit ihren Augen und einem lächelnden Blick an, dass ich mir nichts aus dieser Begrüßung machen solle, Lissy brauche so einen Auftritt, um sich abzureagieren. Ansonsten sei sie zahm wie ein Lamm.

Wir gingen also gemeinsam in das verrauchte Wohnzimmer hinüber, und ich betrachtete dort höflich ein überdimensionales Ölporträt, das Petra darstellen sollte. Mit einem hintergründigen Lächeln. Nein, nicht ich betrachtete das Bild lächelnd, sondern Petra war auf diese Weise dargestellt.

»Wenn ich nachdenke«, kommentierte sie meinen feuilletonistischen Blick, »und ich sehe mir dieses Lächeln an, also mich selber, dann bekomme ich von diesem Gesicht eine Antwort. Ich warte auf das Ergebnis des Denkens. Es ist wie ein Relais in die vierte Dimension.«

Spätestens an diesem Punkt hätte mir klar sein müssen, dass ich mich auf einer gefährlichen Mission befand. Aber ich war verliebt.

»Sorry, dass ich eben so giftig war«, murmelte Lissy derweil und rekelte sich auf einem Sessel, »ich bin total übermüdet … Ich hatte Nachtschicht.«

»Was arbeitest du denn?«, fragte ich, um einen guten Eindruck zu machen. In Wahrheit wäre es mir lieber gewesen, sie würde dorthin verschwinden.

»Nein, kein Job«, antwortete Lissy. »Wir haben irgendwelche Käfer in der großen Pflanze, da am Fenster. Und die kann man nur dadurch bekämpfen, dass man sie per Hand abpflückt. Die Käfer sind allerdings nachtaktiv.«

»Ach, Käfer, kenn ich«, log ich so vor mich hin. »Ich hatte auch mal … Tiere in der Wohnung.«

Lissy war eigentlich schüchtern, wie sich jetzt langsam herauskristallisierte, das fand ich allerdings süß. Sie versuchte, diese Schüchternheit zu überspielen, indem sie jedes meiner Worte mit hochgezogenen Augenbrauen begleitete.

»Als kleines Mädchen«, sagte Petra, während sie überall im Wohnzimmer Kerzen anzündete, »hatte ich mal unfreiwillig ein Haustier. Meine Katze hatte nämlich eine Maus gefangen. Die hatte sich panisch hinter den Schrank in der

Küche geflüchtet, und ich habe die Maus heimlich gefüttert. Meine Mutter wäre verrückt geworden, wenn sie das gewusst hätte.« Sie betonte dabei den letzten Vokal zum Satzausklang, schraubte die Stimme also nach oben, statt nach unten und ließ besagte Wörter zudem vielsagend ausklingen.

»Mütter …«, antwortete ich.

Am anderen Ende des Wohnzimmers, hinter dem geheimnisvollen Schlafzimmer, vernahm ich derweil ein rhythmisches Poltern, gefolgt von einem aufgeregten Fauchen. Es klang wie eine Hexe, die sich aus ihrer Fesselung befreite, aber es konnte möglicherweise auch nur ein eifersüchtiger Ehemann sein. Einer von dieser Sorte, die mit blutigem Metzgermesser die Wand eintreten.

»Wir haben ihn nicht einbezogen«, flüsterte Petra.

»Scheint ihm nicht zu gefallen«, sagte ich leise. »*Wem* eigentlich?«

Daraufhin erklärte sie mir, dass ihr Kater auf jede Türklinke sprang und sie abwärts drückte. Ziemlich zielstrebig, dachte ich, ungewöhnlich voyeuristisch.

»Deshalb haben wir auch zuerst alle Türen abgeschlossen«, flüsterte Petra, »aber es ist äußerst anstrengend, unentwegt jede Tür auf- und dann wieder abzuschließen.« Die (vorübergehende) Lösung hatte nun darin bestanden, in der gesamten Wohnung die Türklinken nicht mehr waagerecht, sondern senkrecht anzuschrauben, um dadurch zu verhindern, dass das Pelzmonster sich auf die Klinke hockte und sie mit der Plauze nach unten drückte. Offensichtlich allerdings interessierte sich der Kater nicht für menschliche Logik. Er gab einfach nicht auf. Nun sprang er halt mit der Schulter gegen die Tür und rammte sie, wie ein Football-Spieler. Beeindruckend rhythmisch.

Beeindruckend hartnäckig. »Der Arme ...«, stöhnte Petra und erhob sich. Sie tänzelte auf Zehenspitzen durch das Zimmer und öffnete ruckartig die verschlossene Schlafzimmertür.

»Du Armer«, wiederholte sie sekündlich und trug das haarige Paket auf ihren Armen zurück bis in unsere romantische Kerzenhöhle. Ich kam mir allerdings zunehmend überflüssig vor.

»Ja, jaa«, sagte ich und tippte beiläufig an den Kater, weil er mich irgendwie geisteskrank anstarrte. Daraufhin fiel das Tier wie bewusstlos auf den Rücken und streckte alle viere von sich. Nun hast du ihn getötet, dachte ich.

»Er will gekrabbelt werden«, sagte Petra vorwurfsvoll.

»Ja, jaa«, wiederholte ich und schrubbte in kreiselnden Bewegungen über den mir dargebotenen Bauchbereich, bis ein kehliges Brummen kommandierte, dass ich noch mindestens zwei Stunden so weitermachen müsse. So ungefähr hatte ich mir meine feurige Liebesnacht ausgemalt.

»Nein!« Petra begann erneut zu schreien.

Ihr Gekeife klang wirklich beeindruckend. Auslöser war aber auch diesmal kein eifersüchtiger Metzger-Mann und glücklicherweise auch nicht mein dilettantisches Streicheln, sondern eine zweite Katze, die von der Terrasse ins Wohnzimmer geschlichen war. Und dort eine mitgeschleppte Maus vor der Stereoanlage beäugte. Auch der Streichelkater sprang hoch und reihte sich in die Beobachterposition ein. Und wie nicht anders zu erwarten, postierten sich jeweils auch Lissy und Petra auf Platz drei und vier, dicht dahinter, und kontrollierten ihre Jäger.

Petra überlegte anscheinend, wie sie jetzt angemessen reagieren müsse. »Meine Katze bringt lebende Mäuse!«, kreischte sie mir entgegen, dem Städter, dabei war diese Tatsache nicht zu übersehen. Offensichtlich war ihr das peinlich.

»Es reicht!«, brüllte sie nach einigen Minuten des Starrens, griff eines der herumliegenden Stofftiere, mit denen die Katzen bei Langeweile spielen sollten, setzte sich auf den Tisch und biss wie wild auf dem Stoff herum. Und wild hinein. Die Katzen sollten lernen, gab Petra mir kauend zu verstehen, dass auch der Mensch jagen und töten könne. Und von daher, gab sie mir schmatzend zu bedenken, müssten die Katzen dem Menschen keine Mäuse mehr präsentieren. »Denn Katzen machen das nicht aus Freude am Schenken, wie das oft beschrieben wird, sondern weil sie den Menschen für jagdunfähig halten.«

Deshalb die Beißattacke auf das Stofftier.

Allerdings machten die Katzen nicht den Eindruck, als beeindrucke sie diese Lektion in irgendeiner Weise.

»Ich mach mich dann mal auf den Weg«, sagte ich vorsichtig.

16

Der Weg zur Praxis von Andrea Schaal in der Kölner Innenstadt ist mir fast schon vertraut. Aus Erfahrung habe ich kurz vor Köln, an einer Autobahnraststätte, gehalten und mich *erleichtert*. Moderne Innenstädte sind bekanntlich blasengeschützt. Allerdings irritieren mich dafür heute verloren gegangene Kleidungsstücke auf dem Asphalt. Erst recht in der prallen Sonne. T-Shirts, Schals, Schuhe, Strümpfe; sie liegen vermutlich schon seit Jahren auf dem Beton oder hängen über Geländer, aber heute bin ich wie elektrisiert. Geradezu fetischisiert. Und ich starre *(anfassen, nein, lieber doch nicht)*. Umgeben von flüsternden Monologisierern. Hinter mir eine Frau, eine Rollschuhfahrerin, sie gerät plötzlich ins Straucheln, inzwischen neben mir, rudert mit den Armen, ängstlich, kurz vor dem Fallen, sie ist zu schnell, vor allem zu unsicher, und ich lese in ihrem panischen Blick, während ich gleichmütig neben ihr gehe und sinniere, dass sie um ihr Leben fürchtet. *Um ein Haar.*

Aber sie fängt sich und klammert sich an einen Laternenmast. Neben ihr legt ein Mann zwei dicke Bücher auf einen Mauervorsprung, der wiederum so schmal ist, dass die gebundenen Brocken nicht in ihrer ganzen Breite darauf passen. Das heißt, sie drohen zu wackeln. Und herunterzufallen. Einmal ist es fast so weit. Aber der Mann reagiert gedankenschnell und hält die Bücher fest. Um wieder von vorne zu beginnen; er legt sie also vorsichtig auf den Mauervorsprung, weil er seinen Mantel schließen und eine Mütze anziehen will. Sein Blick ist eisern auf die Brocken gerichtet. Auf eine mögliche Abwärtsbewegung. Er scheint sie beinahe mit den Augen zu bannen.

Ein guter Tag, denke ich.

*

»Beim letzten Mal«, steige ich kurze Zeit später in das Gespräch ein, »haben Sie mir gesagt, wenn manche Trennungspaare mehr miteinander geredet hätten, dann wären sie noch verheiratet.«

»Ich erlebe das oft, dass nach einer Trennung die Partner besser miteinander reden können. Da ist viel Druck raus. Nach einer Trennung herrschen klarere Verhältnisse in den Finanzen. Die Väter kümmern sich nach einer Trennung viel verlässlicher um die Kinder. Die haben auf einmal ein ganzes Wochenende zur Verfügung für die Kinder, wo sie während der Verbindung dann doch Rad gefahren sind und die Frau hatte die Kinder. Die kommen auch pünktlich zum Kindergarten, weil keine Frau mehr einspringt. Nach einer Trennung wird oft besser miteinander geredet, da ist mehr miteinander klar, und die Männer stellen mehr Zeit und emotionale Verfügbarkeit in den Raum. Und wenn dieses Paket vor der Trennung gewesen wäre, dann wäre es oft gar nicht zur Trennung gekommen. Denn die Frauen sagen sehr oft: ›Du kommst erst um acht Uhr nach Hause, du siehst die Kinder ja gar nicht, du unterstützt mich überhaupt nicht, am Wochenende musst du auch noch arbeiten oder du bist beim Sport.‹ Wenn man getrennt ist und der

Mann übernimmt fast fifty-fifty, dann hat er auf einmal jedes zweite Wochenende Zeit.«

Bei mir rennt Frau Schaal damit offene Türen ein. Wenn ich an meine Verflossenen zurückdenke, würde ich sofort unterstreichen: Ja, wir hätten auch zusammenbleiben können. Frauen sehen das bekanntermaßen anders, gegensätzlich, eher so evolutionär, im Sinne von: Nein, die Trennung musste erfolgen, weil erst der nächste Mann der Richtige war. Also der eine, auf den hin alles zulief, blablabla.

Ich sage eher: *Du hättest gleich bei der ersten bleiben sollen.*

Wenn ich zurückdenke, dann sehe ich, dass wir vor allem damit beschäftigt waren, uns gegenseitig zu erobern und uns anschließend vorzugaukeln, wie toll wir seien. Wir haben schnell die wesentlichen Eckpfeiler einer sogenannten Beziehung in den Boden gerammt und standen dann plötzlich, wie angewurzelt, vor einer gemeinen Frage: *Wer bist du eigentlich?* Wir haben uns nie kennengelernt. Weil wir letztlich auch gar kein wirkliches Interesse aneinander hatten. Also haben wir uns wieder getrennt.

Dabei wird eine Scheidung nie die in einer Beziehung aufgehäuften Probleme lösen. Wir sind kein Paar mehr, aber immer noch Eltern. Wenn ich an die Schilderungen diverser Rosenkriegskombattanten denke, die mir zugespielt wurden, dann frage ich mich: Wie wollen die gemeinsam ein Kind erziehen, wenn sie überhaupt nicht miteinander zurechtkommen? Kinder reagieren deshalb häufig mit Ablehnung, Beschimpfung und brechen den Kontakt von sich aus ab. Und wenn das passiert, haben Väter so gut wie keine Chance auf eine zeitnahe Versöhnung.

Mein Albtraum.

Ich blicke zu Boden.

Solche Väter machen es sich in ihrer Verletztheit zu leicht, denke ich, indem sie den Müttern unterstellen, die Kinder manipuliert zu haben, was natürlich nur zu neuerlichen Aggressionen führt. Ein Hamsterrad, das Kinder und Eltern manchmal für immer gefangen hält. Kinder, die ihre Väter nicht sehen wollen, weil sie beispielsweise die Traurigkeit der Mütter spüren, ihnen verständlicherweise nicht wehtun und sie nicht alleine lassen wollen. Also schlagen sie sich auf die Seite der Mütter, weil sie Angst haben, nach der Trennung auch noch den anderen Elternteil zu verlieren. Und geben zu Protokoll, dass es ihnen beim Vater nicht gefällt. Oder dass der Vater unfähig sei, mit Kindern umzugehen, sich nicht um sie kümmere. Oder sie betonen, dass der Vater keinen Unterhalt zahle und sie ihn deshalb nicht mehr sehen wollen.

»Der fehlende Vater«, versuche ich meine Gedanken in den Gesprächsfluss zu fädeln, »das ist dramatisch. Manche Mütter sagen auch: Väter sind überflüssig.«

»Die machen sich überflüssig«, kontert Frau Schaal. »Ein Vater, der nie da ist, der abends um neun gestresst von der Arbeit kommt, nur noch genervt abhängt und signalisiert: ›Lasst mich in Ruhe‹ – *den* brauchen wir wirklich nicht. Weil dann alles an der Frau hängenbleibt, nicht nur der emotionale Kontakt zu den Kindern, auch die ganze Hausarbeit bleibt an den Frauen hängen, und dann sind Frauen oft besser dran, wenn sie diese ›Störquelle‹ in dem Moment aus dem Weg räumen.«

Harte Aussage. Aber mit freundlicher Miene. Und sie lächelt.

»Die Erziehungswelt bleibt also eine Frauenwelt?«

»Erst mal ist die Frage, wie viel Erziehung braucht es

überhaupt? Was lebt man den Kindern vor? Das ist die beste Erziehung. Die Kinder können einen respektvollen Umgang bei den Eltern *sehen*, ich muss denen nicht sagen: ›Du musst aber respektvoll sein‹ – Batsch, Ohrfeige. Und meistens ist es immer noch so, dass die Frauen einfach mehr Zeit mit den Kindern verbringen. Die Kindergärtnerinnen, die Tagesmütter, die Grundschullehrerinnen und die Mama. Alles Frauen, die in der für die Entwicklung wichtigsten Phase der Kinder die Hauptrolle spielen. Daher ist das Erziehen, das Regeln-Vorgeben, meistens Frauensache. Die Männer kommen da eher ein bisschen später dazu. Hoffentlich mit anderen Impulsen und einem anderen Erziehungsstil, sodass es für das Kind wirklich eine Bereicherung ist.«

Das hoffe ich auch, denke ich, eine Bereicherung anzubieten. »Wobei es für einen Alleinerziehenden manchmal schwierig ist, dem Kind gegenüber ›Nein‹ zu sagen. Das ist als Paar einfacher.«

»Man hat keinen Reflektor mehr.«

»Ja, und die Vorstellung vom strengen Vater löst sich auf.«

»Das Kumpelhafte kann bei einer Trennung aber auch daher kommen, dass man ein Schuldgefühl mit sich trägt und sich bewusst ist, dass man vorher nicht wirklich da war und dass man jetzt versucht, dieses frühere *Nicht-dagewesen-sein* zu kompensieren und dann über die Stränge schlägt und kein gutes Maß findet und daraufhin meint, sich anbiedern zu müssen.«

»Ich meine eher, die Grenzen lösen sich auf«, sage ich. »Es wird mehr verhandelt, teilweise, nach der Trennung.«

»Da läuft man ein bisschen Gefahr, sowohl der Vater als auch die Mutter, dass man sich aus seiner Elternrolle herausbewegt und versucht, der beste Freund des Kindes zu werden.«

»Zu zweit ist es einfacher eine klare Linie zu finden.«

»Es ist nicht unbedingt einfacher, dazu müsste man ja einer Meinung sein. Manchmal gibt es das. Was normalerweise heißt: Einer gibt den Kurs vor und der andere sagt: ›Okay, machen wir so.‹ Aber das Kumpelhafte ist etwas, das sich für die Eltern scheinbar gut anfühlt, von den Kindern höre ich dagegen oft als Feedback: ›Meine Eltern sollen nicht Kumpels sein, davon habe ich genug, die sollen Eltern sein. Die sollen klar sein, die sollen mir zeigen, wo es langgeht. Die dürfen auch streng sein, aber ich will nicht, dass die die Ebenen verwischen. Du bist nicht mein Kumpel, du bist mein Vater!‹ Und das ist eine wichtige Unterscheidung. Was nicht ausschließt, dass man auch ein netter Vater sein kann.«

Verwische ich die Ebenen?

Wenn Felix und ich gemeinsam auf der Straße Passanten und ihre Schrittmarotten beobachten. Staunen. Lachen. Weil es faszinierend ist, wie unterschiedlich Menschen schlendern und schlurfen. Wenn man wirklich genau darauf achtet und es dann auch möglich ist, Menschen nur alleine am Gang zu identifizieren. So ein Abknicken in der Seite, ein beiläufiges Heben der rechten Hand oder ein rhythmisches Wackeln mit dem Kopf. *Ist das falsch?* Oder wenn ich mit Felix zusammen auf der Bank an einem versteckten Waldsee sitze, es ist menschenleer, und plötzlich raschelt und knirscht es neben uns geheimnisvoll, sehr laut allerdings, nicht ganz einzuordnen, so stark, dass die Vögel im Wald trillern, ein wenig beängstigend, weil ansonsten hier nur Stille herrscht, bis wir entdecken, dass es ein gewaltig großer Reiher ist, der sich wohl vor uns ängstigt und mühselig aufwärtsstrebt. Es ist für das Ungetüm nicht einfach, aus dem Wasser heraus direkt nach oben zu starten. Er ist zu massig, zu unbeholfen, er hat nur wenig Platz für den Anlauf, aber tolpatschig schafft er es hoch und er fliegt über den Weg hinweg.

Danach herrscht wieder Stille.

Und wir schauen uns begeistert an. *Ist das zu viel?*

»Woher stammt denn diese Ratlosigkeit vieler Eltern heutzutage?«, frage ich.

»Frauen haben sich vorher schon ein bisschen schlaugemacht«, antwortet die Psychologin, »die haben ein bisschen mehr mitbekommen in der eigenen Erziehung. Die werden auch angehalten, soziale Spiele zu machen, die erziehen ihre Puppen, die werden schon früh in diese Richtung sensibilisiert. Zum anderen stecken Frauen schon mal ihre Nase in ein schlaues Buch, die setzen sich damit auseinander. Während die Männer am Stammtisch weniger darüber reden: ›Was machst du mit einem Dreijährigen, der darauf besteht, ich will das haben‹? Da sagen die meisten Männer: ›Das regelt meine Frau.‹ Die haben keine Übung. Nicht: Die können das nicht; die haben keine Übung. Das Bild: Eine Frau, eine Mutter, die kann das von sich aus. Nein! Keine Mutter kann das von sich aus. Es gibt kein Mutter-Gen, das uns mit auf den Weg gibt, wie man ein Kind erzieht. Aber es gibt natürlich Einfühlung, die geschult wird, immer wieder geschult wird, schon als kleines Kind. Wenn die Frau Mutter geworden ist, in der engen Anfangsphase, wenn das Baby noch nicht reden kann, da muss sie herausspüren, was es ihr sagen will, wenn es schreit, wenn es die Augen verdreht. Da sind Frauen besser trainiert, ganz einfach. Männer können das aufholen.«

Mittlerweile erziehen 350 000 Väter ihre Kinder alleine.

Sie bemühen sich also darum, aufzuholen. Und es heißt, dass Kinder von alleinerziehenden Vätern deutlich selbstständiger sind, was solche elementaren Themen wie Zimmeraufräumen, Wäschewaschen und Kochen anbelangt, und die Kinder geben an, sehr viel mit ihren Vätern zu unternehmen. All diese Forschungsergebnisse bestätigen also die Belanglosigkeit des vermeintlich fehlenden Gens. Alleinerziehende Väter beeinflussen das Selbstwertgefühl ihrer Kinder positiv, da alle mit anpacken müssen.

Prima, und jetzt packst du am besten die Schilderungen von Vätern, die ihre Kinder vernachlässigen, tief nach unten in die Mottenkiste. Ich verstehe es nicht. Andererseits irgendwie folgerichtig, denke ich, wenn ein Kind nur ein aufgepumpter Zellklumpen ist, also nur irgendwie befruchtet, und wir Menschen insgesamt nur Zufallsprodukte sind, also austauschbar, dann ist es auch unerheblich, ob und wie sehr ich diese Hauthülle betreue. Mir kommt Katja in den Sinn, die auch noch mit dreißig Jahren zusammenzuckt, wenn das Telefon klingelt und dabei keine Nummer angezeigt wird. Sie hofft auch noch nach dreißig Jahren, dass ihr unbekannter Vater sich meldet, der sich aus dem Staub gemacht hat.

Und dann?

»Ratlose Eltern hat es übrigens schon immer gegeben«, sagt Frau Schaal, »und dann greift man auf Erfahrungen anderer Menschen zurück. Man befindet sich in einer neuen Situation, und dann tut man das, was alle tun. Liest Bücher. Es gab ja diese Naziliteratur, wo die Naziärzte tolle Sachen vorgeschlagen haben: Lass dein Kind schreien, das stärkt die Lungen, heb' es nicht an, fütter' es nur zu bestimmten Zeiten. Das hat vielen Kinderseelen Leid gebracht. Weil sie nämlich erlebt haben: ›Ich schreie in die

Welt hinaus und keiner antwortet mir. Ich bin alleine auf diesem Planeten.‹ Muss man sich mal vorstellen, was das kleine Gehirn erlebt, schreit sich die Lunge aus dem Leib und keiner ist da. Und daraus resultiert dann so eine Haltung: Ich muss alles alleine machen. Ich bin hart wie Kruppstahl.«

Ich verschweige der Psychologin an diesem Punkt, dass ich nicht unbedingt ein Freund von angelesenen, letztlich theoretischen Expertenmeinungen bin (wohl auch deshalb, weil es nicht sonderlich eloquent wirkt), aber Ulrikes Befürchtung, dass uns das Kind auf der Nase herumtanzt, schon vor der Geburt geäußert, gefüttert von anderen Müttern und Vätern, die allesamt dementsprechende Literatur in sich hineinschaufelten, über vermeintliche »Tyrannenkinder«, also grobe, hämisch krakeelende Bastarde, erschien mir in wesentlichen Punkten übertrieben. Mir wäre es lieber gewesen, die Unsicherheit auszuhalten. Es muss nicht immer alles perfekt sein. Während mir bei einer Geburtsvorbereitungsfanatikerin aus der Nachbarschaft immer der Verdacht kam, sie will mir (als Mann, als Amateur) ihre mütterliche Überlegenheit beweisen und ist deshalb vierundzwanzigstündlich mit ihrem Körper und ihrer Funktion als Mutter beschäftigt. Aggressiv und streitwütig (wobei zu einem richtigen Streit vermutlich ein Gegenüber gehören würde), von angelesenen Expertenthesen geradezu besessen, bis ich mich nicht länger von dem Eindruck lösen konnte, dass sich dahinter in Wahrheit blanke Unsicherheit verbarg, zerfressen von Selbstkritik und Schuldgefühlen. Ohne sich dessen bewusst zu sein. Nicht mal ansatzweise.

»Der Autor sprach von Symbiose«, erklärt Frau Schaal, die das Tyrannenkinderbuch kennt, »von Eltern und speziell Müttern, die die Abgrenzung zu ihren Kindern nicht schaffen und die Kinder als verlängerten Arm ihrer selbst betrachten. Die dem Kind nicht eingestehen und zugestehen, du hast einen eigenen Willen, eine eigene Welt, ein eigenes Gefühlsleben. Du musst doch so fühlen und denken wie ich. Manchmal fallen dann auch Sätze wie: ›*Wir* tun uns mit Mathe schwer.‹«

»Die also keine Grenzen kennen …«

»Wenn die Eltern schon in Symbiose sind, geht es ja darum, dass sie keine Grenzen wahrnehmen. ›Ich setze keine Grenzen mehr zu dir.‹ Das ist so ein Verschmelzen hauptsächlich von Mutter und Kind: Wir sind eins. Manchmal noch gegen den Papa. ›Wir zwei halten zusammen.‹ ›Ich weiß, wie du dich fühlst und wie es dir geht.‹ Das beinhaltet auch: ›Du darfst ja nicht anders fühlen.‹ Und wenn die Kinder dann grenzenlos werden, dann muss ich mich als Eltern dem natürlich anpassen. Wir sind ja eins. Und dann minimiere ich die Auswirkungen des grenzenlosen Verhaltens des Kindes: ›Das ist doch nicht schlimm, das macht doch nichts. Ich hätte mir als Kind auch gewünscht, wenn ich hätte tun und lassen können, was ich wollte.‹«

»Das klingt ja fast so, als seien gestörte Kinder ein Spiegel unserer Gesellschaft?«

»Gestörte Kinder sind auf jeden Fall ein Spiegel der Beziehungen, die sie erleben. Und Beziehungen erleben sie im engsten Raum, in der Familie. Also, wer ein gestörtes Kind hat, der hat mit Sicherheit eine gestörte Situation zu Hause. Es beginnt mit der Kernfamilie und geht dann in Ringen weiter, Kindergarten, Schule und so weiter.«

Eine gestörte Gesellschaft, ja, Applaus, kann ich nur bestätigen, aber wer will das schon hören? »Dann wird auch die große Zahl an Scheidungen Auswirkungen auf die Gesellschaft haben? Jede zweite Ehe wird geschieden …«

»Scheidungskinder haben erlebt, es gibt noch eine zweite Chance, man kann danach weiterleben. Scheidung ist ja nicht immer ein Unding, darf man nicht machen, die Frage ist vielmehr: *Wie* mache ich das? *Wie* bringe ich das über die Bühne? Was sind die Hintergründe, warum lasse ich mich scheiden? Wenn das dazu führt, dass ich mich nicht mit mir auseinandersetzen will, dass ich nicht an mir wachsen will, wenn ich einfach sage: ›Boah, das klappt nicht, mach ich was Neues‹, dann … Kürzlich habe ich eine Postkarte gesehen: *Früher hat man Dinge noch repariert.* Das ist richtig. Heute schmeißt man alles weg. So kann man das auch in den Ehen sehen. Wenn was nicht klappt, weg, brauche ich mich doch nicht zu ändern. Drüben ist es besser. Es kann tatsächlich sein, dass in der neuen Beziehung alles etwas leichter läuft, weil andere Konstellationen da sind. Es kann auch dazu führen, dass die Kinder lernen: ›Ach, wenn mir was nicht passt, dann suche ich mir was Neues.‹ Scheidungskinder lassen sich auch schneller scheiden, wenn ich das statistisch richtig im Kopf habe. Also, wer schon mal eine Scheidung erlebt hat und dabei gut rausgekommen ist, der hat nicht so eine große Angst davor, es selber zu machen. Aber es kann auch dazu führen, dass man zu schnell weitergeht. Und das wird nicht nur durch Scheidungen unterstützt, sondern durch unser ganzes Internetverhalten, all die Kontaktbörsen, die wir haben, wo viele Leute sich über das Internet kennenlernen und dann einen Habitus entwickeln von ›Ich kann mir hier was aussuchen‹. Mit Wischen und Klicken den Immer-noch-Besseren, und wenn der oder die sich nicht als optimal herausstellt, gibt es ja noch zehntausend andere, die ich anklicken kann. Da kann so eine Energie entstehen von *Optimierung*. Ich kann einen anderen Menschen optimaler auswählen heißt: Ich muss mich nicht ändern, ich bin ja schon optimal, muss nur noch den optimalen Deckel zu meinem Töpfchen finden.«

»Wobei sich das im Alter ein wenig relativiert.« Und selbstverständlich meine ich das eher »gesamtgesellschaftlich«, eingebettet in einen statistischen Rahmen, es ist gewissermaßen eine journalistische Pflichtfrage. Ich bin schließlich eine objektive Instanz.

»Es gibt natürlich den Fall, dass jemand nicht alleine sein kann«, antwortet Frau Schaal. »Und bevor er sich mit sich alleine konfrontiert, nimmt er irgendjemanden, der diese Einsamkeit wegwischt. Das ist so ein blindes Sich-nicht-mit-sich-selber-auseinandersetzen-Wollen. Ich hab dann immer wieder jemand anderen, der die Lücke, die Leere füllt, die ich vielleicht in mir spüren würde, wenn ich mal innehalten würde.«

Die Leere.

Sie (Freud ist ein Freund) beschäftigt mich nun schon seit Jahren, geradezu obsessiv, die Leere. Dieser Wirbel, den ich jeden Tag veranstalte, Hektik und Eile, Sorgen und Suchen, um das tägliche Brot zu verdienen, natürlich, ach ja? Manchmal erwische ich dann diese Momente, in denen ich durch sinnloses Schauen so zuversichtlich werde, dass ich nicht mal mehr auf ein Geheimnis warten muss. *Dieser Wirbel, den ich jeden Tag veranstalte.* Und mir ist das schon klar, wenn ich mich über jemanden ärgere oder über alle und alles, dass dann mit mir etwas nicht stimmt. Und dass ich mich besser um meinen Ärger kümmern müsste. Weil Leben meint, den gegenwärtigen Moment zu spüren, das ist mir klar, aber ich werde dann auch sofort wieder eingeholt von dem Unbewussten in mir, den Einordnungen und Abläufen. Da ist so vieles übernommen aus den Erziehungsvorgaben meiner Eltern, und zwar ungeprüft eingeprügelt, übergestülpt, und ich lebe es aus. Eine Anhäufung vergangener Erfahrungen, unbewusster Einflussnahme und Programmierung. Das ist mir alles inzwischen klar. Meine Angst vor meinen Schwächen, krampfhaft bemüht, nur ja nicht auf solche zu treffen, weshalb ich der Leere ausweiche und dem Schweigen. Dabei böte gerade das Schweigen eine Möglichkeit, mich selbst endlich loszulassen, indem ich die Kontrolle abgebe, weil ich mich nicht mehr so wichtig nehme. Immer wieder dieser eine Punkt, daran zu arbeiten, mich selbst in die letzte Reihe zu stellen, mich loszulassen, immer wieder: mich loszulassen, meine Neugierde fallenzulassen, mein Bescheidwissen, mein Mitredenmüssen, meine Kommentarfunktion. *Schweigen.* Ohne die Gedanken zu bekämpfen, das ist mir klar inzwischen, weil sie ansonsten doch nur stärker werden und sich gewaltig vermehren. Dann kommt nur Reibung in den Vorsatz, wenn ich gegen mein Denken kämpfe, dann erzeuge ich eine Zersplitterung zwischen dem, was ich wirklich will, und der sogenannten Realität. Also: *Schauen.* Einfach nur wahrnehmen. Ohne meine Gedanken zu bekämpfen; sie sind willkommen, sie dürfen sich breitmachen, sie dürfen sich sogar hinfläzen, aber ich lasse sie auf ihrem Sofa alleine. Sie sind willkommen, aber ich beschäftige mich nicht mit ihnen. Bis ihnen langweilig wird und sie sich trollen.

»Ich habe keine Beziehung«, zitiert Frau Schaal einen Patienten, »und das ist oft gekoppelt an eine Sucht, die nebenher ausgelebt wird. Als Ersatz für eine Partnerschaft. Zum Beispiel, wenn ich sehr viel Pornografie konsumiere. Da weiß man nicht – Henne oder Ei –, ich konsumiere sehr viel Pornografie, krieg keine Freundin oder kann keine Beziehung aufrechterhalten – oder ich hab keine Beziehung mehr und flüchte in die Pornografie. Ich weiß nicht, wo der Kreis beginnt und wo er aufhört. Aber manche Menschen kommen, haben Störungen des Selbstbewusstseins, trauen sich nicht, sich zu zeigen, sind nervös, sind unsicher oder leiden unter diesem Jein-Syndrom. Ich gehe auf einen Partner zu, habe aber dann im nächsten Moment schon wieder Angst. Mir fällt irgendwas ein, mir passt die Nase nicht mehr, sodass ich meine eigene Beziehung immer wieder torpediere.«

»Nicht nur deshalb stellt sich ja die Frage: Muss es denn wirklich immer eine Partnerschaft sein?« Neutral und sachlich, journalistisch-objektiv, dabei beschäftigt mich seit einiger Zeit die Frage, ob es nicht vielleicht sinnvoller wäre, mir eine Alten-WG zu suchen. Nicht jetzt schon, natürlich nicht, ich bin noch jung, aber irgendwann mal. Anstatt nach einer Frau zu gieren.

Wenn ich diesbezüglich an Elke denke, eine ehemalige Kollegin, seit Jahren schon depressiv, zudem geplagt von Phobien und diversen weiteren Störungen, die auch dazu führten, dass sie sich für ihren Körper schämte und sich vor Sex ekelte, das volle Paket also, aber ihre gesamte Freizeit damit verbrachte, einen Mann zu suchen. Und zwar irgendeinen.

»Warum tust du das?«, habe ich sie mal gefragt, weil sie wieder im Internet unterwegs war. »Du kannst doch überhaupt nichts mit einem Mann anfangen.«

»Alleinsein ist auch nichts«, war ihre Antwort.

Andrea Schaal nickt. »Wenn jemand den Wunsch äußert, er möchte eine Partnerschaft haben, gibt es die eine Seite: Woran scheitert es? Auf der anderen Seite: Was sucht derjenige? Da kann man ein bisschen schauen: Was versprichst du dir von einer Partnerschaft? Und was von dem, was du von einer anderen Person erhoffst, kannst du jetzt schon selber generieren? Ein Beispiel: ›Ich möchte gerne eine Weltreise machen und für diese Weltreise hätte ich gerne Person X mit dabei. Wir haben uns getrennt, aber es wäre doch schön, wenn es klappen würde, weil ich mich mit Person X so und so und so fühle.‹ Dann habe ich das noch mal aufgeschrieben: ›So und so und so möchtest du dich fühlen.‹ Ich habe keinen Namen daneben geschrieben. Und dann war klar: ›Das kriege ich auch ohne die Person hin.‹ Also: Was behindert das Finden einer entsprechenden Person und was erhoffe ich mir von dieser anderen Person? Das sind oft Dinge, von denen ich glaube, dass sie mir verwehrt sind, wenn ich alleine bin, wie Sicherheit, Geselligkeit, Intimität. Aber all das kann ich auch ohne feste Partnerschaft finden. Vielleicht in einem anderen Ausmaß, das ist wohl wahr, aber ich kann Geselligkeit, Sicherheit, ich kann auch Intimität finden. Sodass diese Not – ›Ich muss unbedingt eine Beziehung haben!‹ – schwächer wird.«

»Wenn ich so um mich herumschaue, habe ich den Eindruck, viele Paare wollen lieber streiten als alleine sein. Besser Streit als Leere.«

»Denn in der Leere würde vielleicht irgendwas hochkommen, was unangenehm ist. Ich habe das öfter bei älteren Männern erlebt, wenn eine Partnerin verstirbt, sofort die nächste heiraten. Die halten das Alleinsein nicht aus. Alleinsein bedeutet: Ich sitze mit mir da. Jetzt kann ich anfangen, mich anzuschauen. Ich gefalle mir vielleicht gar nicht. Hol ich mir lieber die nächste.«

»Das gibt es inzwischen auch bei Frauen«, gebe ich zu bedenken. »Nur: Mit fünfundvierzig sind wir alle nicht mehr so jung und knackig wie mit fünfundzwanzig.«

»Aber wenn das immer noch die Attribute sind, über die Frauen sich definieren, kann ich diese Panik durchaus verstehen. Ich krieg keinen mehr ab. Aber dieser ›keiner‹, wenn der über Äußerlichkeiten kommt, dann ist die nächste Scheidung schon in greifbarer Nähe.«

17

Eine Frau in greifbarer Nähe, denke ich, während ich aus der Haustür ins Gewimmel der Fußgängerzone trete, wäre vielleicht doch auch eine Option. Ich fühle mich beschwingt nach dem Gespräch mit der Psychologin, irgendwie aufbruchbereit, und schlängele mich in den Berufsverkehr der Passanten. Bis ein alter Mann mich und auch die nachfolgenden, eng gedrängten Metropolenshopper in seiner *Rückständigkeit* abrupt ausbremst. Also setze ich gedanklich einen Blinker, haste an dem Hindernis vorbei, und auch meine Nachfolger gebärden sich im Grunde wie auf der Beschleunigungsspur einer Autobahn.

Eine Frau. Und wenn es denn tatsächlich dazu käme? Einfach nur ein langer Blick hinüber zu einer schönen Frau im Straßencafé, woraufhin sie zu ihrer Handtasche greift, um den Inhalt und Verschluss zu überprüfen. Macht nix, Rhythmen schlagen, mache ich beinahe unentwegt, wenn ich unbehelligt spazieren gehe, mit den Fingern (wie Schlagzeugstöcke) gegen Verkehrsschilder und Ampeln trommeln; aber immer im Rhythmus. Felix fällt mir dabei ein, wenn er mit einem sorgsam gesuchten Zweig an Eisenzaunstangen entlangfährt, wie auf einem Xylophon. *Eine Frau müsste mit dem Kind klarkommen.* In so einer beschwingten Aufbruchsstimmung fällt mir auch mehr auf als im Alltagstrott, und wenn es reiner Blödsinn ist, so ungefähr:

Trödelladen zieht aus – Friseur zieht ein
Bäckerei zieht aus – Friseur zieht ein
Juwelier zieht aus – Friseur zieht ein
Schuster zieht aus – Friseur zieht ein

Selbst in meiner Dorfstraße existieren mittlerweile vier Haar-Designer. Die Wohnung liegt in einem heruntergekommenen Viertel, wo dir alle Einwohner erzählen, früher sei es noch viel schlimmer gewesen, weshalb nun überall Plakate und Spruchbänder daran appellieren, es gehe aufwärts. »Schönes Viertel, wir sind dabei!« Jaja, deshalb steht auch jedes zweite Geschäft leer. Und in den leeren Schaufenstern wird irgendwie motivierte Hobbymalerei ausgestellt, mit albernen Preisschildern – und in den anderen restlichen Fassaden verteilen sich Friseure. Gibt es vielleicht gerade in einem solchen Viertel einen derartigen Bedarf nach einem akkuraten Haarschnitt? Oder ist das ein Symbol für den Wirtschaftsaufschwung? Andererseits ist das natürlich genau dein Fehler, denke ich, dass du diesen Zuspitzungen solche Aufmerksamkeit schenkst, aber keine Sekunde auf deine Gefühle achtest. *Hähnchengrill,* setzt mein Denken nach, in einer Nebengasse, vielleicht auch als Metapher, wie dort goldene, glänzende Leiber an drehenden Spießen rotieren. So einfach ist das nämlich nicht, mit der Liebe. Die Vorstellung, keinen Sex mehr zu haben, zukünftig, als weitere Eingebung in der Fußgängerzone, ist einerseits furchtbar, andererseits doch längst schon Realität. Es fällt mir schon gar nicht mehr auf. Früher wäre alleine schon nur die Idee einer Abstinenzphase undenkbar gewesen, Sex war eine sinnstiftende Lebensmittelpunktierererei. Und es ist auch weniger die Sehnsucht nach Leidenschaft, die mich umtreibt, als vielmehr nach Nähe. Es sind Träume, nachts, von leidenschaftlichen Küssen. Es ist ein Verlangen nach *(peinlich):* Zärtlichkeit. Also komme ich wieder auf den Punkt zurück, mich von mir zu lösen. Nicht auf meine Denkereien zu achten, mich nicht pausenlos zu beklagen, sondern grundlegend zu schweigen. Wobei ich alleine schon im Vorsatz spüre, wie sich vieles in mir dagegen wehrt.

Ich schaue und scanne unverändert. Aber ich spreche keine Frau mehr an. Das hat damit zu tun, dass ich unverändert auch Frauen anstarre, die Mitte zwanzig sind, also schweige ich vermeintlich desinteressiert. Nicht, weil ich das einsehen würde, sondern weil ich mir rational einsage, dass es eklig ist. In Wahrheit will ich nämlich Frauen betrachten, die meine Töchter sein könnten. Denn ich bin fünfzig. Was ich nicht fühle.

Wie fühlt sich eigentlich ein Fünfzigjähriger?

Keine Ahnung, beziehungsweise: Ich kenne Fünfzigjährige, die sich auch so bezeichnen und so herumlaufen und über ihr Alter klagen und darüber, dass es heute regnet und am Wochenende kein Fußball stattfindet – aber mein starker Verdacht ist, dass die schon mit zwanzig Mitte fünfzig waren.

Ich interessiere mich immer noch für viel zu vieles, als dass ich alt wäre. Und ich will Sex mit jungen Frauen.

Früher gab es einen netten Ausdruck für eine solche Paradoxie: Marktwert testen. Das Wort gibt es immer noch; selbstironisch. Als ich jünger war, fand ich diesen Begriff zutreffend spaßig. Heute nicht mehr. Unverändert quengelt immer noch so eine romantische Hoffnung auf die eine Frau, die das Leben richtig macht, die alles geradebiegt, die in einer schicksalhaften Verbindung, nach einer dramatischen Verknüpfung, die nur so und nicht anders zustande kommen konnte, irgendein sinnvolles Ende in diesen Satz zwirbelt. Bevor das alles an der Weisheit des Alters zerschellt. Nennen wir es lieber »Verbitterung«, denn nichts anderes ist diese sogenannte Weisheit des Alters, eine Mischung aus Zynismus und Enttäuschung. Aber sie spricht *(die zerschellte Weisheit):* Vergiss es. Das mit der Liebe ist lange schon zu spät.

Es gibt auch dafür übrigens einen Ausdruck, der all mein Darben und Sehen in Kurzform zusammenfasst, und der lautet: Supermarkt.

Das ist der Ort, wo ich zum Schluss immer lande, das ist meine neue Realität. Kein Sex.

»Wissen Sie, wo die Eier stehen?«, fragt mich ein junger Mann, orientierungslos, und ich erkläre ihm den Weg. Eine Frau würde mich selbstverständlich nie in einem Kaufhaus nach solchen oder überhaupt irgendwelchen Dingen fragen; das wäre unter ihrer Würde, als Frau. Eine interessante Verdrehung zum sonstigen Geschlechterklischee, wonach es bekanntlich die Männer seien, die sich niemals und nirgends nach dem Weg erkundigen. Das Bizarre ist aber, dass ich tatsächlich den Standort jedes einzelnen Produktes sowohl hier als auch bei der direkten Konkurrenz kenne, weil ich beinahe jeden Tag Kleinigkeiten einkaufe. Und weil diese Läden nun mal überall auf der Welt identisch aufgebaut sind, kann ich mich selbst in einer fremden Stadt als wissender Guru betätigen. Verdammt, ich weiß von jedem Produkt, wo es steht: *Ich bin eine Hausfrau!*

Carsten hat mir (passend zum Ort) eine schöne Geschichte erzählt. Er war in einem solchen Supermarkt, zusammen mit der damals fünfjährigen Pauline, die sich vorher schon eine ganz bestimmte Kekspackung in den Kopf gesetzt hatte. Die Carsten aber nicht kaufen wollte. Folglich schmiss Pauline sich auf den Boden, kreischte und brüllte: »Ich will Kekse! Ich will Kekse!« Woraufhin Carsten, in seiner unkonventionellen Künstlerbeschaffenheit, sich ebenfalls rücklings auf den Boden legte und mit den Fäusten auf den Untergrund trommelte: »Ich will aber nicht bezahlen! Ich will nicht bezahlen!« Pauline sei daraufhin bleich und schweigend aufgestanden und habe ihren Vater energisch am Ärmel gezogen. »Du bist soo peinlich, Papa.« Es gab keine Kekse.

Auch hier, wie überall, schaue und scanne ich überall. Diese Frau mit Kleinkind, zum Beispiel, sie ist circa Ende dreißig, wer weiß, vermutlich alleinerziehend, weil gestresst, schlecht lackierte Fingernägel, ein Muttermal neben der Oberlippe (das bei einer bestimmten Frau in einem bestimmten Jahrzehnt einmal als sexy galt), dafür mit acht Ringen belegt, also an beinahe jedem Finger (was mich daran erinnert, dass Frauen vor der Schaufensterfront eines Schmuckgeschäftes immer wieder auf ihren eigenen Ring schauen, bevor sie erneut in die Auslage kiebitzen; wie eine Bestätigung, eine Frage, ein letztes Vergleichen; Sichberuhigen), und vorne, in ihrem Einkaufswagen, fährt sie ein etwa dreijähriges Mädchen spazieren. Es kann noch nicht richtig sprechen, das Mädchen mit seinen großen Augen. Die sich in dem Moment noch einmal weiten, als die Kassiererin ihr ein verpacktes Schokoladenei überreicht. Das selbstverständlich ihre Mutter gekauft hat, was das Mädchen aber nicht weiß, denn es staunt. Es glotzt. Alle schmunzeln. Dann beginnt das Kind im Einkaufswagen an der Verpackung herumzubeißen. »Nein!«, sagt die Mutter energisch, die das Reißen rechtzeitig bemerkt, und hält dem Mädchen einen erhobenen Zeigefinger vor die Augen. »Nein!« Das wirkt.

Allerdings nur für etwa fünf Sekunden. Während die Mutter sich nämlich abwendet und bezahlt, zerrt das Mädchen mit ihren Zähnen die Staniolverpackung auf und knabbert an der Schokolade. *Oh, oh,* alle warten. Und die Mutter entdeckt das Malheur. Und verdreht die Augen. Schweigend.

Sie verdreht genervt die Augen, denke ich, klar, wie auf der Theaterbühne, in einem Supermarkt, die Leute glotzen. Aber, *mmh,* denke ich so, wie vermutlich jeder andere Elternteil hinter mir, bis sich ein beklemmendes Gefühl einstellt, als ob hier gerade Weichen gestellt wurden, die ein Schicksal bestimmen. Und das vermutlich noch bis in die nächsten Generationen hinein.

Aber bin ich in meiner sogenannten Erziehung eigentlich besser?

Darüber werfen wir schnellstens den Mantel der Verschwiegenheit. Vor mir ist nur noch ein älteres Pärchen an der Kasse. Der Mann steht dabei hinter dem Einkaufswagen und betrachtet, nein: inspiziert jedes Teil, das seine Frau aus dem Wagen auf das Fließband hebt. Sein Blick bleibt an diese Aktion geheftet, als müsse er sie bei dem Hebevorgang mental unterstützen. *Ist das vielleicht auch so?* Ich weiß leider nicht, wie sich das anfühlt, wenn man fünfzig Jahre verheiratet ist. Ich bezahle also schweigend.

»Brauchen Sie einen Kassenzettel?«, fragt die Kassiererin. Der Supermarkt will den Papierverbrauch begrenzen, die meisten Kunden sagen tatsächlich: »Nein.« Ich auch.

Allerdings sind die Vorgänge des Kassierens für die

Frauen über die Jahre derart in Fleisch und Blut übergegangen, dass sie selbst dann, wie ein Reflex, auf die Taste für den Bon-Druck drücken, um den nunmehr überflüssigen Fetzen in den Papierkorb zu schmeißen.

Irgendwie, denke ich so, ist das wie eine Parabel auf das Leben.

*

Vor diesem Supermarkt, allerdings in meinem Städtchen, habe ich vor einigen Jahren eine bizarre Szene mit Felix erlebt. Ich arbeitete noch in einem Möbelhaus, und vor der Arbeit wollte ich einige Einkäufe erledigen, die ich nach Schichtende nicht mehr schaffen würde. Und während ich draußen meine Dosen und Flaschen in den Kofferraum poltern ließ, sah ich im Hintergrund Ulrike und Felix. Die Oma war bei einem Facharzt, irgend so was, schulfrei, keine Ahnung, auf jeden Fall standen da Felix und seine Mutter. Und Felix' Papa schmunzelte. Ich schlenderte auf die beiden zu, am frühen Morgen, Felix freute sich, obwohl er gleichzeitig erstaunt war, weil er seinen Vater außerhalb der Reihe zu Gesicht bekam, und Ulrike verzog keine Miene. Weil das außerhalb der Reihe war. Ich war ihr nicht böse, weil ich auch nicht wusste, wie es ihr psychisch gerade ging, aber es hatte zumindest eine gewisse Gewöhnungsbedürftigkeit.

»Guten Tag«, sagte ich, und lachte, weil ich Felix sehen durfte, strahlte, feixte.

Felix lachte.

Wir beide grinsten, weil das schließlich außerhalb der Reihe war. Und Ulrike packte Tüten. Schweigend.

Das ist mein Albtraum, denke ich heute, auf diesem fremden Supermarktparkplatz, der mir gleichzeitig vertraut ist: Ich gehe spazieren, flöte ein Lied, und plötzlich sehe ich Ulrike und ihren Neuen, und mittendrin läuft Felix herum. Und ich kann nicht mehr abhauen. Freundliche Begrüßung, klar, versteht sich, ich darf diesen Typen nicht in den Boden rammen, ich muss alles wie selbstverständlich zelebrieren, lächeln, für Felix, und für seine Zukunft. *Aber ich will das nicht.*

Nach der Trennung war Ulrike mit Felix und *ihm* und dessen Kindern im Zoo. Hat Felix mir erzählt. Ich habe gelächelt, wie schön, und es kam mir vor wie eine schlechte Kopie, wie der Gipsabdruck einer heilen Familie, wir haben keine Zeit zu verlieren, irgend so was. Aber ich habe gelächelt. Wir alle haben Freunde, habe ich gelächelt, Mama hat Freunde, Papa hat Freunde, und vor allem habe ich mich bemüht, kein Feuer auflodern zu lassen, um Felix irgendwie aus der Bahn zu werfen. *Wir alle haben Freunde!*

Daran muss ich sogar noch denken, als ich schon im Auto sitze. Jetzt fühle ich diese Leere am deutlichsten, weil Felix mir nicht neben mir assistiert, damit wir gemeinsam fremde Straßen betrachten. Nur er hat Spaß daran, wenn ich das Auto irrsinnig in den dritten Gang beschleunige, sodass der Motor röhrt.

18

»Du glaubst nicht, wo wir sind!«, brüllt die fremde Frau nun schon zum dritten Mal in ihr Handy hinein. Die Szenerie atmet einen Hauch von Peinlichkeit, weil die Frau in ihrer Besessenheit das Gefühl für ihre Umgebung verloren hat. Wir können es also alle hören. »Jaa«, kreischt die Frau, »ein Freibad! Ja, wirklich, ein *Freibad!*«

Ich weiß nicht, warum dieser Ort für eine gehobene Mittelschicht immer noch mit dem Hautgout des Vulgären und Aussätzigen belegt ist, aber allein die schmerzverzerrte Betonung deutet daraufhin, dass es die fremde Frau eine Menge Überwindung gekostet hat, tatsächlich ein Handtuch auszulegen. Vorübergehend, versteht sich.

Felix betrachtet mich mit einem verstörten, gleichzeitig amüsierten Blick, der wohl aussagen soll: Warum schreit die Frau so laut?

Ich zucke mit den Achseln und konzentriere mich auf die ungleich verteilte Luft. An einigen Grasnarben, neben unserer Schattenwand, also dort, wo die Sonne schon seit dem frühen Morgen tätig war, heben sich Wärmequadrate in die Höhe.

Felix und ich waren bis vor wenigen Minuten im Wasser, und während ich ihn abtrockne, durchzieht mich ein gleichfalls wärmendes Gefühl von Sicherheit und Glück, bis weit hinab, abwärts in meine Gedanken. Das werde ich mir doch nicht von einer Architektenfamilie nehmen lassen, denke ich, nur weil sie sich während unserer Planschphase eingenistet hat. Aus dem pausenlosen Kreischen schließe ich, dass es sich hierbei um eine Fahrradtour handelt, mit einem spontanen »Abstecher« in dieses Freibad, völlig verrückt also. Die Fahrradhelme liegen verstreut im Gras, die beiden Kinder laufen zum Becken, während die Erwachsenen sich ein Handtuch teilen (spontan eben) und unentwegt dümmlich kichern. Weil es so unglaublich »verrückt« sei, wo sie hier gelandet seien, beinahe schon verwegen, in ein »öffentliches Freibad« zu gehen. Also lachen sie pausenlos, was sie für irre Typen seien, und rufen unentwegt über ihr Handy weitere Leute an, um denen genau das mitzuteilen. Die Frau zieht inzwischen sogar ihr Oberteil aus und demonstriert ihr Bindegewebe. Niemand sonst macht das, Felix schaut irritiert, ich bin mir nicht sicher, ob das nicht sogar verboten ist. Auf jeden Fall ist es unangebracht und tatsächlich: peinlich. Sie ist Ende vierzig.

Aber bevor irgendeine Reaktion erfolgen kann, kehren die beiden Kinder zurück, trocknen sich ab, und gemeinsam sucht die Familie nach Radlerhosen, T-Shirts und Fahrradhelmen. Und während sie sich tatsächlich *schweigend* umziehen, dreht die Frau ihren Kopf in alle Richtungen, als frage sie sich verzweifelt, warum wir alle es ihnen nicht gleichtun. Warum wir alle immer noch hier liegen.

Weil ich zum Beispiel mit Felix Zeit haben möchte, denke ich. Weil ich diese Wärmeflecken aufspüre und den Wind einatmen möchte wie einen Hauch gepresster Zeit. Wie einen Ideenträger, der Erinnerungen aus dem Tiefschlaf weckt.

»Die Frau geht«, sagt Felix und wir atmen beide übertrieben spielerisch aus.

Es ist heiß, die Sonne steht wolkenlos am Himmel. Zwischen dem Blau dort oben und uns Bleichgesichtern hier unten flimmert die Hitze beinahe schwerflüssig. Ein Mädchen singt mit zarter Stimme die Melodie von »Biene Maja«, für sich alleine, mit ihren Spielkarten beschäftigt, aber nach wenigen Takten überzieht die Melodie auch die benachbarten Decken und Liegestühle. Möglicherweise als Reprise, unbewusst, intonieren drei Jugendliche eine altvertraute Weise aus der »Muppet-Show«, dieses textlose Saxophon-Dings aus Phrase und Antwort, (eher tief) Mahna Mahna, (eher höher) Mah Nà Mah Nà, und seit Jahrzehnten schreien die Kinder dann wild durcheinander, wenn der Improvisationsteil kommt. Dabei ist das eine ganz einfache Tonfolge, sage ich zu Felix, aber es interessiert ihn nicht. Ihn fasziniert ein Junge im Nichtschwimmerbecken, der mit seiner blauen Gießkanne einen Springbrunnen imitiert, wobei die feinen, gleichmäßigen Wasserstrahlen im Sonnenlicht leuchten.

»Siehst du!«, sage ich. Die Schönheit der Welt anpreisen, das ist irgendwie mein Vater-Credo. »Schau mal dahinten!« Mehr ist auch nicht drin, in der kurzen Zeit.

Ich komme mir manchmal wie ein Eindringling vor, in die heile Welt aus Mutter und Sohn, mit meinem Insistieren, meinen Nachfragen, wie es ihm geht und wie es in der Schule läuft, ich bin fast schon der Nervige. Weil ich nichts mitbekomme.

Wenn ich ihn dann aus der Schule abhole, nach zehn langen Tagen, ist er zuerst ein wenig reserviert. Er muss erst wieder ankommen. Ja, freundlich, aber zunächst zurückhaltend. Manchmal auch überschäumend! Aber eben auch reserviert. Fast ein wenig divenhaft. Aber das legt sich.

Manchmal verspüre ich am Tag davor auch keine sonderliche Lust, ihn zu sehen. Nicht wegen ihm (und auch nicht wirklich nachhaltig), aber unsere Tage sind anstrengend. Dieses Grummeln würde er allerdings nie spüren. Weil ich das nicht möchte. Ich sehe ihn so selten, also zwinge ich mich zu Aufmerksamkeit und dann bin ich *da.* Und ich zwinge mich, seinem Rhythmus zu folgen, nicht meinen Plänen und Eingebungen. Kein Druck. Denn wenn seine Eltern sich schon trennen mussten, dann hofft er wahrscheinlich trotzdem auf Frieden.

»Lust auf ein Eis?«, frage ich.

Vor der Imbissbude gibt es eine Schlange für das Fettige, wie wir sagen, und eine für das Süße, also einerseits Pommes oder andererseits Eis. Oder Kaffee (beiderseits). Je näher wir an die Fensterfront rutschen, desto stärker überlagern sich verschiedene Gerüche in Schnüffelschichten, eine Melange aus Schweiß, Sonnenöl, Frittenfett, Bier und Spülwasser.

»In den Schatten«, sagt Felix.

Er spielt mit seiner Wasserpistole und beobachtet einen verschleuderten Tropfen auf einem Blumenblatt. Ein wirklich praller, beeindruckend geschlossener Tropfen, glänzend, silbrig beinahe, dessen Gewicht die Blattspitze dazu zwingt, sich mehr und mehr zu neigen. Plötzlich aber rutscht die Wasserkugel an der Unterseite entlang dem Stiel entgegen, woraufhin das Trägerblatt, wie erleichtert, wie ein Sprungbrett nach oben schnellt.

Wir lachen.

Neben uns stehen Dutzende Taschen und Schuhe ohne Besitzer verteilt. Die dazugehörigen Kinder sind im Wasser verschwunden. Jedes einzelne Übrigbleibsel stempelt einen Schattenabdruck in die Liegewiese. Genauso will ich manchmal unsere Erlebnisse in die Zeit stanzen, denke ich, weil ich unsicher bin, ob die Trennung Felix immer noch belastet. Aber ich traue mich nicht, ihn zu fragen. Denn es scheint ihm gut zu gehen. Er ist ein kluges Kerlchen und ich bin mir sicher, dass er mit seinen feinen Antennen jede Schwingung empfängt, ich brauche also nichts von ihm fernhalten, keine Sorgen oder Ängste, weil er das schon sehr früh spürt. Er wird mir zeigen, wenn er etwas auf dem Herzen trägt. Und ich werde das Signal aufnehmen. Bislang zumindest habe ich ihm immer das Gefühl gegeben, dass er mich alles fragen kann. Und ich habe geduldig zugehört.

Carsten hat mir bei unserem letzten Treffen erzählt, dass es in der alternativen Szene einen Vorschlag gibt, eine Art »Elternversprechen« bei einer Trauungszeremonie zu formulieren (zumindest für jene Willigen, die sich noch für Kinder entscheiden möchten). Anstatt also über »ewige Treue« zu säuseln, vielmehr eine ewige Sorge um die Kinder zu betonen. Laut: Das Versprechen, sich zu unterstützen und füreinander zu sorgen, unberührt davon, was das Leben sonst noch so bringen möge. Das finde ich nicht uninteressant. Die Verantwortung wird von vornherein an die Menschen, die Eltern und nicht an Veränderungen des bürgerlichen Standes, das heißt an den Status einer Ehe oder Scheidung, geknüpft. In einer solchen Zeremonie würde deutlicher zu Bewusstsein kommen, welche Konsequenzen mit der Zeugung eines Kindes für die Eltern verbunden sind. Im Grunde ist es eine Art Ehevertrag, nur dass es dabei nicht um den Mammon geht, sondern um mögliche Nachfolger. Und für die wiederum wird es ein Segen sein, Eltern zu haben, die sich gegenseitig versprechen, für ihren Nachwuchs zu sorgen, was auch immer geschehen mag. Okay, auch das wird nicht der Königsweg sein, denn neurotische Menschen, die sich mit ihren Seelendämonen herumschlagen und nicht kommunizieren können, lassen sich vermutlich auch zukünftig scheiden und führen ihre destruktive Form der Wissensverarbeitung weiter.

»Papa«, reißt Felix mich aus meiner Argumentationskette heraus, »Wettschwimmen?!«

*

Als wir tropfend zu unserem Deckenflecken zurückeilen, sehe ich schon aus einiger Entfernung, dass wir neue Nachbarn bekommen haben. Es ist eine Mutter mit zwei Jungs, wobei ihre Haare mich schlagartig an Charlotte erinnern. Blonde Locken! Ich sehe sie immer noch, in jeder Stadt, bei fast jeder Tätigkeit. Und ich erinnere mich augenblicklich an unseren letzten gemeinsamen Badeurlaub, an das Hotelzimmer, in dem tatsächlich zwei Einzelbetten standen, die wir regelwidrig zusammenschoben; es blieb trotzdem eine hölzerne Grenze. Also verabschiedeten wir uns immer abends, bevor wir schliefen, als ob wir in entgegengesetzte Richtungen wanderten, *»Tschüs«*. Und ich erinnere mich an Charlottes schmerzhafte Blasenentzündung, die dazu führte, dass wir irgendwie in diesem Fischerort eine Wärmeflasche auftreiben mussten. Aussichtslos, allein die Vokabel, wir mussten stundenlang suchen, bis wir tatsächlich so einen Gummilappen fanden: in Rot. Und das Ding trugen wir dann wie in einer feierlichen Prozession durch den Badeort, eine rote Wärmeflasche, gegen Blasenentzündung. *Ich erinnere mich an alles.* Auch an dieses obskure Museum, abseits, *pssst,* das offensichtlich nur von uns besucht wurde, so leise, mit diesem merkwürdigen Steinkreis im zweiten Stock. Und wie wir begannen, diesen Kreis nach und nach in ein Quadrat zu ändern, welchen Spaß wir dabei hatten. Vermutlich liegt das Quadrat bis heute so herum. Ich erinnere mich auch an diese Stranddiskothek, in der ich einen Drink für uns beide bestelle, im Kunstnebel, im Stroboskoplicht, wie ich wartend in einem der unzähligen Spiegelwände Neuankömmlinge beobachte, mich drehe und taxiere, bis mich ein Gesicht merkwürdig beunruhigt, für zwei, drei, vielleicht vier lange Sekunden, weil es aus der Menge heraussticht und mich *durchschaut* und mich gleichfalls anstarrt, erschreckend, bis ich registriere, dass auch in dieser Nische nur eine weitere Spiegelung einer Spiegelung meines eigenen Gesichtes zu erkennen ist. Und ich begreife das in diesem lichtdurchzuckten Nebel erst nach mehreren Sekunden.

»Du kannst die Autos gerne leihen«, sagt die neue Frau. Auf der Decke. In der Gegenwart. *Atmen.*

Felix hat seine Lieblingsautos mitgenommen, ein Rennen gestartet und dabei wohl kurz zu den Utensilien der neuen Deckennachbarn hinübergesehen. Dort liegen ebenfalls einige Sportwagen. Die Frau palavert also über Autos und das Teilen, sie quatscht mich an, während sie streng genommen zu Felix spricht und mich einbezieht, einfach so, in einen kurzen Dialog einsteigt, den Felix und ich begonnen hatten. Kleine Kinder sind wirklich ideale Multiplikatoren. Ohne Felix würde mich niemals eine Frau ansprechen. Ohne Felix, im Freibad, wäre ich nur *merkwürdig.*

»Möchtest du?«, frage ich Felix, aber streng genommen spreche ich auch gerade mit den blonden Locken.

Wir reden sachlich über die Köpfe der Kinder hinweg,

wir sind Eltern, und ich frage mich dabei die ganze Zeit, ob ich mit dieser Frau schlafen möchte. Es geht um Erziehungsprobleme, um weiterführende Schulen in der näheren Umgebung, aber in Wahrheit geht es bei mir nur darum, ob ich diese Brüste streicheln möchte. Und ich komme zum Ergebnis: *Nein.* Deshalb kann ich auch so hübsch sachlich bleiben. Vorbildlich.

Die Kinder der Frau schweigen währenddessen die ganze Zeit. Ein Sohn liegt mit seiner nassen Badehose auf dem warmen Betonboden neben dem Schwimmbecken, die Arme zur Seite gestreckt, wie gekreuzigt.

Nein, sage ich innerlich zu mir selbst.

»Er heißt Felix«, höre ich mich sagen, »acht Jahre, ein schönes Alter.« Vorbildlich sachlich sitze ich da und lasse dem Gefängnis meines Körpers eine neutrale Dozentenstimme entkommen. Während doch gleichzeitig in mir die Sehnsucht danach tobt, einfach aufzuspringen und einen weiblichen Körper zu packen. Irgendeinen. Aber nur für vielleicht eine Stunde, nicht länger, nicht um morgen wieder zusammen zu essen und zu diskutieren.

»Patrick hat Probleme in der Schule«, antwortet die Frau sachlich. Sie hat irgendeinen Vornamen, ich habe ihn vergessen.

Ich hatte tatsächlich mal so einen One-Night-Stand, erinnere ich mich, als ich sehr jung war, um mich an einer Freundin zu rächen, die mich betrogen hatte. Aber es war nicht schön. Nur die Fantasie ist schön. Was mich allerdings trotzdem beschäftigt, heute, während ich sachlich argumentiere über die Schulpolitik in diesem Bundesland, ist, dass ich mich an nichts erinnern kann. Weder an den Namen der Frau, damals, noch an ihr Gesicht, nicht mal an den Körper. Nicht mal an unser Kennenlerngespräch. Ich weiß nur noch grob die Eckdaten, die Kneipe, zwei, drei verschwommene Momente, ein Lächeln – und ich erinnere mich daran, dass ich ihre Füße hochgehalten habe. Und daran, dass sie gerne meine Freundin werden wollte und ich mich nicht getraut habe, meine betrügerische *Bitch* abzuservieren. Obwohl die Affäre vermutlich die bessere Freundin gewesen wäre, wie meistens.

Manchmal habe ich die krude Vorstellung, sie läuft vielleicht irgendwo da draußen herum. Und *sie* hat vermutlich alles noch im Kopf gespeichert, jedes verfluchte Detail, sie kennt selbstverständlich noch meinen Namen und was ich mache, vermutlich beobachtet sie mich schon seit Jahren und läuft mir zweimal täglich über den Weg. Und belauert mich hasserfüllt. Oder belustigt. *Entschuldige.*

»Ich habe keine genauen Vorstellungen von einem Mann«, sagt die lockige Frau mittlerweile, weil ich sie offensichtlich über ihr Privatleben ausgefragt habe. Hoffentlich vermutet sie jetzt nicht, ich sei an ihr als Frau interessiert, denke ich, aber für mein Buch könnte es spannend werden, was in ihr vorgeht. »Ich bin da völlig offen«, sagt sie. »Mir ist es zum Beispiel völlig egal, ob er eine gut gehende Anwaltskanzlei leitet oder ob er im Vorstand eines Unternehmens sitzt. Er kann auch gerne selber eine Firma aufgebaut haben. Wie gesagt, ich bin da völlig flexibel.«

»Ja, ja …«, murmle ich.

»Wie darf ich das verstehen?«

»Gar nicht.«

Felix knetet höckrige Kugeln aus unserer Butterbrotalufolie. Dann streicht er über die dünne Haut seiner Ferse. Unser Badetuch riecht muffig, fällt mir auf, nach altem Staub und dem Schweiß vom letzten Jahr.

»Ich habe einfach Pech«, setzt die Frau erneut an. »Ich bin nie da, wo der Richtige auf mich wartet.«

»Ja, ja«, murmelt meine Wenigkeit. »Ich warte schon gar nicht mehr auf die Richtige. Ich freue mich schon, mal mit einer Frau zu reden, die mir nicht auf die Nerven geht.«

»Da bin ich anders«, antwortet sie schmerzfrei, »ich bin anspruchsvoll.«

»Null«, setze ich erneut an. »Ich freue mich schon, wenn ich mal eine Frau treffe, die mir nicht auf die Nerven geht.«

Kurzer verstörter Blick ihrerseits. Aber nur kurz. »Ich habe eine klare Vorstellung von einem Mann. Ich bin einmal geschieden, und jetzt suche ich einen Mann, der wirklich zu mir passt.«

Ich erspare mir die leidige Wiederholung darüber, was mich alles erfreuen würde, und frage stattdessen: »Und? Wie müsste der Mann aussehen?«

»Mindestens 1 Meter 85 groß«, rattert sie herunter, wie auswendig gelernt, »schlank, gut gekleidet, eine gehobene berufliche Stellung. In dieser Stadt. Ich will nicht fahren. Dunkelhaarig, besser noch blond. Aber volles Haar. Ansonsten nicht zu viel Körperbehaarung – und auf keinen Fall unsportlich. Couchpotatoes sind mir ein Gräuel!«

»Sie sind sportlich?«

Kurzes Schweigen. Tiefere Stimmlage. »Ich bin vielseitig interessiert.«

»Und?« Der gleichfalls interessierte Journalist lässt nicht locker. »Schon Männer getroffen?«

»Oh ja …« Sie zischt wie eine Schlange, Stimmlage rutscht nach oben. »Einer war dabei – das müssen Sie sich mal vorstellen –, der kam zu unserem Date mit einem ungebügelten Hemd! Mit einem ungebügelten Hemd! Da ist ja wohl alles klar.«

»Natürlich.«

»Sie sehen das auch so, nicht wahr, da weiß man doch gleich, wie es bei dem zu Hause aussieht. Und dann kommt der mich abholen – mit so einem japanischen Kleinwagen! Ein Gebrauchtwagen! Ich bin direkt wieder umgedreht und in meine Wohnung. Hallo! Ich arbeite doch nicht wie eine Verrückte, um dann, mit Mitte vierzig, in *so etwas* einzusteigen. Ich bin doch keine Putzfrau!«

»Kann ich verstehen.«

»Sag ich ja.«

»Wobei Ihre Ansprüche …«

»Ich habe keine Ansprüche!«

»Natürlich nicht.«

»Warum reden Sie mir die ganze Zeit nach dem Mund. Wenn ich eins nicht ausstehen kann, dann ist das, wenn mir Männer nach dem Mund reden!«

»Selbstverständlich.«

Längeres Schweigen. Die Sonne drückt deutlich. Auch die jungen Männer halten zunehmend ihre Hand auf den Bauch, fällt mir auf, wenn sie fotografiert oder auch nur beachtet werden.

»Papa …« Felix springt mir mit einem leidvollen Blick auf den Schoß. Bauchschmerzen?

Er flüstert mir ins Ohr: »Da sind dunkle Wolken …«

Seine Angst vor Gewitter nimmt langsam alarmierende Züge an, auch die Geräuschempfindlichkeit, finde ich zumindest. Ulrike sieht es lockerer. Aber Felix atmet unruhig, weil zwei Gewitterwolken aufziehen, und pocht mir mit dem Zeigefinger in die Seite. Das erste Mal ist mir seine Überempfindlichkeit in einem Zirkus aufgefallen, er ging noch in den Kindergarten, und während alle anderen Kleinen begeistert dem Geschehen entgegenfieberten, ratterten bei Felix alle Jalousien aus der Verankerung, und zwar mit dem Moment, als das Orchester zu spielen begann, *fortissimo,* und gleichzeitig Nebel bis in unsere Stuhlreihe waberte, er wollte raus. Und zwar sofort! Er heulte!

Seitdem ertönt bei Gewitter, Blitz, bei Donner, sofort der Ruf: »Ich will zu Mami!« Er reagiert dann wie ein Phobiker, atmet hektisch, wird unruhig, panisch, will nur noch weg.

Und zwar weg von mir. Das kränkt mich. Ich werde unsicher. Ich fühle mich dann wie eine Art Hotelier auf Stundenbasis, bestenfalls wie ein Chauffeur. Ich bin hilflos.

Und zweitklassig.

Wahrscheinlich gefällt das Müttern, wenn ihre Söhne verzweifelt »Mami« rufen. Und vermutlich haben Väter deshalb das Bedürfnis, ihre Kinder »lebenstüchtig« zu machen. Nicht abhängig. Nicht phobisch. Aber wie dem auch sei, ich kann jetzt nicht länger einfach nur sinnierend herumsitzen.

»Alles Gute«, bedeute ich der Lockenfrau und telefoniere mit Ulrike. Gleichzeitig ziehe ich mich an, was nicht unbedingt einfach ist. Meine metallene Gürtelschnalle klingelt bei jeder Bewegung, jedem Zucken, und das erinnert ein wenig an eine Bergziege.

Ulrike hat den Anruf schon erwartet.

19

Felix schließt die Augen, als es tatsächlich donnert, und er drückt sich jeweils einen Zeigefinger in das Ohr. »Ich will zu Mama«, das ist das Einzige, das jetzt noch zählt, erst recht nicht, dass ich über den Vorteil eines Faraday-Käfigs referiere, also darüber, dass wir im Auto bei einem Blitzeinschlag in Sicherheit sitzen. Egal, es donnert!

Ich argumentiere bald auch nicht mehr. Felix will sofort zu Mama.

Da fühlt er sich sicher. Bei mir nicht.

Gewissermaßen ist es das Haus, in dem er sich sicher fühlt, aber das ist zweitrangig, hier, bei mir, ist es auf jeden Fall nicht. Ich existiere in diesen Momenten für Felix nur als Hindernis, ich bin nicht schnell genug. Wenn er könnte, würde er wahrscheinlich aus dem Auto stürmen und alleine zu Mama rasen. Das sind diese Momente, in denen ich tatsächlich kurz denke, lass es sein, es hat keinen Sinn, du bekommst keinen Bezug zu diesem Kind, zu spät. Dieses Jedes-zweite-Wochenende-Besuchen ist zwar unterhaltsam, aber damit hat es sich auch schon erschöpft. Es ist nett, nicht mehr. Wenn ich mir vorstelle, dass als Folge dieses Umgangsmodells nach ein oder zwei Jahren ein Fünftel der Väter den Kontakt zu ihren Söhnen und Töchtern verliert, wird mir übel. Letztlich wachsen alle diese Kinder doch ohne Vater auf. Sie erleben ihren Alten vielleicht gerade mal als Freizeitkaspar, der ordentlich auf den Busch haut am Besuchswochenende. (Und der dafür von der gestressten Mutter noch einen Seitenhieb einfängt, weil er mit den entscheidenden Erziehungsfragen und Tagesstreitereien nichts am Hut habe.) Letztlich ist dieser Umgangsquatsch doch nur ein Abschied in Raten, der wohl oder übel zum Rückzug der Väter führt, denn einmal vom Leben der Kinder ausgeschlossen, bleiben sie irgendwann freiwillig draußen. Die Statistiken zumindest sind brutal ehrlich: 30 Prozent aller Väter haben bereits nach zwei Jahren keinen Kontakt mehr zu ihren Kindern. Und ich erwähnte bereits, dass es nach drei Jahren noch mehr sind. Und um sich nicht länger quälenden Hasstiraden auszusetzen, verzichten sie auf ihr Lebensglück und werden dafür von den Müttern und der Umwelt, später auch von ihren eigenen Kindern verdammt. *Ich will das nicht!*

Das sind trotzdem diese Augenblicke, in denen ich irgendwie das Gefühl habe, Ulrike genießt es, dass ihr Sohn unter allen Umständen zu ihr will. Und weg von Papa. Ich weiß nicht, ob das wirklich so ist; ich frage nicht nach. Wozu auch? Es ist ohnehin unfair, Ulrike macht ihre Sache großartig. Aber ich fühle mich hilflos. Unnütz.

Dabei habe ich gedacht, ich hätte mit meinen hobbyverhaltenstherapeutischen Tricks irgendwas bewirkt. Aushalten, Felix, atmen; Pustekuchen. Ich habe ihm beim letzten Mal sogar eine Rennbahn gekauft, als Belohnung, als positiven Verstärker, weil er es versuchen wollte, ein Gewitter durchzustehen. *Pustekuchen.* Er kauert auf dem Beifahrersitz und will nur weg.

Auch wenn in einer Stunde wieder die Sonne scheinen wird – *jetzt* läuft er Mama heulend in die Arme.

»Sag Papa wenigstens Tschüs«, fordert Ulrike ihn auf und hält Felix vor ihrem Bauch umklammert.

Sie macht das gut, kein Vorwurf.

Ich stehe nur so blöd herum.

»Tschö«, sagt er und dreht sich lächelnd zu mir hinunter, auf die Stufen. Kommt dann zu mir, vermutlich ist er selber durcheinander, umarmt mich, und ich lächle. Glücklich.

»Holst du ihn morgen früh um acht?«, fragt Ulrike.

»Natürlich.«

*

Im Auto schließe ich die Augen. Ich engagiere mich mehr als jeder typische Familienvater, denke ich, höre aufmerksamer zu, spiele intensiver, kümmere mich mehr um das Leben meines Sohnes, aber ich bleibe außen vor. Er verschwimmt mir. Das ändert aber nichts.

Darf ich Felix meine Gefühle zeigen?

Er wäre ohnehin der Einzige. Wen interessieren schon Gefühle?

Aber geht das? Ist das nicht zu viel, bei gerade mal drei Tagen Gemeinsamkeit? Ich will ihn nicht noch stärker belasten.

Also kurz noch einen Wutflash in Richtung Ulrike, obwohl sie das nicht verdient, aber das ist gewissermaßen symptomatisch für besagtes Autoschweigen, weil mir dann vor Augen kommt, dass ich heute von meiner Mutter erfahren habe, dass Felix eine Klassenarbeit in der Schule geschrieben hat. Sie ist stolz, sie ist die Oma, und sie hat es von der anderen Oma erfahren, die beiden telefonieren ab und an. Der Einzige, der wieder nichts über Felix weiß, bin ich. Der Vater. Ich erfahre es immer als Letzter.

Es sei nichts Wichtiges gewesen, schrieb Ulrike mir anschließend in einer SMS, auf meine Nachfrage hin. Ja, Grundschule, und das stimmt auch alles, es ist nicht wichtig – aber ich bin immer der Letzte in der Reihenfolge.

Dabei ist das, wie das meiste, was ich über Ulrike denke, nicht gerecht. Wahrscheinlich sogar alles. Sie ist eine tolle Mutter. Vielmehr ist es doch so, wird mir wieder einmal klar, dass genau das, was mich an anderen stört und umtreibt, ärgert und vor allem in Wut geraten lässt, weil ich das alles *so* nicht will, sondern anders und deshalb bekämpfe oder wegdrücke, wegschiebe, dass ich genau das in Wahrheit in mir zur Seite drücke und bekämpfe. Weil ich das alles anders will. Die Realität.

Und wenn ich mich immer wieder verletzt oder wütend fühle, immer wieder, dann ist es auch mehr als eindeutig, dass ich mich in die falsche Richtung bewege. Denn letztlich sind alle diese Gefühlslawinen eine Form von Angriff mit Zielrichtung auf irgendeinen Quatsch, der vermutlich weit, weit zurück in der Vergangenheit liegt. Wenn ich es nicht schaffe, meine Emotionen zu bündeln, schießen sie los und greifen wahllos alles und jeden an, der in meiner Umgebung herumläuft.

Als Hilferuf.

Es ist nur so unglaublich schwer, miteinander zu sprechen, nach der Trennung. Einander zuzuhören, mit Unterschieden leben zu lernen, eine Verbindung aufzubauen, wie es heißt. Klingt bescheuert, weil Ulrike und ich einmal verheiratet waren, aber es ist tatsächlich eine neue Aufgabe.

Atmen. Immer wieder. Den Ärger nicht gleich rauszulassen, auch wenn wir uns im Kreis drehen. Meine verletzten Gefühle dürfen nicht die Einsicht trüben, dass Ulrike eine wunderbare Mutter ist. Das muss ich sauber auseinanderhalten.

Deshalb betone ich vor Felix immer, dass ich jetzt Mama eine Nachricht schicke, wegen der Hausaufgaben zum Beispiel, und ich betone auch immer, dass wir kommunizieren. Umgekehrt, denke ich, passiert das wahrscheinlich eher weniger. *Egal.*

Ich starte den Wagen.

Felix weiß, dass er nicht an der Trennung schuld ist. Kinder neigen bekanntlich dazu, die Verantwortung bei sich selbst zu suchen. »Wir haben uns ständig gestritten«, hat Ulrike Felix zur Begründung gegeben, warum Papa ausziehen musste. Er war vier, damals. Es gab ansonsten keine Erklärung. Papa hatte *plötzlich* eine neue Wohnung, wohnte *plötzlich* nicht mehr mit der Familie im Haus, aber ansonsten ging das Leben weiter. In Wahrheit haben Ulrike und ich uns nie gestritten. Vielleicht wären wir sogar noch zusammen, denke ich, wenn wir uns wirklich mal so leidenschaftlich bedacht hätten.

Und wie zum Hohn präsentiert sich hinter der nächsten Kreuzung, am Marktplatz, eine Hochzeit in Weiß. Ich gleite unbeteiligt daran vorbei, registriere das kollektive Grinsen, Lachen, die ganze Maskerade, bis mich ein Impuls quält, auszusteigen und diese lächerlichen Spielchen zu unterbinden. »Lasst es sein, es wird fürchterlich!«, würde ich gerne aus dem Fenster rufen. Oder zumindest Visitenkarten verteilen, mit dem Aufdruck: *Trennungscoach.*

Das ist eine Marktlücke, ganz bestimmt.

20

Es beschäftigt mich immer noch.

Diese Vokabel »hochsensibel«, ich denke dabei an Felix, nicht an mich, und an seine zeitweilige Wehleidigkeit. Wenn ich mir andere Jungs, selbst andere Mädchen vor Augen führe, dann erscheinen die mir plötzlich mutiger, robuster (was für ein bescheuerter Ausdruck), sportlicher und lange nicht so wehleidig. Nicht so weich. Felix benimmt sich eher ungeschickt beim Ballfangen, ängstlich beim Raufen, fast schon abwertend beobachte ich das, bevor ich mich letztlich zur Ordnung rufe: Sag mal, warst *du* denn der große Weltkriegsheld?

Nein.

Ich habe mir die Förmchen auf dem Spielplatz klauen lassen. Diese Geschichte erzählt meine Mutter heute noch in aller Ausführlichkeit. Wenn ein fremdes Kind auf dem Spielplatz meine Schaufel haben wollte, habe ich sie wie selbstverständlich verschenkt. Ohne aufzumucken. Und ich war später selber ängstlich. Aber offensichtlich mag ich mir jetzt eine Vergangenheit zurechtfantasieren, in der harte, brutale Raubtierwelpen unbeeindruckt von modernen Psychodefekten durch die Wälder streiften. *Blödsinn!* Auch der ganze Quatsch mit den Regenwürmern, die wir damals noch kiloweise zu uns genommen hätten, unbeschadet selbstverständlich, und den sonstigen Retro-Klassikern, die bei passender Gelegenheit von den unpassendsten Leuten ausgepackt werden. Alles Quatsch! Ich war selber durch den Wind. Viele Kinder waren nicht mehr als wandelnde Hautfetzen, seelisch geschreddert, und das trotz Regenwürmer zum Frühstück. Nein, es war *früher* nicht alles wunderbar. Ich bin in der fünften Klasse gescheitert, weil ich mit der Umstellung auf das Gymnasium nicht zurechtgekommen bin, als Problemviertelkind, und es war lange nicht alles heil in der heilen Welt. Kurz vor dem Abitur durchlitt ich sogar noch diese merkwürdigen Phobien.

Trotzdem beobachte ich Felix' Auffälligkeiten. Hochsensibilität, denke ich, ist einerseits ein Modebegriff, andererseits ist Felix ein Scheidungskind und damit besonders gefährdet.

Ich erinnere mich an einen Interview-Part mit Andrea Schaal, den ich ursprünglich unpassend fand. Jetzt, *spul, spul,* passt es wie die Faust aufs Auge. »Es gibt Menschen«, sagt Frau Schaal in der Passage auf dem Aufnahmegerät, »die eine sehr dünne Außenhaut haben und die sehr viel aufnehmen. Sie nehmen mehr an Informationen auf als Otto Normalverbraucher. Die hören mehr, die sehen mehr, die fühlen mehr. Deren Haut ist durchlässiger, in einem übertragenen Sinne, als die der normalen Menschen, und dadurch werden die mit sehr viel Informationen bombardiert. Sie spüren sehr deutlich, was in anderen Menschen vorgeht, und einher damit geht dann die Schwierigkeit, sich davon abzugrenzen. Ich weiß nicht, fühle *ich* jetzt, was ich fühle, oder fühle ich gerade, was der andere fühlt? Das kann so ein Ausmaß annehmen, dass ich überfordert bin. Das sind Menschen, die wirklich gezielt lernen müssen, sich abzuschotten, darauf achten müssen, wie viel akustischen Lärm sie um sich herum vertragen können. Was tut mir im Umgang mit einem Menschen wirklich gut, wenn ich deren Gefühl wahrnehme? Wie lange kann ich mich in deren Umgebung aufhalten?«

Und auch meine Anschlussfrage passte perfekt. »Gibt es mehr hochsensible Menschen als noch vor zwanzig Jahren?«

»Ich will nicht sagen *mehr*«, antwortete Frau Schaal, »auf alle Fälle nimmt man es bewusster wahr. Man bügelt dann nicht mehr so leicht drüber: ›Ach, der hat einen Knall.‹ Oder: ›Der gehört in die Klapse.‹ Oder: ›Ich geb dir gleich einen Grund zu weinen!‹ Da ist mit sensiblen Kinderseelen früher einfach verdammt grob umgegangen worden. Es ist anzunehmen, dass manche dieser Menschen, die hypersensibel waren, das überkompensiert haben, und ich könnte mir vorstellen, dass einige davon richtig garstige Nazis geworden sind. Ich bin so tough und egal, wie sehr du vor mir wimmerst, ich spüre einfach nichts.«

*

Und weil es mich immer noch beschäftigt, besuche ich Eliane Reichardt in den Nähe von Münster. Sie ist 1959 geboren, psychologische Beraterin für hochsensible und hochbegabte Menschen, Ausbilderin und Autorin. Ich nenne sie mal ironisch die »Päpstin« der HS-Bewegung.

»Ich muss den Raum im Blick haben«, eröffnet sie beinahe erwartungsgemäß das Gespräch, »und hinter mir ist am besten nichts. Wenn das mal gar nicht geht, ist es allerdings auch kein Weltuntergang.« Das Stimmengewirr im Restaurant scheint trotzdem grenzwertig. Noch einmal den Sitzplatz, den Standort wechseln geht allerdings nicht, weil es in Nottuln nur eine begrenzte Anzahl an Speisetempeln gibt und die meisten davon auch noch dienstags geschlossen haben. »Ich bin kein Mimöschen, ganz bestimmt nicht«, sagt Frau Reichardt, »aber ich versuche, Menschenansammlungen, wenn möglich, zu vermeiden.« Die Stimmen strengen sie an. Unübersehbar.

»Sie haben irgendwo mal geschrieben«, versuche ich abzulenken, »dass ein Großteil der Menschen, die in eine psychologische Praxis kommen, gar nicht neurotisch, sondern hochsensibel sind.« So zum Einstieg mal eine volle Breitseite.

»Es werden ja nicht alle als neurotisch diagnostiziert, da gibt es schon noch ein paar mehr Diagnosen«, ergänzt sie. »Doch in der Tat ist es so, dass viele der Klienten in psychologischen Praxen als neurotisch, depressiv, angstgestört, anpassungsgestört und vieles mehr diagnostiziert werden. Elaine Aron, die Urheberin des psychologischen Konstrukts »Hochsensibilität«, schätzt die Anzahl der Hochsensiblen in psychologischen Praxen auf etwa 50 Prozent. Ich gehe von mindestens 70 Prozent aus. Wenn der Psychologe nichts von Hochsensibilität weiß, wird er versuchen, diese Menschen zu Veränderungen zu bewegen, damit ihr Leidensdruck geringer wird, bestenfalls verschwindet. Dabei orientiert er sich natürlich an der Norm. Das ist bei Hochsensibilität ein Problem, das häufig dazu führt, dass Therapien sehr lange dauern und nicht die erwünschten Erfolge erzielen. Denn Hochsensibilität ist angeboren. Sie begründet sich in einer intuitiven Wahrnehmung, weswegen sie mit einigen Denk-, Fühl- und Verhaltensweisen verbunden ist, die außerhalb der Norm liegen. Therapien, die für die Norm gemacht sind, können hier also gar nicht wirken. Manchmal machen sie es auch schlimmer, weil sie in dem Klienten sein ohnehin schon vorhandenes Defizitgefühl verstärken.«

Kurz unterbricht der Kellner mit einem wirklich beeindruckend scharf gespitzten Bleistift unser Gespräch. Er hält das fast schon archaisch anmutende Schreibgerät wie ein Olympionike in der Fecht-Disziplin auf uns gerichtet, in einer aristokratisch anmutenden Angriffsstellung, ein Arm hinter dem Rücken verschränkt.

»Bei Ärzten«, setzt Frau Reichardt ihren Gedanken fort, »haben hochsensible Menschen häufiger Probleme damit, ihre außerordentlich gute Körperwahrnehmung deutlich zu machen, die häufig für Ärzte nicht glaubwürdig erscheint. Die Fähigkeit zur Interozeption (Wahrnehmung der inneren Organe) gilt als recht selten, ist bei Hochsensiblen aber üblich. Das wissen die meisten Ärzte nicht. Deshalb werden hochsensible Patienten häufiger mit ihren Beschwerden und Empfindungen nicht ernst genommen, was zur Folge hat, dass sie ihren eigenen Wahrnehmungen nicht vertrauen und dadurch insgesamt verunsichert werden.«

Mein Magen knurrt. Ich hoffe inständig, dass niemand den Fauxpas bemerkt. Aber der Geräuschpegel um uns herum dürfte wohl um einiges höher liegen. Es ist erstaunlich, worüber sich Menschen vor der Hauptspeise so alles unterhalten können.

»Die meisten Menschen«, sagt Frau Reichardt, »beziehen Hochsensibilität ausschließlich auf Emotionen. Das gilt auch für Psychologen und Ärzte, sofern ihnen der Name dieses Konstrukts bekannt ist. Ich denke, das liegt an der Übersetzung von ›high sensitivity‹ in ›hochsensibel‹. Im deutschsprachigen Raum wird dieser Begriff immer mit ›Sensibelchen‹, ›Mimöschen‹ oder im Neudeutschen auch mit ›Weichei‹ oder ›Warmduscher‹ assoziiert. Hätte man ›hochsensitiv‹ als deutsche Übersetzung gewählt, sähe das sicher anders aus, weil ›sensitiv‹ in der breiten Öffentlichkeit so gut wie unbekannt ist. Zumindest würde es meiner Meinung nach eher Neugierde wecken als Verachtung.«

Durch die geöffnete Tür des Speiseraums kann ich kurz den Koch sehen, wie er Tomaten wäscht, und augenblicklich werde ich an Charlotte erinnert, mit der ich oft zusammen gebrutzelt habe. Ich sehe sie neben mir, wie sie Möhren wäscht und (unvermeidlich) Salat, Tomaten, und wie sie daraufhin immer verschwand, um Toilettenpapier zu besorgen, welches sie mit einer irrsinnigen Bedachtsamkeit durchtrennte, faltete und aufeinanderstapelte. Bevor sie letztlich ihre Utensilien zum Trocknen darauf ausbreitete.

Eliane Reichardt erzählt dabei von dem Sohn einer langjährigen Freundin, der ungewöhnlich viel körperliche Nähe brauchte, weinerlich und in sich verschlossen war. Seine Mutter fand keinen Zugang zu ihm, er war wie eine verschlossene Muschel. Sie fragte sich oft, was mit ihrem Jungen los sei, irgendetwas stimmte nicht mit ihm, und ohne es zu wollen, hat sie dem Kind genau das auch vermittelt. Die beiden Freundinnen haben sich sehr oft darüber unterhalten, ohne zu einem Ergebnis zu kommen. Erst als Frau Reichardt von ihrer eigenen Hochsensibilität erfuhr und dieses Wissen mit ihrer Freundin teilte, wurde beiden klar, was mit dem Jungen vermeintlich nicht in Ordnung war: Er war hochsensibel. Später habe der mittlerweile fast erwachsene Junge erzählt, dass er mit vier Jahren erstmalig seine Synästhesie bewusst wahrnahm, weshalb er seitdem davon überzeugt war, dass er psychisch krank sei. Er hatte eine sogenannte Personen-Farb-Synästhesie, bei der er um Menschen, die er besser kennt, einen schmalen farbigen Streifen sieht, wie eine Aura. Diese Farbe wechselt je nach

Gefühlslage seines Gegenübers. So kann er auch sehen, ob jemand lügt, denn dann verändert sich die Farbe. »Damit ergab sich auch die Schwierigkeit, dass er sah, wenn seine Mutter nicht authentisch war. Und er konnte sehen, wenn sie einmal eine Notlüge benutzte. Sicher kann so etwas ein Kind derart verunsichern, dass es sich völlig verschließt. Bei diesem Jungen zeigte sich auch ein weiteres charakteristisches Merkmal von hochsensiblen Menschen: Sie sind Sinnsucher. Alles, was für sie keinen Sinn ergibt, ist nicht interessant.« Daher irren sie auf teilweise verschlungenen Pfaden durch ihr Leben, bis sie ihren Weg, ihren Sinn gefunden haben. Es sei nicht ungewöhnlich, dass hochsensible Menschen eine Vielzahl an Hobbys oder Ausbildungen anfangen und nach kurzer Zeit wieder abbrechen.

»Ich selbst hatte mehr Probleme damit«, erzählt Frau Reichardt, »dass ich oft das Gefühl hatte, nicht verstanden zu werden. Ich merkte deutlich, dass Menschen mir in meinen Gedankengängen nicht folgen konnten, nicht meine Denkweise, nicht meine ethischen Werte teilten. Das hat mich nachdenklich gemacht. Aber ich habe mich nicht verschlossen, ganz im Gegenteil: Ich war immer ein Rebell. Jemand, der sich gegen unsinnige Regeln auflehnte und ihre Befolgung verweigerte. Jemand, dem Gerechtigkeit, Ehrlichkeit, Loyalität die höchsten Werte waren. Dabei habe ich mir oft eine blutige Nase geholt, aber ich habe nie aufgehört, für meine Werte zu kämpfen und einzustehen.«

In dem Sinne, die Hauptspeise ist geschafft. Wir schlendern vor die Tür, nach draußen; Frischluft nachtanken zwischendrin.

Die Sonnenstrahlen wärmen mich. Ich halte den Kopf zuerst frontal nach oben, dann wende ich den Kopf, um die

Wärme abwechselnd auf die linke Wange, später die rechte Wange und die Stirn zu lenken. Und zum Höhepunkt lasse ich sie auf den geschlossenen Lidern andocken, bis innen, auf einer imaginären Leinwand, ein wüster, wilder Pantoffeltierchenfilm abgespult wird.

»Und wenn ein Kind nun hochsensitiv wäre«, frage ich völlig spekulativ, theoretisch, »wie gehe ich dann damit um?« Ein Kind namens Felix zum Beispiel. Das ist so der Punkt, bei dem ich ein wenig meine objektive Distanz verlasse. Aber nur deshalb fahre ich doch auch durch die Republik und stelle Fragen.

»Zum Beispiel die Angst vor Gewitter erst einmal akzeptieren«, antwortet sie. »Das gibt sich von allein. Es gibt hochsensitive Menschen, die die kleinste Luftdruckveränderung spüren können. Das ist ihnen meist nicht bewusst, aber es verändert etwas in ihrem Körpergefühl. Das Nervensystem wird angeregt, sie sind körperlich erregt. Dieser Erregungszustand wir häufig als Angst gedeutet, insbesondere natürlich von Kindern. Hier ist es ganz wichtig, das Kind aufzufangen und zu beruhigen. Wenn die Emotionen des Kindes hier nicht ernst genommen werden, zum Beispiel mit Äußerungen wie: ›Das ist doch gar nicht schlimm‹, dann wird das Kind die Angst nicht verlieren. Im Gegenteil, passiert das häufig, kann sich hier auch eine Angst vor der Angst entwickeln. Dann werden Gewitter nie oder nur sehr schwer ihren Schrecken verlieren.«

Nicht zu vergessen die Lautstärke eines Gewitters, die Kraft, denke ich. Eine Energiewand, die die meisten Städter kaum noch würdigen können.

»Annahme«, sagt Frau Reichardt, »das ist der Königsweg. Man kann versuchen, ihm Hochsensibilität zu erklären, ohne dieses Wort zu benutzen. Erklären, dass Menschen unterschiedlich sind. Das wissen Kinder auch, es ist nichts Neues. Aber mit der Betonung darauf, dass sie auch in solchen Dingen unterschiedlich sind. Eben in allen Dingen, egal was sie gerade für eine Empfindlichkeit zeigen. Das erweitert den Horizont des Kindes bezüglich der Auswirkungen der Unterschiedlichkeiten. Wenn die Geräuschempfindlichkeit zu schlimm wird, könnte man zum Beispiel sagen: ›Halt dir die Ohren zu, das ist völlig in Ordnung.‹ Oder mit einem verständnisvollen Lächeln: ›Setz dir Kopfhörer auf.‹« Es soll sogar schon Schulklassen geben, wo es üblich ist, Kinder mit Kopfhörern auszurüsten, ein hübsches Bild, das ich aber nicht weiter ausschmücken kann, weil plötzlich Kraniche laut schreiend über uns hinwegziehen. In einer beeindruckenden Schwungformation. Niemand außer mir schaut nach oben. Die vereinzelten Fußgänger scheinen die Vögel nicht zu hören, und wenn doch, dann schauen sie gleich wieder weg. Sind halt so Viecher da oben, das scheint zumindest der allgemeine Tenor.

Wow, denke ich. *Wohin fliegt ihr?*

Aber zurück zur Erde: Verständnis, so viel habe ich verstanden, Trost und Sicherheit durch Erwachsene geben dem Kind das Gefühl, angenommen und verstanden zu werden. Daraus resultiert ein gesundes Selbstwertgefühl, und das wiederum ist die beste Grundlage, später allein mit Schwierigkeiten zurechtzukommen.

»Hochsensible haben ein unglaublich großes Sicherheitsbedürfnis«, setzt Frau Reichardt ihren Gedanken fort, »deshalb können sie sehr schlecht mit Veränderungen umgehen. Aber auch hier gilt: Je deutlicher und umfassender ihr Anderssein angenommen und verstanden wird, desto eher können die Kinder sich davon lösen. Das gibt ihnen Kraft und Stärke.«

Ich bin hier draußen leider schon wieder abgelenkt und wundere mich über Passanten, die mit prall gefüllten Rucksäcken davonschleichen. Was tragen die nur immerzu mit sich herum? Noch rätselhafter sind mir allerdings jene Menschen, die mit *leeren* Rucksäcken auf dem Rücken stampfen. Junkies, denke ich augenblicklich, fast schon ein Erkennungszeichen. Und was sollen diese sinnleeren Baseballkappen? Ich habe auch noch so gut wie nie jemanden beobachten können, der irgendwann mal seinen Rucksack vom Rücken genommen und dies oder jenes hineingesteckt oder herausgesucht hätte.

Mittlerweile besteht Frau Reichardt darauf, dass wir uns duzen. Keine Ahnung, ob es ein Kennzeichen hochsensitiver Menschen ist, aber sie mag das Siezen nicht. »Eliane«, sage ich also (und es bleibt ungewohnt für mich), »wie ist es denn bei einer Trennung der Eltern?« Wie gesagt, eher hypothetisch angenommen. »Das ist doch vermutlich ein Schock wie bei normalen Menschen?«

Sie nickt. »Hochsensible Kinder sind ja nicht nur sensibel, sie sind obendrein auch noch clever.«

Die Mischung ist auch der Grund, warum viele der Menschen, die als Fragesteller zu Frau Reichardt, nein, zu Eliane kommen, über Jahre, mitunter Jahrzehnte, darunter leiden, nicht ernst genommen, gehänselt und bevormundet worden zu sein. Sie werden von ihrem Umfeld für verrückt erklärt. »In der Regel verschwinden die Probleme, sobald sie über das Konstrukt der Hochsensibilität aufgeklärt werden und eine ›Bedienungsanleitung‹ für ihr Sosein bekommen. Wenn die Probleme nicht verschwinden oder zumindest erheblich besser werden, liegt dem wahrscheinlich noch etwas anderes zugrunde. In diesem Fall empfehle ich, einen Psychologen aufzusuchen.«

Allgemein gilt (und hier fühle ich mich wieder bestätigt, was meine Einschätzung bezüglich Felix angelangt): »Hochsensitive Menschen wollen nicht immer die Ersten sein. Jungs sind eher zurückhaltend. Ruhiger. Ehrlichkeit steht ganz hoch oben.«

Das zumindest kann ich bestätigen. Das Ehrlichkeitsbedürfnis bei Felix führt allerdings dazu, dass er peinlich genau darauf achtet, dass ich beim Autofahren stets die richtige Geschwindigkeit einhalte. Und das ist anstrengend. Ich fahre meist etwas zu schnell.

»Das Problem ist eher die Hilflosigkeit der Eltern, die die Andersartigkeit ihrer Kinder nicht einordnen können«, sagt Eliane. »Sie möchten ›normale‹ Kinder. Das ist keine Ignoranz, sondern ein Schutzbedürfnis. Aus Erfahrung wissen die Eltern, dass alles, was nicht der Norm entspricht, zu Scherereien führt. Die Kinder sollen möglichst wenig Schwierigkeiten im Leben haben, es soll ihnen nichts Böses geschehen. Leider ist das in den meisten Fällen kontraproduktiv. Wenn man versucht, einen Hochsensiblen an die normale Welt anzupassen, gibt man ihm das Gefühl, nicht richtig zu sein, so wie er ist. Das wächst sich oft zu einem tief sitzenden Problem aus, das Kinder entwickeln können.«

Und zu einem höher hängenden Problem für die Eltern, denke ich, denn das ist gar nicht so einfach. Alles durchgehen lassen, geht schließlich auch nicht.

»Annehmen und ernst nehmen«, antwortet Eliane. »Das heißt nicht ›durchgehen lassen‹. Hochsensible Kinder brauchen ebenfalls feste Regeln, Routinen, Rituale und Grenzen, denn ihr Geist, ihre Fantasie ist grenzenlos. Sie müssen langsam den Umgang damit erlernen. Wenn sie in ihrer Kindheit angenommen wurden, so wie sie sind, kann man sie im Erwachsenenalter kaum von Normalsensiblen unterscheiden. Und das ist der einzig richtige Weg.«

Ein Miniaturhund ohne Fell, dafür aber mit beeindruckend weißem Gebiss, schießt plötzlich in großer Hektik an uns vorbei, ohne allerdings einen einzigen Laut von sich zu geben. Es scheint beinahe so, als ob er die wenige Energie, die ihm in seinem Körperchen zur Verfügung steht, vollständig dafür aufspart, ein einziges Mal aufzujaulen, als er Frauchens Auto bemerkt.

»Wir hatten noch nie so viele ›verhaltensauffällige‹ Kinder in KiTa und Schule, wie derzeit«, sagt Eliane, ohne zu ahnen, wie treffend dieser Gedanke passt. »Es gibt heute für fast jedes Verhalten eine Diagnose. Die weitaus am häufigsten gestellte Diagnose bei Kindern von fünf bis fünfzehn Jahren ist AD(H)S. Oftmals kommen Eltern schon mit dieser von Erziehern oder Lehrern vergebenen Diagnose in Kinderarztpraxen und verlangen nur noch die entsprechenden Therapien. Damit das Kind wieder ›passend gemacht‹ wird. Zum Glück machen das nicht alle Kinderärzte mit. Denn diese Diagnose bedarf einer ausführlichen, sehr umfangreichen und langwierigen Untersuchung. Erzieher, Lehrer und auch Eltern berücksichtigen bei ihren Einschätzungen nicht, dass hochsensible und auch hochbegabte Kinder oftmals dieselben Verhaltensweisen zeigen, wie die wenigen Kinder, die wirklich von AD(H)S betroffen sind. Hier findet eine umfassende und ungerechtfertigte Pathologisierung statt. Und leider hört das bei AD(H)S nicht auf. Es werden immer neue, immer mehr Störungsbilder entworfen.«

Fast scheint es mir so, als ob die Eingrenzung unseres Gesprächsthemas immer neue Parallelen heraufbeschwört. So sitzt eine Frau, die die vierzig überschritten haben dürfte, mit einem deutlich älteren Mann auf einer Bank. Aber sie sitzt ihm zugewandt – im Schneidersitz. Der Grad an Vertrautheit lässt mich an ein Vatergespräch denken. Der Schneidersitz assoziiert hingegen: *Drogen?* Oder: *Psycho?* Auf jeden Fall sollten wir diesen Themenkomplex langsam hinter uns lassen.

»Alle Kinder wollen gesehen werden in ihrem ganzen Sosein«, sagt Eliane, »und zwar von ihren engsten Bezugspersonen, also Eltern oder engen Familienmitgliedern, Erziehern und Lehrern. Das geschieht aber nicht, indem man sie pathologisiert und mit Tabletten ruhigstellt. Es sei denn, es gibt eine gesicherte Diagnose, die auf ausführlichen (auch medizinischen) Untersuchungen und einer Abgrenzung von Hochsensibilität und Hochbegabung beruht und das sozioökonomische Umfeld des Kindes berücksichtigt. Dann, und nur dann, sind Medikamente manchmal gerechtfertigt und hilfreich.«

»Werden Hochsensible denn mehr?«, ergehe ich mich an einer beliebten journalistischen Zuspitzung, weil bekanntlich alles immer heftiger und vor allem schlimmer werde.

»Nein, es hat sie immer schon zum selben Anteil gegeben. Sie werden nur deutlicher sichtbar, weil unsere Welt heute viel stressiger ist. Viel Reiz-voller. Das beginnt schon bei den unendlichen visuellen Reizen. Kinder sitzen mitunter von klein auf vor Bildschirmen unterschiedlicher Art. Etwa 80 Prozent aller Informationen nehmen wir über unsere Augen auf. Kinder sind ständig überstimuliert, wenn sie so viel Zeit vor Bildschirmen verbringen. Es ist etwas völlig anderes für unser Auge, ob es in die Natur oder auf einen Bildschirm schaut. Wenn Kinder an Bildschirmen spielen, kommen künstliche Geräusche, die meist auch noch zu laut sind, hinzu. Zudem können sie bei der Bedienung von elektronischen Geräten ihre Motorik nicht kindgerecht entwickeln. Sie bewegen sich zu wenig und ihre kleinen Finger lernen keine oder zu wenig Feinmotorik. Natürlich fallen diese Kinder in KiTa und Schule auf!«

Damit spricht Eliane allerdings ein Thema an, das mich zunehmend beschäftigt. Viel mehr als sämtliche Großeltern dieser Welt, die stets unisono die Veränderungen der Moderne in den Vordergrund stellen, die halt so sei, wie sie ist, und die sich eher darum sorgen, dass die Enkel hintenüber kippen könnten, weil sie den Anschluss an die Technologie der Zukunft verpassen. Genau, denke ich dann immer, weshalb unsere Großeltern folgerichtig meist nicht mal in der Lage sind, ein simples Handy zu bedienen.

Aber Felix liebäugelt tatsächlich schon mit einem Smartphone. Ohne wirklich zu quengeln und ohne wirklich einen Bedarf dafür zu haben. Tatsächlich gibt es inzwischen einen Haufen Achtjähriger, die sich mit beeindruckender Technik schmücken und schon nachgerüstet haben, mit Tablet, Laptop, Blödsinn, Hauptsache: bunt. Hauptsache: Bilder.

Lesen, eher mau. Bitte nicht.

Der Kram ist das neue völkerverbindende Element, da kann ich mich noch so sehr winden und verrenken. Überall auf der Straße, ob nun alleine unterwegs oder von Hunden, Katzen, Pferden begleitet, ob im Wald, auf der Wiese, oder verloren im Gewühl am Bahnhof, umzingelt von Gleichgesinnten, die gleichfalls angefixt auf ihr Display starren, sind nur noch Digitaljunkies unterwegs. Voll drauf, mit dem Blick, dem Denken in ihre Handys versunken. Gesenkter Kopf, schweigend; ausgeklinkt.

Allein die Selbstverständlichkeit, denke ich, mit der wir heutzutage unserer Hände abschirmen, an der Tankstelle, an Geldautomaten, also überall dort, wo wir eine Geheimnummer eintippen müssen. Es gibt unterschiedliche Techniken diesbezüglich, entweder die Geldbörse vor das Eingabegerät zu halten oder eine freie Hand, eine Zeitschrift und nicht zu überbieten: dieser absurde Moment, wie in Zeitlupe, wenn genau *dann* die doch so vertraute Nummer plötzlich einen Schlenker macht, wenn also plötzlich alles fraglich wird, *eine Sieben?*, und sofort die Sicherheit fehlt, *es war doch eine Drei?*, ob es wirklich jener Rhythmus, jene Eselsbrücke gewesen ist, vor, zurück, links oben, die so vertraut schien, *nein, so war das nicht.* Ich habe die geheimen Zahlen in all den Jahren nie vergessen, ich wusste immer ungefähr, welche von ihnen vorkommen mussten. Aber ungefähr ist auch manchmal knapp vorbei. Schlenker zu Ende.

»Also sind Hochsensitive so eine Art Seismografen der Gesellschaft?«, frage ich.

»Viele sind der Meinung, Hochsensibilität sei ein Hype, eine Modeerscheinung. Ich sehe das anders. Die Tatsache, dass in den letzten zwanzig Jahren immer mehr Hochsensible sich selbst entdecken, ist darin begründet, dass dieses Konstrukt formuliert und in die Öffentlichkeit gebracht wurde, nicht darin, dass ›neurotische Möchtegerne‹ eine Ausrede für ihr Sosein gefunden haben. Denn eine Ausrede brauchen sie nicht, nur eine Erklärung. Letztlich ist es auch nicht wichtig, dass immer mehr Menschen sich hier zuordnen, sondern dass es ganz offenbar viele Menschen gibt, die *so* sind.

Hochsensible spüren Missstände zuerst und sie fallen daran zuerst auf. Zu viel, zu bunt, zu laut, zu schnell, zu voll, diese Liste könnte endlos weitergeführt werden. Mittlerweile spüren Hochsensible in nahezu allen Lebensbereichen, dass etwas nicht mehr passt. Manchen kommt es vor, als sei die ganze Welt aus den Fugen geraten. Das sollte für die Gesellschaft ein Hinweis sein, dass in der Tat so einiges nicht mehr in Ordnung ist. Dass sensible Lebewesen zum Beispiel Gefahren zuerst spüren, ist uns aus der Tierwelt bekannt und niemand hegt einen Zweifel daran. Warum sollte die Natur das gerade bei den Menschen anders eingerichtet haben? Schließlich sind wir auch nur eine Population. Es wäre schön, wenn Menschen diese natürlichen Gegebenheiten beachten würden. Hochsensible brauchen keine Sonderbehandlung, sie kommen – wenn sie es gelernt haben – auch in heutigen Zeiten noch gut zurecht. Der Gesamtzustand sollte Berücksichtigung finden und ernst genommen werden. Noch sind es ›nur‹ die Hochsensiblen, die unter gewissen Dingen leiden. Aber wie lange noch?«

Das kann ich nicht beantworten. Vermutlich war die Frage in ihrer dramatischen Rhetorik auch gar nicht an mich gerichtet. Aber es stimmt natürlich, dass alles, was jenseits der Norm ist, als verhaltensauffällig gilt, und die Norm wird immer enger.

»Wenn Hochsensible unter Gleichsinnigen sind«, sagt Eliane, »geht es ihnen gut. Hier wissen sie, die anderen empfinden genauso wie sie und man kann sie von Normalsensiblen nicht unterscheiden. Die Bilder von Hochsensibilität und auch Hochbegabung in der Öffentlichkeit sind verzerrt. Während Hochsensibilität auf Emotionen reduziert wird, wird Hochbegabung auf sichtbare ›gesellschaftstaugliche‹ Leistung beschränkt. Der Begriff Hochbegabung sagt nichts weiter aus, als dass der Betreffende einen IQ von mindestens 130 aufweist. Er sagt nicht aus, ob dieser IQ im gesellschaftlichen Sinne genutzt, also entsprechende Leistung erbracht wird. Er sagt auch nichts über die Person aus, die diesen IQ aufweist. Wenn man die Persönlichkeit von Hochbegabten verstehen möchte, muss man sich schon intensiv mit diesem Thema beschäftigen. Erst dann ergibt sich ein Bild. Und dieses Bild der Persönlichkeitsmerkmale von Hochbegabten ist dem der Hochsensiblen mehr als ähnlich. Ich würde sie nahezu identisch nennen. Bis auf den gemessenen IQ in einigen Fällen. Natürlich.«

»Das heißt also nicht, dass ein Hochbegabter der Beste in Mathe sein muss?« Ich denke wieder mal an Felix, an eine gewisse Faulheit den Zahlen gegenüber.

»Nein«, bekräftigt Eliane. »Überdurchschnittlich intelligent oder hochbegabt kann auch heißen, mit drei ›Sechsen‹ die zehnte Klasse nicht zu schaffen. Intelligenz, egal wie hoch, ist immer nur ein Potenzial, das man hat. Ob jemand das nutzt oder nicht, ist von vielen inter- und intrapersonalen Faktoren abhängig. Das ist bei allen Kindern gleich: Werden sie erkannt, anerkannt und unterstützt in ihrem ganzen Sosein, können sie ihre Potenziale nutzen. Ist das nicht der Fall, sind sie damit beschäftigt, die ›Schieflagen‹ zu kompensieren und ihr Potenzial liegt brach. Wenn allerdings das kognitive Potenzial von vielen überdurchschnittlich und Hochbegabten brachliegt, wie es leider immer noch der Fall ist, dann kann sich daraus ein großes gesellschaftliches Problem entwickeln.«

»Würdest du denn im Nachhinein Dinge anders machen, in der Erziehung?«

»Ich habe, wie wohl alle Eltern, viele meiner Lebenserfahrungen in die Erziehung mit eingebracht. Was ich für mich als Kind nicht für gut hielt, habe ich versucht, bei meinen Kindern besser zu machen. Was ich mir als Kind gewünscht hätte, habe ich versucht, meinen Kindern zuteilwerden zu lassen. Mit dem Wissen von damals würde ich es wahrscheinlich nicht viel anders machen. Mit dem Wissen von heute, insbesondere um Hochsensibilität, Hochbegabung und Synästhesie (meine Kinder sind – wie ich – von allem betroffen) würde ich natürlich vieles anders machen. Aber hinterher ist man immer klüger, nicht?«

Gute Frage. Der Kellner hat kalte Finger, so viel kann ich schon mal sagen. Es ist deutlich zu spüren, als er mir Wechselmünzen in die Handfläche zählt. Während ihm gleichzeitig einige dieser Geldstücke herunterfallen und in eine Bierlache platschen und er sie hintereinander wieder herausfischt.

»Ja«, antworte ich, »hinterher ist man immer klüger.«

21

»Du bist übrigens privilegiert«, erzählt Andreas.

»Oh …«, gebe ich zur Antwort.

»Ja«, erfahre ich, weil seine Ex ihn ausgeschimpft hat, »dass Männer auch im fortgesetzten Alter noch jüngere Frauen daten können.«

Weil nämlich deren biologische Uhr nicht ticke, Männer also unentwegt Partnerschaften eingehen könnten. Frauen hingegen würden ab einer bestimmten Faltendichte aussortiert.

»Oh …«, lautet erneut meine Antwort. *Und warum merke ich dann nichts davon?* Keine Frage, selbstverständlich, nur so ein Gedanke. Schließlich will ich meine privilegierte Stellung nicht ankratzen.

In Wahrheit könnte ich mich über dieses Vorurteil schon ziemlich ärgern, denn ich bin, nun ja, alleine. Schon ziemlich lange. Ich kenne das Gefühl, am Wochenende alleine zu frühstücken, mit mir selber über eine Schlagzeile in der Zeitung zu lachen, ich weiß, was es heißt, bei einem Gartenfest in der Ecke zu sitzen. Weil die Paare schon den Rest der Tische belegt haben.

Es muss nur kurz die Sonne scheinen und schon liegt alles offen: meine ganze pralle Sehnsucht. Immer wieder ist es die Sonne. Dann fühle ich mich wieder wie mit sechzehn. Voller Verlangen, etwas zu erleben, rauszulaufen, die Welt zu erobern, da bin ich kein bisschen anders als früher.

Es gibt dabei nur ein Problem: Ich habe kein Geld. Gekündigt, geschieden, trotzdem Vater eines Sohnes, freiberuflich – oder zeitgemäß formuliert: »kreatives Prekariat«. Natürlich bräuchte ich kein Geld, um ein paar Sonnenstrahlen zu genießen. Und selbstverständlich brauche ich auch kein Geld, um Liebe zu geben. Aber bei den Nehmern hakt's irgendwie. Da spüre ich nur: Winter. Antarktis. Eiszeit.

Merkwürdigerweise war diese Verknüpfung von Geld und Liebe mit sechzehn nicht vorhanden. Damals ging es darum, zu lächeln, etwas Charmantes zu sagen, ein Mädchen zum Lachen zu bringen, sie vielleicht mal einzuladen. Aber mehr war nicht nötig.

Dreißig Jahre später reicht das alles längst nicht mehr. Wobei es nicht darum geht, dass ich einer Frau nun wortwörtlich einen Stern vom Himmel holen, also die Kosten für eine Raumfahrtexpedition übernehmen müsste, es geht auch nicht darum, dass vielleicht die Restauranteinladungen kostspieliger sein sollten – es betrifft vielmehr das sogenannte *Gesamtpaket.* Aus der Sicht kontaktierter Frauen. Und in dieser Gesamtschau falle ich hinten über. Zack, weg, aus die Maus.

Dabei habe ich alles, was eine Frau erfreuen dürfte, und gleichzeitig: nichts. Ich bin nicht unattraktiv, nicht dumm, kann zuhören, kochen, bin von einer gewissen humorvollen Leichtigkeit, aber was ich dann erfahre, ist: Red keinen Blödsinn, alles unwichtig – du hast kein Geld.

Keine Sicherheit.

Meine Erfahrung ist, dass erfolgreiche Frauen, die viel Geld verdienen, einen erfolgreicheren Mann suchen, der noch ungleich mehr Geld verdient.

Was nicht immer einfach ist.

Ich will das allerdings nicht beklagen, so ist die Welt. Aber es fällt mir manchmal schwer zuzuhören, wenn mir wieder eine Kollegin ihr Leid klagt, wonach all diese erfolgreichen, gut situierten Männer sich wegen jüngerer Frauen zerfleischen – während meinereiner nicht einmal in die nähere Wahl kommt.

Nehmen wir mal ein Beispiel. Ich weiß nicht, ob vielleicht irgendjemand noch die Serie »Sex in the City« kennt. Manchmal schaue ich da tatsächlich wieder rein, auf DVD allerdings, weil das nur im Original wirklich ansehbar ist. Dann hört man nämlich richtige Menschen sprechen, auf der Suche nach richtigen Affären, es hat dann nicht diesen schrillen Comedy-Stempel wie in der deutschen Synchronisation. Also, bekanntlich geht es um Carrie, eine Autorin, also eine von meinesgleichen, dachte ich zumindest, aber meine Kollegin, die ich zum Mitschauen eingeladen hatte, sah das anders. Vor allem, weil sie diesen komischen »Big« favorisierte, wie fast alle Frauen. Während ich zum Beispiel in der mittleren Staffel eine Figur, einen Motorradfahrer, verehrte, der auch noch Schriftsteller war und gut aussehend und humorvoll und überhaupt alles verkörperte, was ein lässiger Mann so darstellen kann, verzehren sich Carrie, meine Kollegin und so ziemlich jede Frau nur nach diesem Big.

Zur Erklärung für Nichteingeweihte: Big ist langweilig, unattraktiv, dümmlich, unsportlich, auf junge Models fokussiert – aber *reich.* Und deshalb, *verstanden?*, logisch: super.

»Das verstehst du nicht«, sagte meine Kollegin.

»Ich verstehe das besser, als du denkst«, antwortete ich.

Oder nehmen wir »Shades of Grey«, ein unsäglich langweiliges Popcorn-Produkt, das ich nur deswegen erwähne, weil Frauen sich dafür begeistern. Und was macht unser Hauptdarsteller? Besagter Christian Grey ist selbstverständlich Unternehmer und Milliardär.

Und ein Vollpfosten.

Und was sagte meine Kollegin: »Das verstehst du nicht.«

Doch, dachte ich, vielleicht sogar besser, als du denkst.

Dabei spüre ich immer noch so eine romantische Hoffnung, diese eine Frau kennenzulernen, die das Leben *richtig* macht, mit mir eine Einheit wird, schicksalhaft verbunden, nach einer vielleicht dramatischen Ouvertüre, die nur so und nicht anders zustande kommen konnte … Ja, irgend so was. Das Bild ist allerdings mittlerweile zersplittert, getroffen von der Weisheit des Alters. Also von einer Prise Verbitterung, denn nichts anderes ist diese sogenannte Weisheit des Alters. Sie ist: Zynismus, Verbitterung und Enttäuschung. (Und wie alle alten Säcke wiederhole ich mich schon nach wenigen Kapiteln.) Und sie sagt: Vergiss es. Dein romantisches Bild von der Liebe ist so was von *old school,* das ist schon peinlich.

»Und was machen wir jetzt mit dieser Erkenntnis?«, frage ich die Gegenwart.

»Party!«, antwortet Andreas.

*

Nennen wir es einen Anflug von Wahnsinn, ausgerechnet auf eine Ü-30-Party zu gehen, die – wie wir alle wissen – nur eine Umschreibung für ein Ü-40-Saufgelage ist. Zudem mit Andreas, bei dem ohnehin klar ist, dass nichts laufen wird, weil er eine Halbglatze hat. Haarverlust ist so ziemlich das sicherste Zeichen für Aussichtslosigkeit. Bei Frauen. Aber unbeeindruckt davon schmiert er vor der Abfahrt die Windschutzscheibe seines Altwagens mit einem Stück Apfel ein, wie er das immer tut, wenn es nach Regen aussieht. Weil der Scheibenwischer kaputt ist. Damit das Wasser abperlen kann. Und weil ihn dieser Alltagskram schon lange nicht mehr interessiert, erst recht nicht, wenn wir uns auf ein Abenteuer einlassen.

Gut, das klingt zu heroisch. Wir sind schließlich nicht mehr zwanzig.

Letztlich läuft jede Ü-30-Party ohnehin dergestalt ab, dass wir gleich nach dem Eintritt die betrunkenen Frauen suchen. Wie alle Männer. Nach wenigen Minuten habe ich Glück und entdecke eine Sekttrinkerin, die noch nicht von den anderen Endvierzigern zerquatscht wurde.

»Musik ist gut!«, sage ich, weil ich weiß, dass dieser grauenhafte Achtzigermüll bei den weiblichen Zuhörerinnen (in dieser Altersgruppe) eine große Anhängerschaft hat. Das funktioniert immer.

»Super!«, kreischt sie begeistert, und wie zu erwarten: »Es gab danach nie mehr so gute Musik! Das, was die heute machen, das kannst du alles in die Tonne kloppen …«

Ansonsten will sie wissen, ob ich Kinder habe und wie oft ich verheiratet war. Das Schöne am Gespräch mit älteren Frauen ist, dass sie jede Anwandlung von Romantik verloren haben. Diese Form des lächelnden Zynismus hat allerdings seinen Reiz. Vor allem, wenn das Gegenüber mit glasigen Augen blinzelt. »Ich heiße Eva, glaube ich …«

Eine typische Verzweiflungstrinkerin, immer nur am Wochenende strack, dafür regelmäßig, und wie umherirrendes Zirkusvolk trägt sie alles bei sich (auf ihrer Zunge), was ihre ausufernde Seele zu bieten hat. Und das ist eine Menge: Scheidung, Krankheit, Scheidung, Streit mit den Kindern. Tränen. Und: »Die Musik ist super!«

Sie war mal eine schöne Frau, das ist ansatzweise unverändert vorstellbar, und das ist ihr vor allem selber noch bewusst. Jede Geste, jede (gelallte) Anekdote trägt letztlich nur eine simple Botschaft: *Ich war einmal schön.* Heute bietet Eva vor allem eine Menge Falten. Ich mache nichts für meine Haut, schmettert sie ungefragt dazwischen, wobei sie mit Sicherheit von morgens bis abends mit Pflegeprodukten beschäftigt ist, und trotzdem bilden sich um die Augen, um die Lippen herum, überall kleine Krater. Sie raucht allerdings auch wie ein Schlot. Und sie ist glücklich betrunken.

Also küssen wir uns.

Ich habe das provoziert, keine Entschuldigung. Aber ich kann nicht davon lassen, und es ist gleichzeitig schon interessant, wie viele ältere Frauen sich darauf einlassen.

Glücklicherweise muss Eva schnell mal auf die Toilette. Ich renne also von der Tanzfläche hinüber in einen der Nebensäle, bis ich endlich Andreas finde. »Lass uns hier verschwinden!«

»Party«, ist seine Antwort.

*

Menschen ab vierzig sind irgendwie merkwürdig. Einerseits sind es Entscheider, die sogenannten Lenker der Gesellschaft, an den Schaltknöpfen der Macht verkettet, deren Gehirne rastlos rege sind, noch im Tiefschlaf – andererseits sind es kleine Zuckerschnecken, die sich in die Hose machen, weil sie alleine einschlafen sollen. Ganz zu schweigen von der völligen Unfähigkeit zu tanzen.

Da lehnt zum Beispiel so ein Entscheidungsträger in seinem entschiedenen Anzug am Tresen und zupft sich in aller Seelenruhe ein Haar aus der Nase. Anscheinend macht er das nicht zum ersten Mal, atmet kurz entschlossen ein, reißt dann unbarmherzig, verzieht anschließend das Gesicht, wischt sich eine Träne aus den Augen und ergibt sich in ein diffuses Zittern, bis er glückselig die Ausbeute betrachten kann. Dieser Vollhorst ist Ende vierzig, denke ich, also in meinem Alter, ungefähr, und erschrecke bei der Vorstellung, dass in seinem Sakko (wie immer ein Sakko, auch in einer solchen Lokalität) meine Gedanken hausen könnten.

»Hi«, sage ich und nicke ihm zu. *Wir sollen wirklich eine gemeinsame Generation sein?* Er nickt zurück und greift gleichzeitig zu einem Zahnstocher. Ansonsten bleibt es in den nächsten Minuten zähflüssig. Er gibt keine Lokalrunde, ist offensichtlich auf keinen Streit aus, und wenn er sich überhaupt irgendwie äußert, dann doziert er in gespielter Ernsthaftigkeit über alberne Fernsehserien. Er ist halt einfach da. Seine Gesichtszüge sind zu fein für einen Bauern, seine Finger zu schmal und zu lang für einen Handwerker, sein Charakter zu düster, gleichzeitig von einer engelhaften Transzendenz, sein Brustkorb zu schmal, sein Humor zu rudimentär. Er reagiert nicht, wenn ich ihn vorsichtig aufziehe, gibt nicht mal einen patzigen Konter, und er zeichnet sich höchstens dadurch aus, dass er (wie Carsten) seine Brille poliert, indem er sie ableckt.

Aber er quatscht mit Frauen. Sobald eine neben ihm steht.

Kurzer Smalltalk hier, ein wenig Gegrinse dort, prinzipiell aber verläuft das Anbahnen mit Ende vierzig anders. Es geht nicht mehr um ein Lächeln oder eine charmante Bemerkung, es fehlt auch die Annäherung über Augenkontakt, über Sympathie, insofern erledigt sich auch das Dechiffrieren von Gesten, ob eine Frau sich beispielsweise durch die Haare streift – mit Eintritt in das Mittelalter geht es nur noch um Sachwerte. Um Tatsachen. Es geht nicht mehr darum zu spielen, zu flirten, zu verzaubern.

Aber es ist gleichzeitig auch irgendwie sinnlos.

Seine Auserwählte, also die Nächstbeste, die neben ihm stehenbleibt, trägt einen kurzen Rock zu stämmigen Beinen, und darunter fransige Indianerstiefel. Oder was das auch immer sein soll. Sie lacht pausenlos, weil diese Zusammenstellung vermutlich ihre Jugendlichkeit unterstreichen soll. Mit zunehmendem Alter sind wir zunehmend bestrebt, unsere Jugendlichkeit zu unterstreichen, und sehen dabei nur voll bescheuert aus. Also lachen wir.

Es ist merkwürdig, denke ich, dass Frauen, die ansonsten immer genau Bescheid wissen, was man so trägt, im Allgemeinen, die auch darin trainiert sind, dreimal in der Woche shoppen zu gehen, Kleidung auszusuchen, dann ab dem vierzigsten Lebensjahr irgendwie nur noch fahrlässig wirken. Irgendwie finden sie nichts mehr. Entweder sehen sie aus wie kostümierte Vorstandssekretärinnen oder wie stehengelassene Bahnhofsnutten. Aber ich will gar nicht erst von den Männern reden, das ist so schrecklich, dass nicht einmal mehr Vergleiche helfen. Ich bin inzwischen auch so einer, ziehe halt irgendwas an, ohne Verbindung zur Gegenwart. Meine einzige Vorgabe ist: nur nicht zu lässig. Das sieht nämlich ab vierzig gleich irgendwie *bedürftig* aus. Deshalb trage ich nicht mal mehr Jeans.

Im Mittelalter haben wir alle das gleiche Problem: Kleidung ist irgendwie nicht mehr wichtig. Schließlich verschwimmen wir in der Masse. Und sie ist uns auch gleichgültig, weil wir beeindruckende Persönlichkeiten geworden sind. Na ja, so stellen wir uns das zumindest vor. Und dann gibt es plötzlich dieses eine Treffen, und wir müssen uns zum ersten Mal seit Jahren wieder bewusst und gezielt einkleiden.

Und genau *so* sieht es dann auch aus.

»Zwei Töchter«, sagt mein Thekenkollege. Der Flirt läuft also.

»Ein Sohn«, antwortet sie. Dabei überlappt bei ihr so ein kalter, eher herablassender Tonfall, als wäre jemand wie ihr Gegenüber nicht mal einer Feindschaft würdig.

Seinen anschließenden Monolog über die politische Gesamtsituation (an der Theke, angeheitert, besser gesagt: angefressen – Mann eben) begleitet sie dadurch, dass sie neuen Lippenstift aufträgt. Ich kann mir das stundenlang ansehen: Wie sie die Unterlippe angestrengt über die unteren Zähne spannt (Cineasten aufgepasst: der *Joker* aus *Batman*), den Stift regungslos festhält, dann mit beiden Lippen von links nach rechts schleift, bevor sie den Mund fast schon böse zusammenpresst und eine Mädchenschnute zieht. Ja, gefällt mir.

Aber ansonsten, mit den beiden, das wird im Leben nichts. Und danach erst recht nichts, aber während sich dieser Gedanke bei mir festsetzt, verlassen die beiden Turteltauben untergehakt den Tresen und tanzen wie die Derwische.

Junge, Junge, denke ich und suche Andreas.

»Was machen Sie eigentlich beruflich?«, fragte mich kurze Zeit später eine deutlich angeschickerte Besucherin, während ich mir ein Bier einschenke. *Bhooam,* nach zwei Einstiegssätzen. Ich bin gerade erst in diesen Nebensaal hineingestolpert, habe meine Jacke verstaut, kenne nicht einmal ihren Namen und soll schon meine Steuerklasse kommentieren.

»Hallo«, antworte ich.

Sie lächelt mit dieser glücklichen Zufriedenheit, die meist so ab dem fünften Glas eintritt. Eine vermutlich immer vorhandene Schräge der gezupften Augenbrauen wird durch die Fröhlichkeit noch verstärkt, passt aber zu ihren dunklen Augen.

»Und ... was machst du so beruflich?«, fragt sie. Ein leichter Flaum umgrenzt ihr Gesicht und glänzt im Scheinwerferlicht. Was für sie spricht, ist eine inspirierende Angewohnheit, beim Luftholen kichernd die Nasenlöcher zu weiten.

»Irgendwie ... Journalist ...«, stottere ich vor mich hin, weil ich mit dieser Aufdringlichkeit nicht gerechnet habe. So schnell, so plump, bei einer Party, und dabei schwöre ich sonst auf meine Schlagfertigkeit.

Ein Mann fragt so was nicht.

Für einen Kerl ist der Beruf eines anderen Mannes meistens ungefähr so interessant wie dessen Schuhgröße. Da ist vielleicht eher entscheidend: Schalke oder Dortmund?

»Aah ...«, setzt die Partybekanntschaft nach, »und kann man davon leben?«

»Ich schlag mich so durch, aber ich weiß nicht, was in drei Monaten ist.«

Daraufhin breitet sich ein peinliches Schweigen zwischen uns beiden aus, wie eine Wand. *Keine Fragen mehr, Euer Ehren.* Dabei ist diese Hobbydetektivin angeblich nicht mal auf der Suche nach einem Partner, sondern lediglich neu zugezogen, nach einer Scheidung, betont lebenslustig; sie suche Anschluss.

»Ich brauche Spaß«, mault sie. Unter ihren Augen zittert ein feuchter Schimmer. Offensichtlich bin ich aber darin nicht inbegriffen, denn sie spricht von nun an keinen einzigen Satz mehr mit mir.

Was mir nur entgegenkommt, denn letztlich, denke ich und nippe an meinem Bier, ist meine Rangordnung eher lustfeindlich. Da kommt zuerst, und zwar unangefochten: Felix, die Nummer 1. Plus: Ulrike, die Mutter des Kindes, also Nummer 2. Ich zumindest handhabe das so, wohl wissend, dass viele Menschen eine andere Reihung bevorzugen. Aber ich bin ein später Vater, das wird mein einziges Kind bleiben, und ich will ein gutes Verhältnis zu seiner Mutter. Und zwar ein derart gutes (siehe Rang 1), dass es zudem weit über den Bedürfnissen einer potenziellen neuen Partnerin stünde.

Sie dürfte sich weiter unten als Nummer 3 einfinden.

Pustekuchen, höre ich es schon rufen. *Welche Frau macht das schon mit?* Eine Nummer 3 sein, unter ferner liefen, wenn es gerade passt.

Eben.

Und trotzdem, schraubt sich die Gedankenkette tiefer in das Holz hinein, hätte ich vielleicht eben nicht so barsch antworten sollen? Das war schon provokant, von drei Monaten Perspektive zu sprechen, ohne irgendwie lässig auf Karriere zu machen – *ach Blödsinn,* meldet sich das rote Teufelchen, seien wir doch mal ehrlich: Wer von uns weiß denn wirklich, was in drei Monaten ist? *Niemand!*

Ein klassisches Unentschieden. Für das man sich nichts kaufen kann, erst recht keine Liebe. Links von mir macht währenddessen ein schrilles Gerücht die Runde, wobei die Schallbahn streng genommen nur das weibliche Geschlecht umfasst. Und dort schmettert besagter Satz wie ein Flipperball umher: »Ein Pilot!«

Mehr höre ich zuerst nicht, aber diese eine Sentenz reicht offensichtlich aus, damit sich die Stimmung grundlegend verändert und bislang distinguierte Geschäftsfrauen einander wie gackernde Dorfpomeranzen zuprosten. Meine Wenigkeit wird währenddessen leichtfüßig auf den Balkon gespült.

»Streng genommen ist das ein besserer Busfahrer«, raune ich dort draußen, aber selbstverständlich nicht zu einer der verbliebenen Damen, weil man das a) als Neid interpretieren könnte und mich b) ohnehin niemand anhört. Da vorne sitzt nämlich: ein Pilot. Eine Art Weltwunder. Mehr macht er übrigens auch gar nicht erst, aber das erledigt er zugegebenermaßen gut. Er sitzt.

Er erzählt nichts, der Herr Pilot, er interpretiert nichts, er lächelt lediglich auf so eine gewinnende Art vor sich hin. »Eben, wie ein Busfahrer«, sage ich.

Sein Monatsgehalt liegt ungefähr in dem Bereich, der mein Jahresgehalt ausmacht. Und das zählt. Nebst Mythos. Wobei ich mich natürlich frage, was bringt das eigentlich diesen Frauen, einen Mann neben sich zu wissen, der ständig unterwegs ist und bei seinen wenigen Zwischenstopps lediglich überall gewinnbringend lächelt.

Aber offensichtlich reicht das.

Für mich interessiert sich dagegen niemand.

Ich hatte übrigens mal eine Freundin, die deutlich mehr verdiente. Was zu Beginn unserer Partnerschaft kein Problem war, weil sie da gerade ihr Studium abgeschlossen hatte; da ging es um *Liebe*. Aber nach einigen Jahren sah das plötzlich anders aus. Weil ich zum Beispiel immer bezahlen sollte. Also reichte sie mir ihr Portemonnaie rüber, damit ich uns beide von ihrem Geld zum Essen einladen könnte.

Es folgten bald auch interessante Streitformen, es ging um die sogenannte »Doppelbelastung«, die sie lautstark mit sich herumtrug, als berufstätige Frau plus Haushalt.

»An mir bleibt alles hängen«, krakeelte sie, und ich fing daraufhin an zu lachen. Das ist sicher das Falscheste, was man nur anstellen kann, im Streitfall mit einer lautstarken Frau. Aber ich konnte nicht anders. Denn wir hatten eine Putzfrau und ich schrubbte den Rest. Sie machte gar nichts.

Es war das Geld.

Dabei bin ich gerne auch Held, als Mann, ja, mach ich, jeden Tag – indem ich die Dinge laufen lasse. Indem ich immer wieder darauf hinweise, dass sich viele Dinge nicht so planen lassen, wie wir uns das vorstellen.

Aber das ist offensichtlich kein Helden-Mythos. Das nennt sich Versager-Ethos. Angeblich.

Der Pilot hat sich mittlerweile auf eine ungefähr achtundzwanzigjährige BWL-Studentin versteift, was erwartungsgemäß zu heftigen Kommentaren bei den noch verblieben Frauen führt. »Sind denn wirklich alle Männer so oberflächlich?«, zischen die Diven. Und ob es wirklich immer nur um Jugend gehe? Und vor allem: »Wer hat diese Tusse überhaupt eingeladen? Kann man das nicht verhindern?«

Fällt alles aber nicht mehr in meinen Verantwortungsbereich.

Irgendwann mag selbst ich nicht mehr reden.

22

Mit anderen Vätern geht es schneller.

Wir sind sofort im Thema und haben einen Anknüpfungspunkt. Wenn es um Kinder geht, degenerieren wir zu Handtaschenmiezen und Kaffeeklatschexpertinnen.

Nico zum Beispiel kenne ich vom Sport (er ist folglich nett, attraktiv, muskulös), vom Quatschen über dies und das während der Satzpausen (hat nichts mit Schreiben zu tun), bis sich irgendwann herausstellte, es gibt noch ein Kind. Und noch eins. Und noch eins. Und keine Mutter.

Das hat mich natürlich interessiert.

Also treffen wir uns abends in einem Café, um über das Sein als alleinerziehender Vater zu fabulieren. Streng genommen eine absurde Situation, denn mit Einbruch der Dunkelheit (manchmal sogar schon vorher) sind solche Lokalitäten von jugendlichen Starkschwätzern und Krakeelern besetzt. Mein Aufnahmegerät pegelt sich einen Wolf.

»Ich weiß überhaupt nicht, wie alt du bist?« Typisch eben, denke ich, für uns Männer. Wen interessiert normalerweise schon das Alter?

»Ich bin achtunddreißig«, antwortet er.

»Dann sind deine Kinder vermutlich so zwei, vier, sechs Jahre alt?«

»Nein, der Älteste, Mike, ist achtzehn und zieht jetzt in seine erste eigene Wohnung.«

Das bedeutet doch, schnell kopfrechnen, subtrahieren: Nico ist mit zwanzig Jahren Vater geworden. Heutzutage eher ungewöhnlich.

»Philipp ist jetzt vierzehn, Lisa ist elf.«

Eine Kellnerin unterbricht unseren Einstieg, um eine Bestellung aufzunehmen. Sie ist, wie heutzutage fast alle Gastronomiebeschäftigten, jung und eher geringfügig begeisterungsfähig; irgendwie Schülerin, Studentin, noch auf der Suche. Und immer, wenn ich dieses Café betrete und sie dort entdecke, steht sie alleine in einer Ecke oder alleine in der Küche und scheint sich vor allem, was da an diesem Abend noch auf sie losgelassen wird, zu fürchten.

»Die Mutter der Kinder?«

»Tanja«, ergänzt er, »sie war achtzehn, als sie schwanger wurde.«

»Muss man heutzutage fragen: gewollt?«

»Nein, wir wollten erst eine Basis aufbauen, wir wollten beide die Ausbildung fertig machen, ich war gerade mitten in der Prüfung, als sie schwanger geworden ist. Okay, haben wir gesagt, Abtreibung geht nicht, wir kriegen das hin. Dann haben wir unser Leben umgestellt, auf Familie. Dann haben wir vier Jahre gewartet, dann sagte meine Frau, sie möchte gerne ein zweites Kind haben. Sie wollte kein Einzelkind. Ich habe gearbeitet, fest eingestellt, sie hat Teilzeit gearbeitet. Also ein Wunschkind. Dann wollte sie noch ein Mädchen haben … Es wurde auch ein Mädchen, alle waren superglücklich.«

Zu dem Zeitpunkt war Nico siebenundzwanzig Jahre alt. *Superglücklich.*

Ansonsten ein klassischer Lebensplan: Mann ist der Ernährer und Versorger für die Familie. Der Malocher. Sieht abends mal die Kinder, für ein, zwei Stunden, darf denen kurz über die Haare streichen – aber sich groß Gedanken über Erziehung machen?

»Überhaupt nicht. Dafür war meine Frau zuständig. Ich habe gearbeitet, um Geld ranzuschaffen, zwölf Stunden durchgearbeitet als Fahrzeuglackierer. Aber es hat funktioniert.«

Dann der Schlag.

Tanja hatte ein Aneurysma im Kopf. Ein Blutgerinnsel.

»Sie hat über Kopfschmerzen geklagt, ist aber nicht zum Arzt gegangen, und zwei Wochen später war sie tot. Das ging ganz schnell. Meine Frau war hart im Nehmen, die hat nie geklagt: ›Mir geht's nicht gut‹, oder so was. Wie sich später herausgestellt hat, hat sie irrsinnige Schmerztabletten genommen, das habe ich gar nicht mitbekommen.«

Von heute auf morgen.

Es war keine langwierige Krankheit, die sie hinweggerafft hat, es gab kein Siechtum über Jahre, damit blieb auch keine Zeit zum Abschied.

»Ich bin aufgewacht, sie lag am Boden. Sie wollte wohl zur Toilette und ist einfach umgefallen. Ich bin wach geworden, hab sie gesehen. Ich habe sofort den Notarzt angerufen, aber es war schon zu spät. Ich habe die Kinder in ein Zimmer gebracht, bis meine Mutter sie abgeholt hat. Die Kleinen haben das nicht mitbekommen, aber der Große hat alles gesehen. Er war damals vierzehn Jahre. Als die Ärztin in die Küche kam und sagte: ›Setzen Sie sich hin‹, da wusste ich schon Bescheid. Mir ging es richtig schlecht und ich wollte Dummheiten machen, aber der Kurze sagte zu mir: ›Papa, wir schaffen das.‹ Das war mein Halt, der älteste Sohn. Der hat mir gezeigt, es muss auch so weitergehen.«

Drei Kinder. Ohne Mutter.

Draußen, in der Dunkelheit, spiegeln Glassplitter und lackierte Werbeflächen zahllose Lichtflecke von der Straße. »Schock«, sage ich, »das ganze Leben steht auf dem Kopf …«

»An einem Punkt hatten wir Glück im Unglück. Die Firma, bei der ich arbeitete, war pleite, und ich war damit arbeitslos. Vorher habe ich zwölf Stunden gearbeitet und die Kleine kaum gekannt.« Ein typischer Vater eben, nie anwesend. Mehr ein Mythos für die Siebenjährige. Jetzt aber musste Nico diesen Haushalt stemmen und das Familienleben koordinieren. Natürlich wusste er, wie man eine Waschmaschine bedient, und selbstverständlich konnte er Spaghetti kochen, aber es ist eine ganz andere Herausforderung, vier Mäuler *jeden Tag* zu stopfen, und das nicht nur mit Spaghetti. Und sich ansonsten um Kleidung, Sauberkeit und Papierkram zu kümmern. All diese Selbstverständlichkeiten, um die sich bislang seine Frau gekümmert hatte. »Allein nur die Einkaufslisten«, sagt er. »Schule, dreifach Elternsprechtage. Ohne einen Block Papier und Notizen hätte ich das nicht geschafft. Da war so vieles zu merken. Jeden Tag irgendwas Neues notieren.«

Es dauerte rund neun Monate, bis sich langsam Routine einstellte und alle wichtigen Termine abgearbeitet waren. Ein Problemfeld blieb allerdings: Kleidung kaufen für das Nesthäkchen. »Zu Beginn hat dann schon mal eine Freundin gesagt, du kannst doch Lisa nicht so rumlaufen lassen, Rock ohne Strumpfhose, oder die Farben passen nicht zusammen. Heute weiß Lisa genau, was sie anziehen möchte.«

Kleidung liegt normalerweise außerhalb des männlichen

Blickfelds, man zieht sich eine Hose an, ein Hemd darüber, fertig. Das vererbt sich bis in die nächste Generation.

»Aber ich habe es gerne gemacht«, betont Nico. »Es hat mir auch Spaß gemacht, für die Familie zu kochen.«

In einem ähnlichen Lokal wie diesem hier, erinnere ich mich, hatten Charlotte und ich einen Stammplatz. Wir haben dort ein Spiel erfunden, nur für uns beide. Es ging darum zu gähnen. Und wie bei einem flachen Stein, den man ins Wasser schmeißt, um ihn über die Oberfläche springen zu lassen, zählten wir nun, wie sich der Müdigkeitsimpuls in der Masse langsam fortsetzte. Von Tisch zu Tisch, bis zur Toilette.

»Das Trauma hängt bis heute über den Köpfen?«, frage ich.

»Die Kleine hat es gar nicht verkraftet. Sie hat sich ständig gefragt: ›Wo ist meine Mama?‹ Sie wurde dann ein Jahr lang therapeutisch begleitet, danach hat sie sich gefangen. Philipp, der Mittlere, ist leider sehr in sich verschlossen. Hat nie was gezeigt, nie was rausgelassen. Mit dem Großen konnte ich sehr offen sprechen. Aber richtig gut wurde es erst nach einem heftigen Streit über die verstorbene Mutter. Er ist ausgerastet. Ich wusste gar nicht, dass so viel Wut in ihm steckte. Dann hat er alles rausgelassen und auf mich eingeschlagen. ›Lass raus‹, habe ich ihm gesagt. Ich stand nur da, in der Küche, und er hat mir die Rippe angebrochen. So heftig. Irgendwann habe ich ihn in den Arm genommen und gesagt: ›Ist gut.‹«

Draußen umwirbeln mittlerweile kleine Fliegen die Straßenlaternen in lasziver Langsamkeit, als wollten sie uns vorführen, welche Kunstfertigkeit ihnen zu eigen ist. Und welche Anmut.

»Die Kinder sind in der Schule erst mal abgesackt?«

Nico nickt. Ein grausames Detail ist, dass die Jüngste in der Schule gehänselt wurde. »›Du hast keine Mama mehr‹ … Bis Lisa böse geworden ist …«

»Und du?«, frage ich vorsichtig.

»Nach dem Tod gab es eine Phase, da habe ich viel getrunken. Weil ich den Tod nicht verkraftet habe. Dann habe ich mir gesagt: Das geht nicht. Für einen Moment denkt man, den Schmerz trinke ich mir weg, aber er ist nicht weg. Der kommt jeden Tag wieder. Also habe ich mir gesagt: ›Jetzt setzt du dir Ziele.‹ Arbeiten gehen war so ein Ziel. Und Sport. Der Sport hat mir vieles von dem gegeben, was mir fehlte. Das ist bis heute so geblieben.«

In unserem Fitnessstudio würde wohl kaum jemand vermuten, welches Schicksal Nico dort über die Hantelbank wuchtet. Allerdings ist das ohnehin kein Ort für tiefgründige Einordnungen. Wenn ich allein an die Renaissance der Plastikbox denke, nie im Leben hätte ich für möglich gehalten, dass junge, trendbewusste Narzissten sich mit diesem Inbegriff von Spießigkeit schmücken. Aber für eine neue Generation Muskelsüchtiger, die bekanntlich alle drei, vier Stunden essen sollen, *müssen,* auch nachts, die also komplett und unwiderlegbar schwachsinnig geworden sind, birgt der Plastikbehälterkosmos eine Möglichkeit, alle lebensnotwendigen Zwischenmahlzeiten in verschiedensten Dosierungen mit sich herumzuschleppen. Und wieder auszupacken. Und auszubreiten. Ich muss dabei an Sibirien denken. Aus einem konkreten Grund, ich war auf einem Flug innerhalb Russlands, ich musste nachts von Moskau nach Abakan fliegen, und nach dem Abendessen gab es plötzlich neben mir eine lautstarke Auseinandersetzung. Ich verstand kein Wort, aber offensichtlich verlangte die Stewardess, dass mein Sitznachbar seine Aktentasche öffnen solle, und genauso aggressiv verteidigte der Mann seine bürgerlichen Rechte. Eine zweite Stewardess wurde hinzugezogen, die mit kurzen, lauten Befehlen das Gespräch schließlich zu einem Ende brachte. Mein Sitznachbar öffnete kleinlaut seine Aktentasche und zog nacheinander alle Plastikschälchen des Abendessens heraus. Mir war beim Abräumen des Geschirrs gar nicht aufgefallen, dass es eine rechnerische Unstimmigkeit gegeben hatte.

»Wenn ich von der Arbeit nach Hause komme«, unterbricht Nico mein Sinnieren, »warte ich erst mal fünf Minuten. Sobald ich die Tür öffne, geht es los: Papa hier, Papa da. Jeder will was. Dazu Gezanke unter den Kindern. Und wenn mir das zu viel wird, nehme ich meine Tasche und fahre zum Sport. Ich sage den Kindern, in ein oder zwei Stunden bin ich wieder zurück.«

Jeder Abschied trägt inzwischen allerdings eine besondere Bedeutung.

»Alle Kinder haben unglaubliche Angst, den Vater zu verlieren«, erzählt er. »Wobei, diese Verlassensängste sitzen bei uns allen vier drin. Das war so plötzlich, so schnell …«

Fahr vorsichtig, sagen wir alle mal, eher routiniert, aber für Nico und seine Kinder hat der Satz eine wirkliche Bedeutung erhalten. Und auch der Zusammenhalt untereinander, sagt er, sei viel größer geworden.

»Man rückt viel mehr zusammen«, erzählt er. »Bevor ich heute gefahren bin, hab ich noch den Mittleren gefragt: ›Krieg ich keine Umarmung?‹ So etwas hätte ich früher nie gefragt.«

Am Nebentisch regt sich derweil ein junges Pärchen, Anfang zwanzig schätzungsweise und mitten in der Honigmondphase. Das Mädchen versprüht zumindest noch die bedingungslose Bereitschaft, ihren Freund zu vergöttern. Fassungslosigkeit, abrupt, Großäugigkeit, weil besagter Freund mit der Kellnerin geflirtet haben soll (und ich so, gedanklich: mit *der?*). Nun starrt sie ihn an, den Halbgott, enttäuscht, so abgrundtief enttäuscht, und gleichzeitig mit einem Blick kalter und erdrosselter Eifersucht. Er wiederum spiegelt diesen Blick zurück und lächelt, und in seinen hellen Augen liegt ein dunkler, fast schon verzückter Ausdruck. Der sie nunmehr restlos überfordert.

»Habt ihr eigentlich eine Art Neuanfang gemacht?«, frage ich.

»Ein Umzug.« Klar, hatte mit dem Tod zu tun und auch mit den Nachbarn, bei denen immer der Eindruck blieb, sie glotzten nur noch mit großen Augen auf das Schicksal. Zudem war für Nico ein Neuanfang immer auch mit einer neuen Arbeitsstelle verknüpft, um wieder Struktur in sein Leben zu kriegen, Halt und Selbstvertrauen.

Für die Kinder war dieser Punkt mit der Arbeitsstelle nicht unbedingt folgerichtig. Obwohl Nico sein Vorhaben schon ein halbes Jahr lang angekündigt hatte – was eben auch beinhaltete, die Kinder nicht mehr zu wecken, sie sollten eigenständig aufstehen –, war es mit Unterzeichnung des Arbeitsvertrages eher ein Schock. »Die Kinder fanden das gut, dass ich wieder arbeiten wollte, aber als es dann konkret war, fanden sie es doof, weil keiner zu Hause war, wenn sie kamen. Und das Essen war nicht rechtzeitig fertig.«

Am Nebentisch steigert sich mittlerweile der Honigmondstreit. Das Mädchen löchert ihren Freund unablässig, ob sie ihm überhaupt vertrauen könne, weshalb er zunehmend genervt wirkt. Vielleicht weniger von ihrer Frage als vielmehr von der unerbittlichen Logikkette ihrer Verhörtechnik, die insgesamt fast schon abgelesen wirkt, eher theoretisch, einstudiert, selbst in den aufgeregten Pathos-Phasen. Sein Schweigen allerdings, das keine Folge von Einschüchterung ist, sondern bewusst gesetzt, hat zur Folge, dass sie mit ihrem juristischen Plädoyer eher ziellos, sinnlos, gegen ein zerfasertes, zerbröseltes Ziel antritt. Bis sie letztlich ihre Arme fest um den Körper presst und zu Boden blickt.

Oh, oh, denke ich (amüsiert), diese Zwangsjackenhaltung zeigt schon in jungen Jahren, dass ein Thema zu Ende diskutiert und *sie* vor allem wütend ist.

»Musstest du deine Vaterrolle neu erfinden?«, frage ich. Vorher überwog bekanntlich das klassische Modell, also der Knecht Ruprecht mit Rute, wenn ihr Kinder nicht brav seid, dann sag ich das dem Papa. »Jetzt bist du ja Mama.«

»Jetzt muss ich mich mit den Kindern beschäftigen und Spiele spielen, bis zur Erschöpfung.« Gerade Lisa, die Jüngste, braucht mehr Einfühlung, mehr Nähe, Vertrauen, Halten, ihr wäre es am liebsten, sagt Nico, Papa wäre vierundzwanzig Stunden verfügbar. »Die Jungs, klar, es sind Jungs, manchmal gibt es auch eine Umarmung – aber die Kleine gibt immer ein Küsschen.«

»Vermissen die Kinder denn etwas?«, frage ich.

»Nein«, antwortet er, »die Mutter, natürlich, aber ansonsten, nein.«

»Also, Männer können das genauso wie Frauen?«

»Ja.«

»Ich hatte früher eher die Vorstellung, ein strenger Vater zu werden«, sage ich.

»Nach dem Todesfall habe ich den Kindern zuerst alles gegönnt. Ich hätte ihnen mein letztes Hemd gegeben. Aber dann haben sie immer mehr gewollt. Dann habe ich eine Grenze gezogen. ›Wie hätte es die Mama gemacht?‹ Mama war immer streng. Also wurde ich auch strenger, bis ich den Ruf bei ihnen hatte, ich sei der strengste Papa der Welt. Inzwischen haben wir einen Mittelweg gefunden, ich gehe eher mit den Kindern lockerer, kumpelhaft um. Ich versuche, sie mit dem Herzen zu erziehen, frage mich, was sie denken. Bei mir muss keiner irgendwie ein Blatt vor den Mund nehmen. Heute möchte ich das auch gar nicht mehr missen. Allein die Vorstellung, ich wäre nicht mehr so nah bei meinen Kindern, ist furchtbar. Oder auch der Gedanke, dass sie eines Tages alle ausziehen, das ist schon unangenehm.«

Passiert augenblicklich gerade: Mike, der Große, hat sich umgeschaut, renoviert die erste eigene Wohnung. »Da sagt er zu mir: Ich werde die Abende mit dir vermissen. Wir sitzen in der Küche, trinken Kaffee, reden miteinander.«

Interessant, denke ich, weil so eine Gefühlslage in den traditionellen Familien eher als »Frauen-Ding« gilt. Da reagieren Männer vornehmlich kühl und zustimmend, wenn der Nachwuchs aus dem Nest will. Umgekehrt sind dort viele Kinder froh darüber, die Alten nicht mehr ertragen zu müssen.

»Ich habe sofort gesagt, wenn es nicht gut geht, du hast immer einen Platz bei mir. Und Mike hat auch gesagt: ›Papa, ich würde es nicht machen, wenn ich nicht wüsste, dass du da bist.‹«

»Hast du eigentlich irgendwelche Erziehungsbücher gelesen?«

»Nein. Ich habe um Hilfe gebeten beim Jugendamt, weil mir die Erfahrung fehlte. Nach einem Jahr Unterstützung haben die sich verabschiedet. Läuft super.«

Das Lockere ist ihm allerdings boshaft ausgelegt worden, durch eine anonyme Anzeige, vermutlich von einem

Nachbarn. Der sich allerdings niemals gemeldet hätte, um zu helfen. Stattdessen: zwei Din-A4-Seiten, handgeschrieben, mit albernen Vorwürfen. Es sei beispielsweise ein Butterbrot unter dem Bett gefunden worden, das die Tochter nach der Schule dort versteckt hätte. *Hallo? Geht's noch?*

Vor allem: Was soll das? Keinerlei Kontakt, natürlich null Hilfsangebote – aber dann so ein Brief? Soll der Vater etwa auch noch verschwinden?

Für das Jugendamt war dieser Brief allerdings genauso absurd.

Auch zu den Schwiegereltern ist der Kontakt nach dem Tod der Tochter langsam abgebrochen. Nicos Mutter wiederum wollte sich hundertprozentig einbringen, mit Leib und Seele, bis es einfach zu viel war. Für die Restfamilie. »Das schaffe ich alleine.« Nicos Vater hingegen, typisch Mann, stand eher ein wenig daneben, zudem durchlebte er gerade eine neue Partnerschaft, nach der Scheidung von Nicos Mutter. »Eine große Hilfe ist ansonsten noch der Bruder.«

»Wie geht das eigentlich so, eine neue Frau kennenzulernen?«, frage ich (vielleicht eine Spur zu neugierig).

Nico lacht. Und zählt auf, was diesbezüglich alles zu organisieren sei. Es geht streng genommen *gar nicht.* Spontaneität beispielsweise degradiert zum Fremdwort. Andererseits ist ein One-Night-Stand undenkbar. Wie sollte das funktionieren? Eine Frau mit nach Hause nehmen – und drei Kinder stehen neugierig hinter dem Vorhang?

Das ist ohnehin seine Achillesferse, liebestechnisch, wenn es um die Planung eines möglichen romantischen Wochenendes ginge: drei Kinder im Haus. Keine Mutter. *Tschööö …*

»Anfangs hatte ich noch die Hoffnung, eine Frau zu finden, die bei uns einzieht und das akzeptiert, aber mittlerweile bin ich davon abgekommen.« Es geht ihm nicht mal darum, eine neue Mutter zu finden, Gott bewahre, nur darum, die existierenden Kinder zu akzeptieren. Die drei würden sauber trennen zwischen einer »Freundin« und der verstorbenen Mutter. Sie unterstützen sogar, dass Papa eine Freundin hat. »Gerade die Kleine wünscht sich eine Frau, die zu Hause wohnt. Eine, mit der sie einmal reden kann.« Aber die Frauen, die Nico kennenlernt, sind entweder in einem Alter, in dem sie eigene Kinder herbeisehnen, und zwar *nur* die eigenen, oder Blagen aus tiefster Seele ablehnen.

Derzeit ist er wieder mit seiner Ex-Freundin zusammen, die kurz mal bei ihm gewohnt, sich dann aber von allem getrennt hat. »Es war schwer für sie«, sagt Nico. »Aber die Kinder kommen nun mal an erster Stelle. Das versteht sie manchmal nicht. Ich sitze zum Beispiel mit ihr zusammen, wir machen einen Videoabend, da klingelt das Telefon. ›Oh, der Große sitzt fest, Bus verpasst.‹ Sie sagt sofort, der kann laufen. Oder die Kleine ist bei einer Freundin, wollte dort schlafen. Jetzt will sie aber nicht mehr dort schlafen, weil sie sich gestritten haben. ›Ich muss mal grade Lisa holen.‹ Bumm, Stimmung im Keller. Abend ist gelaufen. Die Kinder sind Nummer eins. Aber ich bin der Vater und mehr. Also fahre ich los.« Folge: Streit.

»Ich war vier Tage in Urlaub. Und ich hatte ein schlechtes Gewissen, ich konnte meinen Urlaub nicht richtig genießen. Die Kleine hat geschrieben, wir haben kurz telefoniert. Ich lag am Strand, mit der Freundin, und dachte: ›Hier könnte ich schön mit den Kindern liegen.‹«

Mittlerweile wohnt die Freundin nicht mehr bei Nico, dafür fährt er von Samstag bis Sonntag zu ihr. Der Große passt so lange auf die beiden anderen auf. »Aber ich muss auch noch mal betonen, wie wichtig meine Freundin all die Zeit war. Sie war Halt und Stütze, und sie hat mir Kraft gegeben.«

»Und wenn du heute auf den alten, traditionellen Vater zurückblickst?«

»Dann sehe ich inzwischen viel mehr Beziehung zu den Kindern. Das, was die Kinder dir geben können, wenn sie lachen, wenn sie fröhlich sind, das bekommt man von keiner anderen Person. Nicht mal von einem Partner.«

»Wenn ich so an meinen Vater zurückdenke«, sage ich, »der hätte das gar nicht geschafft, alleine mit drei Kindern.«

»Mein Vater auch nicht … Man muss flexibel sein. Dieses Schnurstracks-Geradeaus, das geht nicht mehr. Es ist ein ganz anderes Denken erforderlich. Materielle Dinge spielen keine Rolle mehr. Geld muss man haben, aber mehr nicht. Stattdessen: Liebe.«

Der alte Nico hätte das nicht verstanden, er hätte vor allem Geld verdienen wollen, in Zwölfstundenschichten oder mehr.

Immer wieder der Mammon, denke ich und winke der Kellnerin. Auch sie hält in ihrer Ecke die Arme um den Körper geschmiegt, aber eher, weil ihr kalt ist. Sie ist offensichtlich eine dieser Frauen, die prinzipiell friert. Steif, von Kopf bis Fuß, bis in die Hirnwindungen hinein erfroren. *Und dafür jetzt ein Trinkgeld geben?*

Doch, klar, runde ich auf und setze noch eine flapsige Bemerkung dahinter, aus gastronomischer Erfahrung, Mischkalkulation und so, dass manchmal ein einziges Getränk darüber entscheidet, ob der Abend nun erfolgreich war oder nicht.

Daraufhin blickt sie mich plötzlich schweigend an. Und zwar sehr, sehr *ernst.*

»Der Tag, an dem alles wieder hochkommt«, sagt Nico, »ist Tanjas Geburtstag. Wir fahren gemeinsam zum Friedhof, stellen uns gemeinsam vor das Grab. Ansonsten sind wir seltener da, weil wir es immer noch ein wenig verdrängen. Aber das Leben geht weiter.«

Manchmal redet Nico noch mit ihr, zum Beispiel während einer Autofahrt, wenn es ein Problem mit den Kindern gibt. »Das sind Momente, wo die Verbindung zu Tanja stärker ist als zu vielen Lebenden. In den ersten Monaten nach dem Tod war ich eher sauer auf sie, weil sie nicht zum Arzt gegangen ist. ›Warum hast du mich mit drei Kindern alleingelassen?‹ Ist natürlich ein völlig falsches Denken.«

23

Grauenhaft.

Geburtstag steht an.

Alleine.

Sonntage sind schon schlimm, normalerweise, weil ich dann von heiler Familienidylle erschlagen werde. Erst recht, wenn draußen die Sonne scheint. Mit Felix zusammen ist es auszuhalten, weil wir dann gemeinsam spazieren und spielen. In der Zweierkonstellation verliert sich ein wenig der mitleidige Passantenblick, der mitunter sogar in eine annähernd feindselige Betrachtung übergeht, wenn ich alleine auf einem Parkweg spaziere. Ein Sonderfall ist es immer dann, wenn ich sonntags mit Felix ein Café besuche. *Schau an,* lässt sich aus den Mundwinkeln der Kellnerinnen und Nachbarinnen lesen, *der Wochenend-Papa.* Bei einer Frau wäre es ziemlich egal, ob und wann und mit wem sie ein solche Lokalität besucht – wobei Frauen sich prinzipiell nur in Gemeinschaft anderer Frauen aus dem Haus trauen –, ein Mann wiederum rutscht erst dann in die Unsichtbarkeit, wenn er mit anderen Kerlen einen Platz sucht. Die Assoziation »Wochenend-Papa« ist insofern automatisch gegeben, weil eine Mutter ansonsten immer dabei ist. Es gibt kaum Familienausflüge ohne Mütter, Punkt, aus, fertig. Ohne Väter, klar, kommt vor, viel Arbeit, das muss nichts heißen – aber eine Mutter klebt vierundzwanzigstündig an den Fersen der Kinder.

»Lass uns doch …«, ruft plötzlich Andreas an (er hat keine Ahnung, dass mein Geburtstag ansteht, er ist ein Mann, solche Marginalien merkt er sich nicht), » … ein paar Tage nach Ischia fahren.« Ein Schulfreund sei dort geboren, aufgewachsen und besitze immer noch ein Haus in Strandnähe. Die Familie ist für eine Woche ausgeflogen.

Lass uns doch spontan sein!

Bin ich normalerweise nicht. Aber mein Geburtstag steht an, Felix ist bei seiner Mutter, ich wohne ewig weit weg von meinen Freunden, es regnet – *Sonne?*

»Warum eigentlich nicht?«, antworte ich.

Also packe ich meinen Hartschalenkoffer, ohne Rollen, wodurch dem geübten Beobachter mit einem Blick klar sein dürfte, dass ich schon eine halbe Ewigkeit nicht mehr verreist bin; verstaue Strandtuch, Hemden, Sonnencreme, Socken, Unterwäsche, Pullover, »nur für ein paar Tage« – und sitze schon am selben Abend auf dem Rücksitz eines *Motorino.* Moped fahren, wie mit sechzehn, sich einfach nur dem Leben ergeben, wie in der Pickelphase, die Sonne beobachten, nichts planen, nichts machen. Nur am Strand, im Sand liegen. Im Meer schwimmen. Grillengrölende Dunkelheit. *Glück.*

»Camorristi«, sagt Andreas leise und deutet am nächsten Tag auf vier schmächtige Jüngelchen.

Wir essen auf Ischia in einer versteckten Bucht, die fast ausschließlich von Einheimischen aufgesucht wird, weil sie nicht so einfach zu erreichen ist, zu Mittag. Dort gibt es ein Restaurant.

»Bis vor zwei Jahren war das noch extrem«, erzählt

Andreas. Regelmäßig fuhren gelangweilte Angehörige der Camorra mit Schnellbooten aus Neapel herüber und prassten in dem Lokal für mehrere Tausend Euro.

»Es gefällt ihnen hier«, sagt Andreas, »weil sie mit ihren Booten schnell wieder abhauen können.«

Die Jüngelchen sind etwas zu laut, etwas zu prahlerisch, mit ihren vielleicht zwanzig Jahren, aber nicht muskelbepackt, wie sich die Unterwelt in Deutschland gerne zeigt. Im Gegensatz zu den anderen Gästen haben sie auch keine Badesachen dabei.

Nach etwa zwei Stunden verschwinden sie wieder. »Halbstarke«, fällt mir ein, dieser alte Ausdruck.

»Die töten für zweihundert Euro …«

Am Nebentisch sitzt ein Mann, der einen Schmetterling an einen Faden gebunden hat und das schwächlich flatternde, zitternde Insekt wie ein fliegendes Haustier führen möchte. Aber es funktioniert nicht.

»Ihr seid aus Deutschland?«, fragt er auf Deutsch und stellt sich als Mario aus Koblenz vor. Halbitaliener, in Alemania geboren, aufgewachsen, zur Schule gegangen.

Und geschieden, wie sich bald schon herausstellt. »Meine Frau hat sich getrennt«, erzählt er unaufgefordert, nach wenigen Einstiegsblicken, »weil sie ihr Leben genießen wollte.« Beide Zeigefinger simulieren erhoben Anführungszeichen. »Unsere sechsjährige Tochter war da wohl im Weg. Ich habe mich zusammengerissen, so gut es ging, und mit meiner Frau einen Deal ausgemacht, dass Grazia von donnerstags bis montags bei mir bleibt. Dann könnte sie ihr Leben genießen …« Wieder Anführungszeichen. Sein Unterbewusstes, in Bitterkeit und Zynismus paniert, übernimmt mehr und mehr die Oberhand. »Aber dann drohte sie, das Aufenthaltsrecht einzuklagen, um damit mehr Unterhalt zu erpressen. Ich kann aber nicht mehr zahlen! Ich bin bis zum Hals verschuldet!«

Kurzer Blick zu Andreas. Er wirkt (im Gegensatz zu mir) neugierig.

»Meine Ex behauptet, Grazia will nur bei ihr sein, nicht bei mir – aber sie hat das Mädchen extrem manipuliert! Jedes Mal, wenn Grazia zu mir kommen soll, weint sie und erzählt der Kleinen, sie sei jetzt sooo allein. Ich kann das Kind nicht zwingen zu kommen … Grazia sieht nur noch traurig aus. Und sie fühlt sich inzwischen verantwortlich für das Wohl der Mutter. Horror! Ich habe eine Kinderpsychologin aufgesucht und ihr das erzählt, sie ist geschockt, aber sie hat mir auch klargemacht, dass ich nichts machen kann. Horror! Ich kann nichts anderes tun, sagt die Psychologin, als nur Grazia meine Liebe zu zeigen. Ich mache sogar alles richtig, wenn ich die Kleine zu ihrer Mutter lasse. Und sogar, wenn ich einen Prozess anfangen würde und gewinne – dann müsste Grazia trotzdem zu ihrer Mutter, damit sie in ihrem Loyalitätskonflikt nicht zerrissen wird. Also kann ich das auch gleich sein lassen. Aber irgendwas muss ich doch machen?«

Offensichtlich ein Appell.

Erneuter Blick zu Andreas. Er steckt seinen kleinen Finger in das rechte Ohr und lässt ihn dort in ungeahnter Geschwindigkeit vibrieren.

Das kann alles bedeuten, denke ich mal. Anteilnahme, Ablehnung, Neurodermitis.

»Ja, ja …«, sage ich. Den Satz kann ich perfekt. Da war doch irgendwas mit Urlaub. Mir tut der Mann leid, aber andererseits ist mir das auch alles zu viel, zu schnell, zu eindeutig. Wir wollen immer den Panzer unserer Konventionen aufbrechen, denke ich amüsiert, damit unser wahres

Ich zum Vorschein komme – aber wenn es dann dazu kommt, müffelt das wahre Ich nach Knoblauch und Achselschweiß.

»Ich würde dir empfehlen«, steigt Andreas in den Ring, »diese ganze Sache mit dem Sorgerechtsprozess zu vergessen. Das bringt nichts. Sinnvoller wäre eine genau beschriebene Besuchsregelung. Je mehr Druck du aufbaust, mit Gericht und Anwalt und so weiter, umso mehr schadet das deiner Tochter. Außerdem bleibst du dann an deine Alte gefesselt, weil du dich nur noch mit juristischem Kram befasst. Lass es sein, und konzentriere deine Energie auf die Wochenenden mit deiner Tochter.«

Der Mann nickt. »Die Sache ist ja die«, sagt er, »wenn meine Ex wirklich ihr Leben genießen will …« Zum dritten Mal Anführungszeichen. »Dann geht das nicht mit Kind. Also wird sie mich früher oder später ohnehin als Babysitter brauchen.«

»Es sei denn, du führt einen Krieg vor Gericht«, antwortet Andreas.

»Richtig.«

»Also lass es. Kümmere dich mehr darum, dass der Kontakt zu deiner Tochter nicht abreißt. Du musst immer für sie erreichbar sein und ihr zeigen, dass du sie liebst. Kein übertriebenes Theater, aber Aufmerksamkeit und so weiter …«

»Richtig.«

»Das ist eine ganz simple Taktik: In sechs, spätestens in zehn Jahren kann deine Tochter selbst entscheiden, was sie will. Und das kann ich dir garantieren: Frauen untereinander, das geht in die Hose. Und dann will deine Tochter bei dir wohnen.«

»Und ich habe den Rest!«, triumphiert der Koblenzer.

»Richtig.«

»Zwanzig, dreißig Jahre!«

»So ungefähr.«

»Wow«, sage ich, weil mir bislang unbekannt war, mit welcher Vehemenz sich Andreas in ein solches Thema kniet. Meines Wissens ist er ein ewiger Single. Andererseits bin ich auch fasziniert davon, Tausende Kilometer in die Sonne zu fliegen, um letztlich doch nur wieder auf die immer gleichen dunklen Scheidungsprobleme zu treffen.

»Frauen sind relativ einfach gestrickt«, sagt Andreas. »Je mehr du kämpfst, desto unfairer werden sie antworten. Auch wenn du noch so sehr im Recht bist, das ist egal. Und dann wird deine Ex deine Tochter als Waffe benutzen.«

»Und dann verliere ich sie.«

»Richtig.«

In meiner Blickrichtung albern zwei Kinder am Tisch herum, Geschwister vermutlich, indem sie ihre Unterlippe in Falten legen und dann die obere Zahnreihe darüberstülpen. Das kann nicht jeder. Ihre Mutter, gestresst, sitzt schweigend daneben. Also gebe ich mir einen möglichst seriösen Gesichtsausdruck und lege einfach mal identisch meine Lippen in Falten. Und verdrehe zusätzlich noch die Augen. Die beiden Kinder schreien erfreut auf und zeigen hektisch mit den Zeigefingern auf mich. Aber bevor die Mutter auch nur ahnt, was gerade geschehen ist, bin ich schon wieder ganz Pokerface.

»Mein Rat«, sagt Andreas und bestellt ein weiteres Glas Rotwein, »schmeiß die Frau aus deinem Herzen und damit aus deinem Leben. Lass die Vergangenheit Vergangenheit sein, das ist sowieso gelaufen. Du musst nach vorne schauen. Versuche glücklich zu werden. Damit bist du für deine Tochter auch viel interessanter.«

»Ich weiß nicht«, sagt der Mann leise, »ich bin ein Kämpfer …«

»Vergiss es«, setzt Andreas entgegen, »ich hab das alles durchgemacht, das bringt nichts. Ein Mann bekommt vor Gericht nur dann ein Kind zugesprochen, wenn die Mutter drogensüchtig ist oder so. Und selbst dann nicht immer, also vergiss es. Einfach nur vor Gericht anzugeben, die Mutter manipuliert unser Kind, das reicht nicht.«

»Puh …«

»Meine Ex hat sich nicht mal richtig um das Kind gekümmert, und ich hatte trotzdem vor Gericht keine Chance. Faktisch war das Kind schon fast die ganze Woche bei mir, weil sie sich nicht gekümmert hat – und trotzdem wurde das Sorgerecht der Mutter zugesprochen.«

»*Dein* Kind?«, frage ich, nein, pruste ich aus mir heraus.

Aber Andreas schaut an mir vorbei.

»Meine Ex wollte den Krieg«, erzählt er, »und sie wollte mein Kind und mich auseinanderbringen. Dabei habe ich alles versucht: Ich habe ihr vorgeschlagen, einen Termin bei einem Mediator zu machen, wollte sie nicht, ich habe ihr vorgeschlagen, sich mit dem Jugendamt abzusprechen, wollte sie auch nicht. Jedes Angebot, jede Form von Respekt und Freundlichkeit hat sie nur als ›Schwäche‹ interpretiert. Und vor Gericht wollte sie meine komplette Vernichtung …«

Einige Fliegen lauschen unserem Dialog und suchen bevorzugt meinen Kopf, Ohren und Oberarme als Landefläche, von wo aus sie geradezu frech und unbeeindruckt mit ihren dünnen Beinchen die Haut entlangirren.

»Dann sag mir bitte«, fleht der Koblenzer, »was habe ich meiner Ex getan? Warum ist sie mir gegenüber so aggressiv? Ich höre immer nur, ihr Leben läuft an ihr vorbei und sie müsse endlich … *leben* …« Diesmal Zeitlupen-Ausrufezeichen, zudem mehrfach verschriftet, besonders dick. »Die hat einen Schaden! Warum hat sie sich dann nicht vor einem Jahr getrennt, als bei ihr alles den Bach runterging. Nein, da durfte ich sie pampern, und auch finanziell unterstützen. Auch die Hochzeit war doch ihre Idee. Ich wollte nicht heiraten! Selbst das Kind war ihr Wunsch. Und der Knaller ist: Vor drei Monaten wollte sie plötzlich noch ein zweites Kind! Hey, capito, hallo, wenn ich darauf eingegangen wäre …«

»Keine Ahnung«, unterbricht Andreas. »Aber nachdem meine Ex vor Gericht gewonnen hat, wollte sie die ganz harte Nummer fahren. Erst sollte ich mein Kind überhaupt nicht mehr sehen, weil ein Kind angeblich keinen Vater brauche. Nie mehr! Sie hat sich einfach verleugnen lassen. Und ich stand wie blöd vor ihrem Haus. Aaaber … nach einer Woche ununterbrochener Kinderbetreuung war sie plötzlich ganz klein mit Hut. Jetzt merkte sie plötzlich, wie viel Arbeit das bedeutete – und jetzt hab ich mein Kind sogar jedes Wochenende. Also auch in der vorgeschriebenen Mama-Woche. Was sagt uns das?« Andreas zieht sein Augenlid mit dem Zeigefinger beeindruckend tief. »Früher oder später ist sie heilfroh, dass es da noch den blöden Vater gibt. Spätestens dann, wenn sie was unternehmen will.«

Der Koblenzer nickt wieder. »Okay, verstanden … Also lieber darauf hoffen, dass Grazia irgendwann mit mir Zeit verbringen möchte, und nicht mit dieser gestörten Verrückten?«

Daraufhin nicken wir alle.

»Du glaubst nicht, wie viele Männer sogar vor Gericht gewonnen haben – und trotzdem ihre Kinder nicht sehen. Zum einen gibt es keine rechtliche Handhabe, und zum anderen brechen dann auch viele Kinder den Kontakt zum Vater ab, weil sie in diesem Loyalitätskonflikt feststecken. Und dann bleiben sie lieber bei der Mutter. Die leidet doch so schrecklich ... (An dieser Stelle imitiert Andreas eine Parodie eines klischeebehafteten Pseudo-Flennens.) Diese Männer haben ihre Kinder schon über mehrere Jahre nicht mehr gesehen – und sie tragen keine Schuld! Nichts! Sie können nicht mal mit ihren Kindern telefonieren. Und wenn sie heimlich zur Schule fahren, zieht das eine Anzeige nach sich, wegen ›Stalking‹, und die anderen Eltern beschweren sich. Also lass es dir gesagt sein und halt den Ball flach. Du kannst nur verlieren.«

»Du hast gewonnen.«

»Wenn es darum ginge ... Nein, es ist traurig, aber wahr: Das Gericht wird dir nicht helfen, im Gegenteil. Wenn deine Ex nicht kapiert, dass sie in irgendeiner Form mit dir kooperieren muss, dann hast du keine Chance.«

»Gut jetzt«, sagt Mario und wedelt mit beiden Armen vor unseren Augen, wie ein Fußballtrainer, der einen Spielabpfiff herbeisehnt. »Die Rechnung geht auf mich.«

»*Dein* Kind«, flüstere ich, hinter einer Handrückenwand, immer noch überrascht. »Du hättest mir ruhig mal einen Ton davon erzählen können.«

»Es hat sich bisher einfach nicht ergeben«, antwortet Andreas.

24

Kaum gelandet, unausgeschlafen, beim Ordnen der Dreckwäsche, unrasiert, in Gedanken, plötzlich: »Felix will dieses Wochenende nicht kommen.«

Klingelingeling.

Einfach mal so eine Nachricht, eine SMS: »Felix möchte mit seinen Freunden spielen.« Natürlich könnte es in diesem Fall doch eine Ausnahme von der Vierzehn-Tage-Regel geben, denke ich so, und schreibe zurück an Ulrike, dass ich Felix halt nächste Woche abhole.

Klingelingeling.

»Also das geht gar nicht!« Die Umgangsregel ist für sie, wie für vermutlich die meisten Frauen, in Stein gemeißelt. Unantastbar. Felix einfach nächste Woche zu holen, also außerhalb der Reihe, weil er morgen nicht kommen will, das ist in etwa so, wie Moses nach seinem Abstieg vom Berg Sinai ein Bein zu stellen. Mindestens.

»Das bedeutet für mich, ich sehe Felix drei Wochen am Stück nicht.«

Kein *Klingelingeling* mehr. Schweigen.

Leere.

Ich bin enttäuscht. Habe ich etwas falsch gemacht? In einem Artikel, erinnere ich mich, sagte eine Psychologin, Eltern können den Kindern nicht das Handeln überlassen.

Genau meine Linie. *Und jetzt?* Gründe suchen, schrieb die Psychologin.

Gibt es nicht, denke ich. Außer, dass es der Mutter gerade in den Kram passt. Kinder erkennen die Bedürftigkeit der Eltern, erinnere ich mich, Kinder handeln, denn sie sorgen für ihre Eltern. Also spürt Felix vielleicht so etwas bei Ulrike, kann das nicht aushalten und will deshalb nicht weg von ihr. Und sorgt damit dafür, dass es seiner Mutter wieder gut geht.

Jede Beziehung hat eine Funktion, erinnere ich mich. Aber es hilft momentan nicht weiter. So eine Nachricht zieht tief, tief herunter, bis in den nebligen Bereich der Sinnlosigkeit, und ich bin weit von meinem Friedenspunkt entfernt. Ohne Abstand. Ohne Einklang. Andererseits spüre ich auch, wie sehr wir Eltern gegenseitig nur noch nach vorgefertigten Drehbüchern agieren, Titel: Entrüstung, *wie kannst du mir das nur antun?*, dramatische Musikeinlage, Abspann. Und in dieser Zuspitzung handeln wir sogar erwartungsgemäß. Loslassen, denke ich, immer wieder: *loslassen.* Den Kern spüren, tief innen, mein Ich, um leichter Abstand zu gewinnen. Um meine Angst vor dem Verlust in den Griff zu kriegen, wortwörtlich, zu befühlen, zu begreifen. Wenn ich an den Tag der Trennung zurückdenke, die mir immer in solchen Momenten in den Sinn kommt, dann fällt mir auf, wie sehr Ulrike die Zeit *danach* schon verplant hatte. Auch Milena war darin eine Meisterin. Sie waren mir beide mindestens drei Monate voraus. Während ich erst noch in die Achterbahn steigen musste, und zwar die mit den besonders steilen Abfahrten, die mit den besonders ekligen Zweifeln und Schmerzmomenten und Kummernächten, in denen nur noch das Negative und Schlechte überlebte. Deshalb konnten sie beide so sachlich argumentieren. Und deshalb hat es mich so hart aus der Spur geworfen. Und deshalb mussten sie derart besessen auf das Gaspedal treten, was das weitere Vorgehen nach der Trennung betrifft, weil sie schon drei Monate Vorsprung hatten. Mindestens. Ohne Gespür dafür, dass ich völlig überfahren auf dem Seitenstreifen lag.

Das Gesicht wahren, erinnere ich mich, das ist für Frauen wichtig. Und sei das Drumherum auch noch so eklig. Mein Gott, wenn ich an Milena denke, die monatelang plante, wie sie eine »saubere« Trennung hinbekommt, also eine, die *sie* gut aussehen lässt. Mit dem tumben Ergebnis, nicht mehr mit mir zu sprechen. Stattdessen: immer mies gelaunter, immer aggressiver, in der Hoffnung, ich würde endlich ausrasten und ihr vielleicht sogar eine knallen – und *sie* könnte heulend, dramatisch, aus dem Haus zu ihren Eltern rennen und wäre »die Arme«. Tränenverschmiert. Rein zufällig hätte sie dann drei Wochen später ihren Retter getroffen (mit dem sie heimlich schon mehrere Monate knatterte), der sie rein heldenhaft aus ihrer schweren Verzweiflung befreite und so weiter, kotz, würg. Was sie nicht bedacht hatte in ihrer Amateurplanung, war ihre lange schon extreme Ansprüchlichkeit, die mich an den Rand der Verzweiflung und in den Bann einiger Bücher über »Borderline« gebracht hatte. Und dagegen hilft nur: »bedingungslose Liebe« (wenn überhaupt irgendetwas *hilft*). Mit anderen Worten: eine faszinierende Konstellation. Während Milena nämlich auf eine ersehnte Ohrfeige hinarbeitete, hininszenierte, die sie *mit einem Schlag,* ha, von aller Partnerlast befreien würde, wollte ich diese Eskalation gerade verhindern, weil ich in einem Buch etwas über eine psychische Störung gelesen hatte.

Milena war intelligent, unbenommen. Aber sie war nicht klug.

Auch ihre intelligenten Strategien, um ihrem zukünftigen Retter schon in der Gegenwart in die Taschen zu fassen, also mich zu hintergehen, scheiterten immer an den berühmten Kleinigkeiten. Ich erinnere mich an ihr (wieder einmal) hundertprozentiges Alibi, wie sie mich fröhlich über Handy anrief, um mir zu beschreiben, sie sei mit Kollegen bei einem Kongress, stehe gerade vor der Tür des Eingangs auf der Straße. Großartiger Plan, echt lustig, hundertprozentig gut, aber sie hatte nicht bedacht, dass auch die Ohren getäuscht werden wollen. Es lässt sich *hören,* wo jemand steht. Und das war keine Straße, kein Kongress – da war nur Hall, ein kleines Zimmer. Zum Beispiel ein Badezimmer. Also fragte ich: »Wo bist du?«

Und sie wurde aggressiv. Ihr ganzer Plan zunichte.

Bis zum besagten »Frühstück der Ruhe«.

In aller Sachlichkeit, plötzlich: die Trennung.

Glücklicherweise ist aus diesem Chaos kein Kind entstanden. Wie hätte ich es schaffen sollen, Feindseligkeit wegzuräumen, um Vertrauen zu schaffen? Um ein Kind zu erziehen?

Wie hätte ich es schaffen sollen, Unvermeidliches zu akzeptieren, um mich nicht pausenlos im Kreis zu drehen?

Wenn ich all das bedenke, dann bin ich sogar dankbar über meine Unstimmigkeiten mit Ulrike. Unser Verhältnis ist vergleichsweise paradiesisch.

Und ich bin sogar dankbar für meine Einsamkeit. Denn alleine, gescheitert, kann ich wenigstens authentisch leben. Ich muss keine Rolle mehr spielen.

Allerdings zieht es auch keine Frauen an. *Mist.* Authentizität wirkt wie Blech bei Magneten.

25

»Habt ihr noch mal miteinander gesprochen?«

»Nein, nichts Neues …«, antwortet Carsten.

Dieses Café war seine Wahl. Verständlicherweise, denn neben einigen verblichenen Schwarz-Weiß-Fotos und einem gigantischen Holzkalender, der aus Würfeln besteht, die jeweils den Tag oder den Monat darstellen, hängen auch hier zwei seiner farbigen Gemälde. Ich ignoriere professionell, dass die Rahmen von Glückwunschkarten umfasst werden, die in sauberer, annähernd ähnlicher Mädchenhandschrift bekritzelt wurden. Witzig ist, dass offensichtlich immer die gleichen Ecken und Nischen für die Unterschrift bevorzugt werden.

Milena, erinnere ich mich, war geradezu besessen von der strategischen Wichtigkeit solcher Glückwunschkarten in einem Unternehmen, um eine Karriere zu planen. Ganze Tage konnte sie mit der Auswahl eines zutreffenden Motivs verbringen. Und ich erinnere mich an ihre Wut (die interessanterweise um so kühler war, je tiefer sie in ihr wühlte) auf einen Kollegen, die sich darin äußerte, ihm weder Karte noch Präsent zum Geburtstag zu schenken. Höchststrafe! In einem solchen Akt war all ihre Verachtung sichtbar, denn eine Geburtstagskarte schrieb man normalerweise selbst (manchmal sogar *gerade*) den ärgsten Feinden. Ein Mensch also, der keine Glückwunschkarte zum neuen Erdenjahr erhielt, befand sich außerhalb jeglicher Zivilisation.

»Kein gutes Zeichen?«, frage ich.

»Vielleicht ist eine Trennung wirklich das Beste … Die Kinder sind Gott sei Dank schon groß …«

Schweigen.

Unterbrochen vom Schütteln der Zuckerpäckchen, die hier noch ausliegen. Ich mag dieses Geräusch.

»Es ist nicht einfach, alleine zu sein«, sage ich und hebe (wie immer beim ersten Schluck Kaffee, fällt mir gerade auf, beim ersten vorsichtigen Schlürfen, angesichts der heißen Brühe) die linke Augenbraue. »Aber wenn ich überhaupt noch mal eine Beziehung eingehe, müsste es wirklich Liebe sein.«

Carsten hebt daraufhin gleichfalls die Brauen, und zwar beide, abwechselnd. Und als er seinen Zuckerlöffel ableckt, sehe ich, dass sich richtiggehend die Stirnhaut nach oben verschiebt. »Das wird schwer. Du wirst nicht jünger.«

»Also soll ich auf Liebe verzichten?«, frage ich.

»Man muss Kompromisse machen.«

»Ich habe mein ganzes Leben Kompromisse gemacht. Warum jetzt noch?«

»Weil es immer schwerer wird, jemanden zu finden.«

»Also soll ich lieber irgendjemanden nehmen?«

»Besser, als alleine zu sein …«

Ist das wirklich so, frage ich mich. Ist es wirklich besser, *irgendjemanden* an meiner Seite zu haben, nur um nicht alleine zu leben? Ich brauche gar nicht weiter darüber zu grübeln, die Frage ist rhetorisch: Nein, es würde nicht funktionieren.

Okay, eins stimmt, es ist nicht schön, alleine krank zu

sein. Es ist eine ziemliche Katastrophe, alleine hilflos zu sein. Wenn niemand da ist, der wenigstens Notwendigkeiten einkauft. Aber anstatt mich deshalb nun erst recht in den Irrsinn einer halbherzigen Partnerschaft zu stürzen, beschäftigt mich eher die Überlegung, eine Alten-WG zu gründen. Möglicherweise typisch männlich, so eine pragmatische Vorgehensweise.

Wird Felix mir eines Tages zur Seite stehen?

Keine Ahnung.

»Ich mag es, mit jungen Frauen zu reden«, sage ich und horte vier Zuckertütchenpackungen in meiner Manteltasche. In einer Küchenschublade sammle ich Rieselpäckchen aus ganz Deutschland, ohne sie wirklich zu beachten. Sie liegen einfach nur da rum, für den Fall aller Fälle. »Viele verstehen das falsch, und denken, was will der Alte? Nein, es ist nur das Gespräch, das ist fast schon Sex.«

»Ich weiß, was du meinst.«

»Beim Bäcker arbeitet eine, die ist so heiß. Deshalb kaufe ich da meine Brötchen. Nur deswegen.«

»Ja, ja …«, atmet Carsten tief ein.

»Aber die Schwierigkeit besteht darin, nicht peinlich zu werden. Es ist so schlimm, wenn sie den Kopf senken, wenn sie zur Seite sehen, nach dem Motto: Hoffentlich sieht der mich nicht.«

»Aber wir wollen nur reden …«

»Was denn sonst?«

Die junge Kellnerin (passend zum Gespräch), trägt einen Bleistift hinter dem Ohr, und ich hätte schwören können, dass es sich dabei um eine ausgestorbene Geste alter Männer handelt. Während wir reden, schüttet sie das bestellte Mineralwasser in die beiden Gläser, und dabei zittert ihre Hand. Je mehr wir quatschen und den Vorfall übersehen, desto schlimmer wird das Zittern. Es hat nichts mit unserem Gespräch zu tun, auch nicht mit unserer Eigenschaft als Mensch, als Mann, irgendwas, ganz bestimmt nicht, aber *sie zittert*. Wenigstens trifft sie das Glas. Es dauert eine Ewigkeit.

»Deine Fragen beim letzten Mal haben übrigens dazu geführt, mich wieder mehr mit meinem eigenen Vater zu beschäftigen«, sagt Carsten. »Nach der Trennung meiner Eltern hatte ich nur sehr wenig Kontakt zu ihm. Ich habe auch nur wenige Erinnerungen … Eine ist, dass ich bei ihm am Wochenende übernachtet habe. Ich weiß noch, dass ich länger bleiben wollte, mehrere Tage. Es gab ein Telefonat, und dann sagte der neue Freund meiner Mutter laut: ›Wenn du länger bleibst, kannst du gleich ganz da bleiben.‹«

»Hammer …«

»Der hat ständig solche Sachen losgelassen. Wie gesagt, das war nicht mein Vater, nicht mal mein Stiefvater, nur so ein Stecher meiner Mutter. Aber ich hatte schnell das Gefühl, dass ich störte. Und das hat mich fertiggemacht. Ich war ein kleiner Junge, sechs, sieben Jahre, und plötzlich musste ich fürchten, dass meine Mutter mich fallenlässt und alleine mit diesem Typen leben will. Die Konsequenz daraus war, dass ich den Kontakt zu meinem Vater abgebrochen habe, damit ich nicht auch noch meine Mutter verliere …«

»Solche Geschichten mag ich nicht so sehr.« Ich denke an Felix. »Gibt es denn wenigstens eine positive Wendung?«

»Geht so …«, antwortet er und wickelt ein Hustenbonbon aus. In meiner Vorstellung sehe ich Carsten, als Persönlichkeit, als Mensch, überhaupt nur umnebelt von Hustenbonbons; auch im Sommer. Er hat stets den Mund geschlossen und lässt im vorderen Mundbereich das Eukalyptusteil rotieren. Das allerdings gibt ihm so einen vorbildlich blasierten, immer leicht amüsierten, überlegenen, ungemein intellektuellen Ausdruck. Vielleicht weiß er das. Denn er sortiert und mümmelt immer erst konzentriert ein Bonbon aus der Hülle, bevor er in einer größeren Runde Stellung bezieht. »Ich habe ihn vergessen, ist so … Gleichzeitig war er immer in meinen Gedanken. Und mir ist klargeworden, dass ich all die Jahre immer nach einer Vaterfigur Ausschau gehalten habe. Du erinnerst dich vielleicht an meine Verehrung für gewisse Künstler, das war immer so ein Wunsch, jemanden zu haben, zu dem ich aufschauen kann. Ein Vater, der mir Dinge beibringt und der mich unterstützt …«

»Und deine Mutter?«

»Die hat den Kontakt auch weitgehend abgebrochen, sie hatte ja jetzt ihren Stefan, ein Hohlkopf vor dem Herrn. Wenn überhaupt, dann haben sie gemeinsam über meinen Vater hergezogen … Zwanzig Jahre lang hatte ich keinerlei Kontakt zu meinem Vater. Ich habe oft an ihn gedacht und mich gefragt, wie er wohl aussieht, aber das war's. Manchmal bin ich nachts aufgewacht, durchgeschwitzt, weil ich von ihm geträumt habe.« Wenn Carsten sich über ein Thema ereifert, dann wächst ihm eine fleischige, breite Ader auf der Stirn, die in meiner Vorstellung den ganzen Kopf umrundet.

»Aber du hast nie den Kontakt gesucht?«

»Dazu hätte ich gegen meine Mutter opponieren müssen, das war nicht so einfach. Mit achtzehn fing das an … Meine Oma zeigte mir alte Fotos, auf denen auch mein Vater drauf war. Es waren vielleicht nur zwei, drei Fotos – aber ich fing tierisch an zu flennen. Alle diese Bilder hatten so etwas Warmes, Schönes, auch meine wenigen Erinnerungen waren eher positiv. Da war ich kurz davor, mich bei ihm zu melden, aber dann bekam ich Angst, dass er heute ganz anders aussehen würde, so wie ein alter Mann eben, mit grauen Haaren, verstehst du?«

»Nicht so richtig.«

»Dazu kam, dass ich ihn als Junge immer verleugnet habe. Ich habe mich geschämt. Mein Vater hat ja in den ersten Jahren immer noch angerufen, und ich habe wortlos aufgelegt. Ich war ein Kind, ich brauchte einen Schuldigen für die Situation, also war das mein Vater. Meine Mutter hat mich dabei auch tatkräftig unterstützt. Heute habe ich einen Riesenhass auf meine Mutter, denn *sie* ist damals abgehauen, mit einem anderen Mann, und sie hatte auch vorher schon Affären – aber sie hat alles dafür getan, dass ich meinen Vater als den Schuldigen verachte.« Charlottes Vater, hatte sie mir einmal beiläufig erzählt, war bei ihrer Geburt schon zweiundsechzig Jahre alt gewesen. Wie auch dessen Vater bei der Geburt über sechzig gewesen war. Ihre Familiengeschichte hing selbst bei banalen Erzählungen tief im letzten Jahrhundert fest.

»Irgendwann konnte ich nicht mehr«, erzählt Carsten. »Zwanzig Jahre ohne Kontakt, all die Jahre, die nicht mehr rückgängig zu machen waren. Fast genauso lange, wie ich diesem bescheuerten Stefan mehr und mehr aus dem Weg gegangen bin. Ich war damals in einer sehr depressiven Phase, und mir war klar, dass das auch mit meinem ungeklärten Verhältnis zu meinem Vater zusammenhing. Während der Therapie habe ich fast jeden Tag von ihm geträumt. Und mir war klar, dass ich erst dann Frieden in meinem Leben finde, wenn ich meinen Vater treffe und mich meinen Ängsten stelle. In der Therapie hat sich für mich herauskristallisiert, dass die Lücke in meinem Leben, also der fehlende Kontakt zu meinem Vater, auch der Grund war, warum ich mich immer so einsam gefühlt habe. Ja, und dann habe ich ihm einen Brief geschrieben. Zu seinem Geburtstag.«

Seine Augen röten sich feucht.

Er zieht die Nase hoch. »Das sind die Eisklötze in mir, sage ich dann immer. Die schmelzen langsam, auf dem Weg nach draußen …«

»Kein Problem.«

»Er hat mir dann sofort zurückgeschrieben. Ein wunderbarer Brief. Es waren nur wenige Zeilen, sinngemäß, mich trifft keine Schuld, für ihn sei eine Welt zusammengebrochen, aber er habe niemals schlecht von mir gedacht. Und er hatte auch immer von mir geträumt, die ganzen Jahre.«

»Habt ihr euch getroffen?«

»Ja, danach regelmäßig. Diese Treffen haben mir auch die Kraft gegeben, bei meiner Mutter auszuziehen. Ich war Mitte zwanzig! Skurrilerweise habe ich seitdem nur noch wenig Kontakt zu meiner Mutter. Wenn wir uns mal treffen, rattert ein Vorwurf nach dem anderen runter, sie geht mir einfach nur noch auf die Nerven. Wenn wir telefonieren, startet sie pausenlos einen neuen Streit, es ist furchtbar. Aber das Beste ist, dass sie *mir* die Schuld für ihre Launen gibt.«

»Oh …«

»Ja, hätte ich nicht diesen Brief geschrieben und mich mit meinem Vater verschworen, wie sie immer sagt, dann wäre alles noch wie früher.«

»Und früher war bekanntlich alles besser.«

»Nein, das ist ja der Punkt. Für mich war früher überhaupt nichts besser. Es war schrecklich! Für mich ist es heute besser, viel besser. Mit meiner Mutter habe ich pausenlos nur Streit. Aber mein Vater hilft mir, Dinge einzuordnen, er unterstützt mich, er gibt mir Kraft. Und vor allem jammert er nicht herum.«

26

Endlich wieder Felix treffen, freue ich mich, ich werde ihn von der Schule abholen.

»Es fehlen einige Monate«, sagt zwischenzeitlich ein junger Mann, ohne mich anzusehen. Ein Verwaltungsangestellter mit akkuratem Seitenscheitel (in dieser Akkuratesse über Jahrzehnte ein Sinnbild für verlogene Nachkriegszeit; nunmehr Fußballer-Style), perfider Höflichkeit und dem Lächeln eines Serienkillers.

»Genau das steht in dem Brief«, antworte ich, wobei mir klar ist, dass er die ironische Betonung nicht registrieren wird. Seine sorgsam gestutzten Augenbrauen geben ihm ein affektiert dämonisches Aussehen, das in einem gewissen Widerspruch steht zu seiner tonlosen, abwesenden Fistelstimme.

Es ist ein karger Raum, in dem er mich begutachtet; ein Fenster, ein Schreibtisch, ein Computer. Eine künstlich wirkende Topfpflanze in der Ecke, auf die sich Charlotte sofort gestürzt hätte, wie mir einfällt, ohne Vorankündigung, weil ihr diese Atmosphäre in dem Raum auf den Magen geschlagen hätte. Immer dann, wenn sie mit dem Surren in ihrem Kopf nicht klarkam, schnippelte sie hektisch an ihren Dielenblumen herum, und in solchen Momenten konnte sie auch in fremden Wohnungen (und Büros) nicht an armseligen Blumentöpfen vorbeigehen, sondern begann dort zu schnippeln und zu gießen.

»Hmmm«, sagt der Mann.

Es geht um meine sogenannte Rentenversicherung. Es fehlen einige Monate. Die hätten von Zanolli eingebracht werden müssen, in Köln, damals, da habe ich meine Lehre als Buchhändler gemacht. Das ist so ein Beruf, den heute kaum noch jemand kennt.

Ich weiß nicht, ob Zanolli vergessen hat, meine Anteile einzuzahlen, das kann schon mal passieren, aber ich bin mir andererseits darüber im Klaren, dass er öffentlich als Betrüger tituliert worden ist, genauer als Verursacher einer der größten und folgenschwersten Pleiten in der jüngeren Geschichte der deutschen Buchbranche. Ein netter Kerl, erinnere ich mich, der es vom kleinen Sortimentsbuchhändler (meine Lehrzeit) binnen kurzer Zeit zum Großanbieter im Modernen Antiquariat gebracht hat, mit zweihundertvierzig Mitarbeitern, fünfzehn Millionen Titeln am Lager und einem Jahresumsatz von fast vierzig Millionen Euro. Geendet hat das Ganze mit einem Lächeln, einem Schuldenberg im zweistelligen Millionenbereich, Hunderten von Gläubigern, Nachforschungen der Staatsanwaltschaft, dem Verlust von über zweihundertvierzig Arbeitsplätzen und dem Aufruhr einer ganzen Branche, weil eine ihrer Kerninstitutionen vom Strudel der Insolvenz erfasst wurde. Da können einige Rentenbeiträge schon mal versickern. Irgendwo. Vor allem, weil unverändert Unklarheit über die näheren Umstände der *plötzlichen* Insolvenz nach vorherigem Einstieg eines Investors herrscht.

All das kann der junge Mann vor mir natürlich nicht wissen, und ehrlich gesagt würde es ihn auch nicht sonderlich interessieren. »Es fehlen einige Monate ...«, wiederholt er, und in diesem Umstand ist etwas gewissermaßen Unbegreifliches vorhanden. Für ihn, mit Ende zwanzig, ist die Vorstellung, nicht grundlegend für die Rente vorgesorgt zu haben, so weit weg von seiner Welt, als würde ich plötzlich zwei grüne Hörner am Kopf tragen.

»Ja, ja ...«, sage ich. Den Satz beherrsche ich.

Mir kommt Köln-Chorweiler in den Sinn, damals, bei Zanolli, als wirklich niemand in diesen Außenbezirk fahren wollte, weil es der Abgesang des sauberen Deutschlands war. Im Vergleich zu heute war dieses Chorweiler allerdings ein Paradies. Es war auch die Zeit der »Merkhefte« von Zweitausendeins, als es noch einen verborgenen, lukrativen Markt gab mit ausgemusterten Büchern.

Es war eine schöne Ära.

»Da drin?« Der junge Kerl sieht sich meine Unterlagen an, und ich habe nur eine Plastiktüte. Ich sammle derartige Belege nicht in Ordnern, wie sonst wohl üblich, und er fischt sie ein wenig angeekelt heraus. Es ist ziemlich klar, was er dabei denkt. Ich kann es ihm nicht verübeln. Er ist Ende zwanzig, attraktiv, schlank, groß, so ein Wochenend-Beau, er hat einen geruhsamen, vor allem sicheren Job, und vor ihm sitzt wieder mal ein Versager.

»Das ist alles?«, fragt er.

Ich nicke.

Das ist mein Leben. Eine Plastiktüte.

Was werde ich heute von Felix lernen, frage ich mich, über mich selbst, und über dieses ganze merkwürdige Existieren? Es ist gut, dass er jetzt nicht neben mir sitzt. Trotzdem: Felix wird von mir erfahren, dass es gut ist, so wie es ist, das Leben, und er wird spüren, dass ich ihm Vertrauen schenke. Unzerstörbar, wie Diamant. Und auf diesem Steg kann er sich frei und ohne Bedenken hin und her bewegen.

»Mehr kann ich nicht für Sie tun«, sagt der Mann.

*

»Mam… – Papa!« Wie immer am ersten Tag bei mir.

Aber sofort korrigiert. Wir lachen.

Felix erzählt begeistert über einen Ausflug mit Ulrike und Bernd – und ich bin natürlich auch begeistert. Ich will keinen Loyalitätskonflikt. Er soll sich bei mir über seine Mutter freuen können und umgekehrt. Das hoffe ich zumindest. Ich habe inzwischen so meine Zweifel, ob Mütter wirklich einsehen, dass der Vater für ein Kind ebenso wichtig ist wie eine Mutter. Auf »ein bisschen wichtig«, darauf würden sich viele Mütter wahrscheinlich einlassen, also so wichtig wie ein regelmäßiges Frühstück, möglicherweise, obwohl, das ist wohl schon zu viel. So wichtig wie Haare waschen, vielleicht.

Aber Kinder können und dürfen keinen von beiden entbehren, davon bin ich überzeugt.

Andererseits, denke ich, lässt es sich nicht leugnen, dass viele, viele Mütter selber nur einen abwesenden, womöglich volltrunkenen Volltrottel als Vater erlebt haben. Jemanden, der eher nervte. Bei dem man froh war, wenn er nicht zu Hause sein Unwesen trieb.

Es ist nicht einfach.

»Das ist ein tolles Auto!«, freue ich mich. Es ist ein Bernd-Auto. Das schätzungsweise millionste. Aber ich freue mich, weil ich nicht möchte, dass Felix ein Problem damit bekommt, diesen Bernd zu mögen. Vielleicht sogar *sehr* zu mögen, lieber als mich. Weil Bernd immer Autos verschenkt. Und weil Bernd Lastwagen fahren kann. Das liegt alles außerhalb meiner Möglichkeiten.

Felix soll sich nicht für oder gegen jemanden entscheiden müssen.

Trotzdem bin ich eifersüchtig. Auf Spielzeugautos.

Und auch darauf, wenn ich höre, welchen Aufwand Ulrike betreibt, um ihn zu sehen, mit Felix zusammen. Und wenn ich dann gleichzeitig vergleiche, wie wenig sie für mich getan hat. *(Und du? Was hast du für sie getan?)*

Ich spreche nicht mit Ulrike über Bernd. Ich will es gar nicht. Im Grunde soll er einfach nur wieder gehen. Aber dann kommt der Nächste, denke ich, das bringt überhaupt nichts, und Bernd bringt wenigstens ihr Leben in Ordnung, und damit Ruhe, auch für Felix. Allein dafür müsste ich ihn mögen.

Wenn er nur nicht pausenlos Geschenke an Felix verteilen würde, die mich dann gewissermaßen unter Zugzwang setzen, weil ich als Vater scheinbar gar nichts gebe, außer meiner Zeit (*wie laaangweilig*) und meiner Geduld *(laaangweilig)* und meiner Liebe (*ich schlafe gleich ein*). Muss es denn wirklich bei jedem Besuch ein Auto sein? Warum versucht er, mich auszustechen? Warum kann er nicht einfach nur da sein? Du bist nicht der neue Vater, sondern der Stecher meiner Ex! Felix freut sich natürlich. Aber mich nervt das Ganze.

»Dann spielen wir mit dem neuen Auto und den anderen in der Stadt«, sage ich. Mit Ulrike spreche ich nicht über meine Gefühle, um Gottes willen, hätte ohnehin keinen Sinn.

Von ihr erfahre ich auch nichts, ich muss Felix fragen, über jede Kleinigkeit, über die Schule, über die Oma, über das Haus, aber ich muss dabei dezent ansetzen, nicht so eindeutig, und ich darf auch nicht zu neugierig sein. Wobei das größte Problem ist, dass Felix so vieles vergisst. Vor allem die wichtigen Anekdoten.

Bei der Ü-30-Party, erinnere ich mich, war eine Frau, die mir erzählte, mit meinem Bernd hätte ich sogar noch das große Los gezogen. *»Die Tussi, die jetzt aktuell mit meinem Ex liiert ist«*, sagte sie, *»sagt unentwegt zu meiner Tochter ›Schatz‹. Nach nur einer Woche!«*

Insofern: atmen.

Mit Autos spielen.

Bernd ist auch noch aus einem anderen Grund die ideale Besetzung, denke ich, weil Felix ihn nämlich schon lange kennt. Er ist zudem mit den Großeltern befreundet, also von einer sachlichen, rationalen Warte aus gesehen die beste Lösung. Er verkörpert den schleichenden Übergang, er ist der »Freund« von Mama. Alles besser als irgend so ein Heiopei, der mit der großen Liebe um sich schmeißt, Felix quält und dann nach Hawaii verduftet. Jean Paul hat mal geschrieben, habe ich mir extra für solche Momente notiert: »Mit einer Kindheit voll Liebe kann man ein halbes Leben hindurch die kalte Welt aushalten.« Irgend so was will ich Felix geben. Und in dieser Stimmung kann ich auch Ulrike liebevoll in die Augen schauen. Den Respekt vor dem früheren Partner haben wir verloren, gegenseitig, aber mein Respekt vor ihr als Mutter ist stetig gewachsen.

»Was ist denn da noch?«

Felix schleppt eine riesige Tüte in das Wohnzimmer, die mir in meiner ganzen Grübelei gar nicht aufgefallen war, vollgestopft mit weiteren Autos. Darin sind teilweise seine gesammelten Schätze, aber auch Neuerwerbungen von einer anderen Familie, deren Sohn zu alt für Autos geworden ist. Stück für Stück zelebriert er mir die Schätze auf dem Teppich.

Und ich höre zu. Bei jeder Beschreibung. *Aufmerksam.*

Mehr kann ich nicht machen, und ich liebe das. Seine Ernsthaftigkeit.

Das sind die Momente, in denen ich auch sicher bin, es hilft ihm tausendmal mehr durch die Wirren der Moderne als jeder Computerkurs. Dieser ganze Quatsch von »Leistungsfähigkeit« und »Stärke«, mit Chinesischunterricht und Ballettstunde, ja, sogar mein verzweifeltes Beharren auf Klavieretüden, all das ist nur *Bullshit,* wenn ich das Wesentliche aus den Augen verliere: LIEBE.

Und je mehr davon, desto mehr Hirn. Irgendwo habe ich diesbezüglich auch eine Studie gelesen, aber ich ordne mittlerweile nicht mehr so penibel wie zu Beginn meiner Exkursionen. *Liebe.*

»Ein Ferrari?«, frage ich.

»Nein, das ist ein Bugatti.«

Darum geht es, denke ich. Und jeder dieser Momente lässt sein Hirn wachsen; jeder Kuss, jedes Lächeln, jede Aufmerksamkeit. Das ist meine Erziehungsformel, in Kürze, und ich hoffe inständig, dass man das nicht falsch verstehen kann. Denn natürlich kontrolliere ich seine Hausaufgaben, und natürlich bereite ich ihn auf ein Diktat vor, wenn es sein muss, aber ansonsten höre ich ihm vor allem zu. Und ich rede mit ihm. Und ich betrachte mit ihm seine ersten philosophischen Einwände und Fragen, ohne etwas davon zu werten oder zu verurteilen, und ich erlaube ihm, weiter zu fragen und zu fragen und zu fragen. Das ist meine einzige Aufgabe (und Chance) als Wochenendvater, in den wenigen Stunden.

Ein wenig absurd ist das schon, denke ich, Felix auf die Brutalität einer Leistungsgesellschaft vorzubereiten, indem ich ihn gerade keiner Leistung aussetze, aber ich bin mir sicher, dass es richtig ist. Zuerst soll er lernen, dass er wertvoll ist, dass er akzeptiert und geliebt wird und dass er seine Probleme selber lösen kann.

Meine Hoffnung, in den wenigen verbleibenden Stunden, ist das merkwürdige Verhältnis zu meinem eigenen Vater. Ich stamme aus einer dieser traditionellen, dieser *normalen* Familien, was also einen Vater bedeutet, der irgendwie nie anwesend war. Der sich, normal eben, nie wirklich für seine Kinder interessierte. Nicht bewusst, nicht ablehnend, er war halt ein typischer Vater, der vor allem Kinder in die Welt gesetzt hat, weil sich das so gehörte. Weil das alle so machten. Weil man ansonsten nicht dazugehörte. Und dann natürlich auch gleich zwei und vorschriftsgemäß Junge und Mädchen und der Junge selbstverständlich als Erster. Wie sich das halt so gehörte, mit Kommunion und Akkordeon. Wie das so normal ist. Mehr nicht.

Das ist meine Hoffnung, jeden Tag erneut: dass ich Felix in den wenigen Tagen trotzdem näher sein kann, als es mein Vater jemals war.

Es ist noch nicht lange her, dass die *Versorger*, gerade die in sehr armen Landstrichen, ihre Heimat verließen, um genügend Geld für die zu Hause gebliebenen Familien zu verdienen und sie damit zu ernähren. *(Ist das überhaupt Vergangenheit?)* Und es war selbstverständlich, weit weg von ihren allernächsten Menschen zu leben und ohne Familienleben auszukommen.

Umgekehrt ist es noch nicht lange her, dass Frauen das Gefühl, wertvoll zu sein, in erster Linie über die Mutterschaft erhielten. Für ihre Babys waren sie unentbehrlich.

»Papa, ich will nicht mehr Auto spielen … Kaufladen!«

»Klar.« Es ist anstrengend.

»Wenn Sie dieses Teil noch dazunehmen«, raunt Felix

dabei, wie ein mürrischer Ladenbesitzer, »dann mache ich einen Hammer-Preis.«

Ich muss lachen. *Wo hat er das denn her?*

»Och, das ist mir noch zu teuer«, antworte ich.

»Ich mache die Preise nicht.«

Jetzt muss ich mir das Lachen verkneifen, sonst hat Felix das Gefühl, ich spiele nicht ernsthaft. Aber ich bin mir sicher, dass meine Laden-Dialoge in meiner Kindheit anders abliefen. Vor allem habe ich nicht unentwegt im Computer nach dem Bestand gefragt. Überhaupt die Selbstverständlichkeit, mit der in diesem Kaufladen Computer und Handy Teil der imaginierten Wirklichkeit sind. In einer Fantasiewelt also. Er malt eine Tastatur auf ein Blatt Papier (ohne sie kann offensichtlich kein Geschäft überleben), tippt wild darauf herum, und vor allem macht er wieder ein ernstes Gesicht, während er mit dem Handy telefoniert und der Kunde reklamiert.

Ich habe meine Texte früher noch telefonisch durchgegeben, erinnere ich mich und fühle mich einer vergangenen Epoche entsprungen. Ich musste das mitunter sogar aus einem Zug versuchen und mir das Handy eines Mitreisenden ausleihen, wenn das Zugtelefon (ja, so etwas gab es wirklich; eine abgetrennte Kabine mit Münzapparat) nicht funktionierte. Am anderen Ende saß dann meist eine Frau, äußerst selten ein Mann, der oder die den ganzen Sermon mitstenografierte und später abtippte. Und währenddessen manchmal kommentierte. Was eher nervte.

»Lichtschwert!«

Rasanter Wechsel, jetzt sind wir Ninjas – die sich in fremden Galaxien um die Befreiung einer Königin kümmern. Wir verfügen über Zauberkräfte, Laserschwerter und sind im Prinzip unbesiegbar.

Und wir kämpfen dabei bis zum letzten Mann, wir nehmen es mit allen auf. Puh, hoffentlich wird mir das nicht falsch ausgelegt, aber ich bin eher weniger davon überzeugt, dass eine Form des Boxtrainings bei Kindern zu Gewalt als Jugendlicher führt. Ganz im Gegenteil, aber das ist in einer vorwiegend weiblichen Erziehungsdominanz schwerlich zu erklären. Im Allgemeinen (heißt: von Erzieherinnen) werden Kinder dazu angeleitet, Konflikte stets auf einem abstrakten, höchstgradig intellektuellen Niveau zu lösen (wozu nicht mal die Erwachsenen in der Lage sind), und das Endergebnis dieser Laberschulung besteht dann darin, dass diese Jungs sich zielstrebig zu gewalttätigen Asozialen entwickeln. Weil sie nie gelernt haben, wie sie ihre Aggressivität ausdrücken können, ohne großen Schaden anzurichten. Und wie man zuschlägt. Und wann ein Tritt wehtut. Stattdessen sammeln sich in den Schulen autoaggressive Laberkönige, die an einer rückstandslosen Selbstzerstörung mittels Drogen arbeiten. Deshalb kämpfe ich (spielerisch) mit Felix.

Aber nur in der Wohnung. Draußen, auf den Spielplätzen, sitzen vorwiegend Mütter ohne Verständnis. Gerade hier auf dem Land zeichnen sie sich zudem durch weitgehende Humorlosigkeit aus. Die wichtigste geistige Disziplin besteht darin, oberflächliche Nettigkeiten auszutauschen, die sich prinzipiell um die unmittelbaren Bekannten drehen.

Hier, im Wohnzimmer, befreien wir Prinzessinnen und töten die Bösen. Macht Spaß. Früher habe ich selbst leidenschaftlich gerne mit Soldaten gespielt. Ich habe nicht verstanden, was daran schlecht sein soll, ich fand Soldaten toll. Und heldenhaft. Und als einer in der Klasse erzählte, dass sein Opa richtig dabei gewesen wäre, richtig im Krieg, und

los ist, alles, um nicht abgeschoben zu werden. Meine Ex wollte das nicht. Und ich merkte, egal, was ich tue, dieser Gregor ist näher dran. Er sitzt näher an Ben. Ja, wie gesagt, meine Ex wollte das nicht, und dann hat sie den Hammer ausgepackt: mehr Unterhalt! Ich bin Elektriker, selbstständig, meine Ex kennt die finanzielle Situation – aber sie hat einen Anwalt angeheuert, von wegen meine Zahlen seien gefakt, zu Ungunsten des Kindes. Mein Anwalt hat höflich zurückgeschrieben, alles verneint – und von dem Tag an war Krieg. Keine Begrüßung mehr, wenn ich Ben abgeholt habe, kein Blick, kein gar nichts.«

»Krieg ist immer schlecht.«

»Der Witz ist, dass meine Ex immer behauptet, sie wolle Ben aus dem ganzen Gerichtskram raushalten, aaaber … plötzlich will Ben wissen, wieso ich mir einen neuen Firmenwagen leisten kann. Oder wieso ich einen neuen Fernseher habe. Weißt du, was das bedeutet! Ich darf meinem Sohn gegenüber nicht mehr ehrlich sein! Ich muss ihm Dinge verschweigen, weil er sonst direkt zu meiner Ex läuft und die damit zum Gericht. Nicht mal mehr, wenn ich mir eine Jeans kaufe …«

»Mist«, bestätige ich, um wieder meinen Einschub zu bemühen, wir erinnern uns, wonach es klüger sei, nach vorne zu schauen, auf das Positive, und dass es wichtig ist, im Fluss des Lebens mitzuschwimmen. Aber Achim will nicht kraulen.

»Mir ist auch dieses Alleinsein auf die Nerven gegangen«, sagt er, »du drehst dich nur noch im Kreis. Und das ganze Leben dreht sich nur noch um die vier Tage, an denen Ben zu mir kommt …«

Ich nicke.

»Das ist nicht einfach«, sage ich.

»Internet«, antwortet er.

»Funktioniert nicht.«

»Leonie …« Dabei wedelt er hektisch mit seinen Armen, wie ein junges Vögelchen, dass sich auf seinen ersten Flug vorbereitet.

»Ich hab das mal versucht, mit Partnerbörsen im Netz«, sage ich, weil ich seinen Einwurf nicht zu deuten weiß, »aber das bringt nix.«

»Leonie«, wiederholt er. »Ich hab ja keine Zeit, eine Frau kennenzulernen, also habe ich mich bei so einer Seite angemeldet, und zack, meldete sich Leonie.«

»Ach …«

»Anfang vierzig, Einzelhandel irgendwas, ziemlich hübsch und geschieden. Perfekt!«

»Es wird doch alles gut …«

»… hab ich gedacht! Leonie hat selber keine Kinder, also war sie ziemlich wild darauf, für Ben ein wenig die Mutterrolle zu spielen. Das hat am Anfang auch alles ganz gut geklappt, ja, jaa … bis Leonie bei mir eingezogen ist … Von dem Tag an hatte ich die Hölle auf Erden. Und wenn ich sage, Hölle, dann meine ich *Hölle!*«

Also winke ich wieder Felix, meine im Grunde aber eher mich selber, weil mir Achims Tonfall zu aggressiv nach oben rutscht und seine Vertraulichkeit jegliche Zurückhaltung verliert. Allerdings schaut Felix nicht mal sonderlich zurück; er rennt zwischen der Mega-Kletter-Welt und dem Trampolinkäfig hin und her und lacht und rutscht und rennt. Mit Sofia.

»Seitdem Leonie bei mir einzog, musste ich mir das Gejammer anhören, dass sie nicht mehr zur Ruhe kommt. Wegen Ben! Hallo, geht's noch?! Das sind vier Tage im Monat! Ja, aber für sie sei das so ungewohnt (höhere Stimmlage), und danach brauche sie eine ganze Woche, um wieder zu Kräften zu kommen. Dann wollte sie einen Kompromiss (reguläre Stimmlage): Ben sollte nicht mehr von Freitagmittag bis Sonntagmittag kommen, sondern von Samstagabend bis Sonntagmittag. Und ich so …« Achim reißt die Augen auf und öffnet den Mund. »Haallo! Ja, sie bräuchte auch mal Zeit für sich (Mädchenstimme). Ich hab das sofort abgeschmettert (Handkantenschlag). Und von da an hatte ich zwei Feinde in meinem Leben: meine Ex und meine Neue. Und der Knaller ist: Ben spürte natürlich, dass irgendwas nicht stimmte und dass auch Leonie ihn anders behandelte, also kam Ben zu mir und verlangte, Leonie solle ausziehen. Daraufhin dackelte Leonie zu mir und kreischte, Ben verhalte sich respektlos ihr gegenüber und ich solle ihn ausschimpfen. No way! Daraufhin hat sie ihre Sachen gepackt und ist abgezogen. Bingo!«

»Die heile Patchworkfamilie.«

»Das kannst du laut sagen. Ben will nur noch kommen, wenn Leonie nicht da ist. Und Leonie will erst wieder bei mir wohnen, wenn ich mich vor Ben für sie und gegen ihn entscheide …«

»Ich sag ja, Internet funktioniert nicht.« Okay, das war jetzt nicht die Antwort, die Achim hören wollte.

»Ich habe Ben gefragt, warum das eigentlich kein Problem ist, wenn Mama mit diesem Gregor zusammen ist. Und da sagt der Kleine zu mir: ›Bei dir tut mir das weh.‹ Und bei Mama nicht? ›Da war das ja von Anfang an so, aber du warst zuerst immer nur für mich da‹ … Hundert Punkte! Seitdem brauche ich nur kurz zu husten oder irgendetwas anzumerken, dann liegt entweder Ben heulend am Boden oder Leonie ist verzweifelt. *Hier* … ist für mich Erholung!«

Wobei der Lärmpegel in dieser Halle nur leicht unter dem Wert eines startenden Düsenjets liegt. Mein Kopf fühlt sich mittlerweile an, als sei er mit Decken und Tüchern ausgestopft.

»Es ist absurd«, sage ich, »dass die Kinder nach fast allen Scheidungen bei der Mutter bleiben. Dieser sogenannte Regelumgang ist ja nur ein Vorschlag, aber die meisten Frauen halten ihn für eine gesetzliche Vorschrift.«

Achim hört allerdings nicht mehr zu. Er ist mitten in meinem Satz aufgestanden, weil Ben ein Eis essen möchte.

Das ist in Ordnung. Ich bin diesbezüglich nicht nachtragend. Dann kann ich mich auch endlich erheben und mit Felix von der steilen Rutsche starten.

Das Gespräch bleibt mir allerdings noch etliche Minuten präsent. Wenn ich mir vorstelle, dass schätzungsweise 60 Prozent der geschiedenen Väter keinen Kontakt zu ihren Kindern haben, wird mir übel. Bei der Hälfte von ihnen setzt dieser ungewollte Abnabelungsprozess sogar schon nach zwei Jahren ein und das nicht etwa aus Verantwortungslosigkeit oder weil ihnen die Kinder zu nervig geworden sind, nein, in allen Untersuchungen über diese Misere machen Männer die ehemaligen Partnerinnen oder auch Gerichte verantwortlich. Der Abbruch ist in der Regel unfreiwillig und kommt zudem unerwartet.

Aber ich bin davon überzeugt, dass es Kindern, die einen Vater und eine Mutter haben, und sei alles auch noch so brüchig, besser geht als Kindern, die nur jeweils eine *Idee* haben von einem fehlenden Elternteil. Letztlich führt diese Lücke nur zu einer problematischen Überhöhung. Mädchen suchen eine imaginäre Vaterfigur als Partner, Jungen wiederum suchen ein imaginäres Vorbild. Und gemeinsam irren sie herum.

»Ich hab getötet«, höre ich plötzlich eine Stimme hinter mir. »Zwei Morde.« Als ich mich ruckartig umdrehe, schlendern da nur drei Jugendliche. Sie sprechen über Computerspiele in dieser neuen Selbstverständlichkeit.

Wo ist Felix?

Offensichtlich hat er noch zwei Jungs aus der Klasse getroffen. Seit wann eigentlich, überlege ich, stecken schon achtjährige Jungs gelangweilt die Hände in die Taschen, wenn sie als Gruppe zusammenstehen? Sofia, als einziges Mädchen, probt daneben Entschuldigungsgesten ohne jeden Bezug: Schultern hochziehen und wieder fallen lassen. Die Arme leicht öffnen und dann gegen die Seite pendeln.

Es ist alles nicht einfach für diese Zwerge, denke ich und kann mir vorstellen, wie sie ihre wahren Gefühle verbergen, weil sie glauben, ihre getrennten Eltern damit nicht belasten zu dürfen. Vor allem, wenn die Mutter dann weint und jammert und leidet, weil es ihr so schlecht gehe. Dann ist es nur verständlich, dass so ein Kind seine Mutter unterstützen möchte, um nicht alleine bleiben zu müssen. Wenn nämlich die Mutter nicht funktioniert, dann hat das Kind bald niemanden mehr. Also wird es die Mutter unterstützen, egal, worum es geht, und egal, was es kostet, nur um das eigene Dasein zu sichern. Diese verdammten kleinen Signale, denke ich, die derartige Mütter an ihren Nachwuchs senden: mal ein Schluchzen hier, ein verzweifelter Blick da, »ach, ich bin völlig kaputt, du musst mir helfen«. Und, *schwupps,* finden sich schon Grundschulkinder in einer Ersatzpartnerrolle. Lebenslänglich, letztlich, denn wer als Kind schon dahin manipuliert wird, eigene Bedürfnisse zu unterdrücken, der wird noch als Erwachsener damit Probleme haben.

Genauso wie mit meiner Hose.

Anderes Thema (winke eifrig in Richtung Felix), aber meine Lieblingshose ist im Laufe des letzten Jahres irgendwie geschrumpft, allerdings nur oben am Bund, sodass trotz aller Bemühungen ein sichtbarer Spalt erkennbar blieb. Kein Problem natürlich, für mich als Mann, da trage ich ein Hemd drüber. Aber dadurch öffnet sich manchmal wiederum, bei längerem Sitzen und Zuhören, der Reißverschluss. Und wenn ich das dann merke *(jetzt)* und an der offenen Hose, am Bund herumnestle, verfängt sich manchmal unglücklicherweise auch noch das Hemd im Reißverschluss. Weshalb ich umso ordentlicher ziehen und zerren muss. Und das Gewahrwerden *(jetzt)* ist nicht unbedingt angenehm, mir am Unterleib herumzufuhrwerken, während Kinder und besorgte Mütter entlangstreifen (und dabei zu ahnen, dass ich wohl schon etliche Minuten mit einer wirklich grandios geöffneten Hose herumgelaufen bin, also in voller Länge geöffnet, auch auf der Rutsche, am Eis-Stand, und vermutlich das Lächeln einiger Kids weniger meinem sonnigen Gemüt als vielmehr meinem Hosenstall galt).

Wir stecken alle fest. Wortwörtlich.

Die Eltern fühlen sich ihren Kindern gegenüber schlecht, weil sie ihnen das Leid der Trennung angetan haben. Die Kinder sind für uns unschuldige Opfer und extrem schutzbedürftig. Und weil wir die Kleinen nicht noch stärker belasten wollen, geben wir in Konfliktsituationen häufiger nach. Auch wenn es falsch ist und wir das gar nicht wollen. Aber es meldet sich das schlechte Gewissen und rammt jeden Einwand zur Seite.

Obwohl Kinder nach einer Trennung gerade auf der Suche nach einem neuen Halt sind. *Trotzdem.*

Das ist alles großer Mist.

»Hallo«, sagt Sofias Halbvater, dem ich bislang aus dem

Weg gegangen bin, und reicht mir die Hand zur Begrüßung. Er kann nichts dafür, aber irgendwie ist mir seine neue Rolle unangenehm. Er ist gewissermaßen ein Bernd.

»Hallo … Robert …«

»Angenehm, Ulrich …«

Gewissermaßen eine Form der Annäherung an meinen Bernd, denke ich, und registriere nicht ohne Spannung, welche Bandbreite an Botenstoffen mein Hirn in diesen Handschlag investiert. Weil ich befürchte, etwas Wichtiges zu verlieren, *Felix*, pumpt meine Leitzentrale mich mit Adrenalin voll. Wenn ich diesen Zusammenhang aus den Augen verliere, skaliert sich meine Grundgereiztheit hoch in Frustration, weiter in Wut und zum großen Finale in offenen Hass. Anstatt traurig zu werden, degradiere ich aggressiv.

»Ganz schön teuer hier«, sagt er.

Er ist Ende dreißig und irgendwie unsicher, denn es scheint ihm am wichtigsten, dass er *aufrecht* steht; die Beine etwa zwanzig Zentimeter hüftparallel auseinander. Das korrigiert er auch sofort, wenn er einen Abstandsfehler vermutet, indem er auf den Boden schaut, als sei dort ein Klebefalz befestigt, wie auf einer Theaterbühne.

»Oh ja«, antworte ich.

»Dabei liebe ich Geld«, sagt er belustigt, pathetisch, »aber es muss sauber sein.« Und weil ich (erwartungsgemäß) erstaunt schaue, setzt er nach. »Früher habe ich die alten D-Mark-Münzen immer in die Geschirrspülmaschine gepackt, damit sie schön sauber sind. Ich kann das nicht ertragen, wenn Geld dreckig ist, auch bei den Scheinen. Der Euro ist sauberer … noch …«

Das ist auch eine Art, die Dinge zu sehen. Allerdings ärgert mich seine provozierend langsame Angewohnheit,

Billard zu spielen. Und dabei noch zu gewinnen – es macht mich wahnsinnig!

Außerdem suhlt er sich in ekligen Manierismen, wie »ebend« oder »eventüll« anstelle von »eventuell«. Er spricht in meine Richtung wie ein sogenannter *wichtiger* Mensch, also einerseits langsam, betont langsam, akzentuiert, gleichzeitig aber vor allem auch leise, betont leise, und er hält den Kopf dabei leicht gesenkt. Er erzählt mit geschlossenen Augen zu Satzbeginn, um dann jeweils zum Satzende den Kopf hochzureißen, bei geöffnetem Blick, bis sich alles wieder absenkt. Und von vorne beginnt. Und wieder von vorne. Unentwegt.

»Ja, ja …« Mein Adrenalin macht Sonderschichten. Ich verberge meine Angst nicht nur vor anderen, sondern auch vor mir selbst.

»Indoor, Indoor … War da nicht mal was in den Siebzigern? Oder war das in den Siebzigern?«

Er doppelt unentwegt seine Sätze, fällt mir auf, eine merkwürdige Marotte. Zwischen die Wiederholung setzt er dann oft zudem noch ein sinnloses »oder«. Und im zweiten korrigiert er manchmal seinen ersten Satz, bis hin zur Verneinung, in einem gleichförmigen Singsang. In einer bemerkenswerten Eitelkeit, die bei Männern immer dann zutage tritt, wenn sie in den Primat der Intelligenz verliebt sind und ihre eigene dabei hoffnungslos überschätzen.

»Felix und Sofia verstehen sich gut«, antworte ich.

»Ja …«, sagt er leise, und plötzlich ist alles anders. Sein eigener Vater ist kurz vor der Geburt bei einem Autounfall gestorben, erfahre ich. Die Mutter lag zu diesem Zeitpunkt schon im Krankenhaus, weil Ulrich eine Risikoschwangerschaft war. Aber er kam gesund zur Welt. Seine Mutter hielt ihn noch eine Stunde lang im Arm.

Dann starb auch sie. Verursacht durch die Schwangerschaft.

»Das … tut mir leid …«

»Längst vergessen …«

Schweigen.

Plötzlich aber kommt mir dieser ganze Bernd-Kampf nur noch albern vor. Ich mag das Risiko, dass die Situation völlig außer Kontrolle gerät, nicht länger eingehen.

»Ich will nur noch ein guter Vater sein«, sagt Ulrich leise.

»Oh ja, das ist allerdings nicht immer einfach. Auch aufgrund der Situation.«

»Sagen Sie das meiner Ex-Frau«, antwortet er und lacht.

Dabei ist das, was er mir über seine leiblichen Kinder erzählt, nicht unbedingt ein Schenkelklopfer. Genauer: Was er mir über den Rosenkrieg beichtet. Denn obwohl reflektiert, wie offensichtlich auch seine Gegenseite, und gerne bereit, sich tiefschürfend über den jeweils abwesenden Elternteil auszulassen, bekämpfen sie sich bis aufs Blut. Ulrichs Ex-Frau verbietet ihm, seine Kinder zu sehen, woraufhin er mit Gerichtsbeschlüssen reagiert und sie mit einem vollständigen Telefonverbot kontert. Die Kinder wiederum telefonieren heimlich mit ihrem Vater. Eine Tochter allerdings verweigert den Kontakt zu ihm. Und der Jugendrichter ist fast schon ein Mitglied der Familie. »Dabei geht es einzig um Macht«, sagt er sachlich. »Es geht darum, den anderen kleinzukriegen.«

»Und? Gelingt das?«

»Die Kinder wissen zumindest ganz genau, dass ihr Papa prinzipiell gegen alles ist, was die Mama sagt. Und umgekehrt. Also wissen sie inzwischen, wie sie diesen Streit zu ihrem Vorteil nutzen können. Gerade eben noch … (er sucht sein Handy) habe ich eine SMS von meiner Tochter bekommen, weil sie sich mit ihrer Mutter gestritten hat und jetzt lieber zu mir möchte. Das ist ein bisschen problematisch, weil ich gerade mit Sofia unterwegs bin. Trotzdem habe ich meiner Tochter natürlich zurückgeschrieben, dass ich auf ihrer Seite stehe und dass sie in jedem Fall recht hat. Daraufhin …«, er wischt auf dem Display seines Handys, um mir etwas zu zeigen, »… habe ich prompt eine SMS meiner Ex bekommen, ich solle mich gefälligst nicht in ihr Leben einmischen.«

»Es geht immer um diesen untergründigen Streit, wer die Kinder richtig erzieht. Und wer die Elternrolle am besten erfüllt.«

»Ich will diesen Streit überhaupt nicht, aber ich weiß auch nicht, wie wir da wieder rauskommen sollen. Mir wäre es am liebsten, wenn meine Kinder nicht für eine Seite Partei ergreifen müssen. Aber ich weiß nicht, wie wir es schaffen sollen, die ollen Ehe-Kamellen aus dem Umgang mit den Kindern herauszuhalten. Das sind schon Automatismen, oft gar nicht mal in der Absicht, eines der Kinder auf eine Seite zu ziehen.«

Mir wird plötzlich klar, warum Felix, wenn ich ihn abhole, nur sehr zurückhaltend von der Woche bei seiner Mama erzählt. Es ist eine Art Schalter, denke ich, der ihn in die Lage versetzt, sich von der Mama-Welt zu lösen, um in der Papa-Welt antreten zu können. Wir sehen uns, wir spielen, haben Spaß miteinander, aber Felix weiß auch unbewusst, dass wieder eine Trennung ansteht. Und nur der Schalter ermöglicht ihm das Wandern zwischen den Welten. Und verhindert dadurch, dass er sich nach dem abwesenden Elternteil sehnt, den er wieder verlassen hat.

Felix muss den einen Elternteil loslassen, damit er sich

auf den anderen einlassen kann. »Schon mal daran gedacht«, frage ich leise, »diesen ganzen Streit zu beenden?«

»Oft. Aber meine Frau macht immer weiter.«

»Einseitig, meine ich. Also du stellst einfach alle Provokationen ein …«

»Dann verliere ich meine Kinder. Kampflos.«

»Aber das passiert doch jetzt genauso …« *Vorsicht!*

Schweigen.

Als hätten Felix und Sofia den Ernst der Lage erkannt, spurten sie heran und umarmen uns mit ihren hageren, kleinen Körpern, die von rasenden Herzschlagtremolos erzittern. Um augenblicklich danach wieder zu einem Kletterturm zu entschwinden.

Schweigen.

»Wenn *sie* sich entschuldigt … bin ich sogar bereit … mich zu versöhnen …«, sagt Ulrich nach einer längeren Pause, aus ganz tiefer Kehle, ohne mich anzusehen.

»Das wird wahrscheinlich nicht funktionieren.«

»Dann kann ich es auch nicht ändern.« *Ende der Diskussion.*

Ich nicke.

Dieser letzte Schritt ist auch zu mächtig, denke ich, all das aufzugeben, was uns Männern wichtig erscheint: unser Ideal von Ehre, von Aufrichtigkeit, von Heldenmut und unser verdammtes Bedürfnis, recht zu haben. Aber versöhnen kann ich mich nicht alleine in meiner Miefbude; ich brauche *dich.* Die Gegenseite. Und dazu muss ich mir selber in den Allerwertesten treten, dir anders zu begegnen. Und vor allem zu vergessen. Und nicht schon wieder die alten Kamellen aufzudröseln, nicht wahr, wie schrecklich *du* dich verhalten hast, *heul heul,* und wie *du* dich nicht an Absprachen gehalten hast, angeblich, während ich bekanntlich ein detailgetreues Abbild eines der ersten Apostel bin, von dessen liebreizender Herzensreinheit noch heute die Alten im Himalaya palavern. Oder so ähnlich.

»Das ist nicht einfach«, murmelt Ulrich. »Aber aus einem andern Grund: Ich hab das nämlich schon mal erlebt – und damals haben wir uns versöhnt. Versöhnungen sind allerdings verdammt bröselig. Es reicht ein einziges falsches Wort, und die ganzen Wunden reißen wieder auf … Und diese Schmerzen waren für mich schlimmer als jeder Rosenkrieg.«

28

Wenn die Sonne nach einem sommerlichen Regenguss wieder durch die Wolken bricht und alles Geschehen in den Gassen in ein gleißendes Licht wirft, mit scharfen Schattierungen, dann mag ich sogar durch Düsseldorf spazieren.

Blödsinn eigentlich (obwohl Düsseldorf-*Bashing* immer eine sichere Bank ist), aber ich bin gerne in der Landeshauptstadt.

Mich beschäftigt unverändert die Frage der richtigen Erziehung, und da liegt es nahe, sich an einen Experten zu wenden – also an einen *Mann*. Witzigerweise sind deutsche Kindergartengruppen heutzutage in einer Vielfältigkeit durchmischt, wie vielleicht niemals zuvor, also sowohl international als auch ideologisch, meint: christliche, muslimische und jüdische Kinder; russische und amerikanische Eleven; Down-Kinder, Rollstuhlfahrer und Großmäuler – aber eine Bevölkerungsschicht scheut dieses ganze Gewusel fast so penibel wie ein Vampir das helle Sommerlicht: *Männer.*

Sie existieren einfach so gut wie nicht im Erziehungswesen.

Folglich habe ich einen Termin mit Andreas Schnelle erbeten, ehedem Leiter einer Kindertagesstätte, jetzt Fachreferent für den Bereich Kinder und Familie, also mit dem

Überblick über alle Kindertagesstätten des Trägers. Zudem frischgebackener Vater einer Tochter und erst siebenundzwanzig Jahre alt.

Sind wir Männer aus genetischen Gründen unfähig, Kinder zu erziehen? Ich skizziere noch schnell einige Fragen in mein Notizbuch und registriere nicht ohne Genugtuung, dass viele Ecken in Düsseldorf so überhaupt nicht dem Schnösel-Image entsprechen. Auch in diesem Viertel sammeln sich Wuselläden an Imbiss-Kaschemmen, vermischen sich Dialekte und Gewohnheiten, ballen sich Spielhallen und Handy-Shops um eine Kirche herum. An einer Bushaltestelle, im Gitterrost auf dem Trottoir, genau über einem verrammelten Kellerfenster, sammeln sich Hunderte Zigarettenstummel in drei Lagen. Daneben lehnt eine verrostete Eisenstange, deren Schatten ein fein ziseliertes Spinnennetz aufträgt. Und in einem Hinterhof dreht sich ein zuckender Rasensprenger mit einem Miniaturregenbogen dicht über dem (vermeintlich) diamantbesetzten Gras.

»Gefällt mir«, sage ich zur Begrüßung.

»Hier mischt sich alles«, antwortet Andreas Schnelle, ein freundlicher, jugendlich wirkender Mann, der angenehm wenig von einem »Referenten« ausstrahlt. Kein Anzug, eher lässig gekleidet. »Vom Topmanager bis zum Tellerwäscher, metaphorisch gemeint. Es ist kunterbunt, dabei immer im Wandel, weil eine Bank geht oder eine neue Firma aufmacht. Dann ändern sich auch die Nationalitäten im Stadtteil relativ schnell.«

Die Manager erinnern mich blitzartig an meinen ersten Aufenthalt in New York, vor über fünfundzwanzig Jahren, als ich zum ersten Mal in der berühmten Wall Street eine (für mich bis dahin) unbekannte Massierung von Krawattenträgern entdeckte. Mit einer mysteriösen Marotte: Sie ließen nämlich allesamt den Halsbinder über die Schulter hängen. Das hat mich damals tief beschäftigt, bis hin zur Frage, ob es sich dabei um ein geheimes Erkennungszeichen handelte. Weil es nun mal so viele waren. Ich hätte mir nicht vorstellen können (weil ich bis zu diesem Zeitpunkt noch keine gebunden hatte), dass es sich bei diesem Ereignis um eine profane Folge des permanenten Windes, der zwischen den Gebäuden weht, handelte.

»Sie sind ein *Mann*«, eröffne ich das Gespräch, mit gespielter Überraschungsmimik.

»Wir sind sowieso ein Träger, der viele Männer hat, auch im Verhältnis zum Durchschnitt. Auch in der Einrichtung, in der ich gearbeitet habe, waren wir fünf Männer, und als ich gegangen bin, ist wieder ein Mann gekommen. Aber wir haben auch vermehrt männliche Praktikanten in den Einrichtungen. Inzwischen bekommen die Männer ein Einkommen, und das hat auch dazu beigetragen, sie zu locken. Vorher waren das zwei Jahre Schule und ein Anerkennungsjahr, also zwei Jahre gar kein Einkommen, Schüler-Bafög vielleicht, oder die Eltern haben es finanziert. Jetzt kann das wie in einer ganz normalen Ausbildung bezahlt werden.«

Der Erzieherberuf werde inzwischen stärker gesellschaftlicher akzeptiert, meint er, zumindest in den städtischen Regionen. »Es wird immer noch ein bisschen belächelt, wenn man das als Mann macht – aber früher ging das ja gar nicht. Da musste ein Mann entweder ein Handwerk ausüben oder in einem Unternehmen aufsteigen. Und wenn dann jemand gesagt hat, ich beschäftige mich aber gerne mit Kindern … Das war eher für Frauen vorgesehen.«

»Die das alles schon genetisch können«, setze ich einen

weiteren ironischen Konter, um ihn zu provozieren. »Frauen wird das quasi in die Wiege gelegt.«

»Es gibt schon mal Frauen, die denken, sie können das«, antwortet Schnelle sachlich. »Einfach so. Aber zum Beruf des Erziehers gehört mehr dazu, als zu glauben, man könnte das. Natürlich gibt es Schlüsselkompetenzen, die in irgendeiner Form da sein sollten, sonst ist man für den Beruf nicht geeignet. Wenn man selber über wenig Sozialkompetenz verfügt, über wenig Einfühlungsvermögen, über wenig Motivation, dann ist das auch nicht das Richtige, nur weil man eine Frau ist.«

Diese Antwort wird nicht jedem (jeder) gefallen, denke ich und bemerke meine neuerliche Marotte, einen Kugelschreiber propellerartig über dem Notizblock vibrieren zu lassen, während ich über mögliche Anschlussfragen nachdenke.

»Man lernt ja nicht, Eltern zu sein«, setzt er seinen Gedanken fort. »Das kann man auch nicht schaffen, indem man ein Buch nimmt und dann ›Schritt 1: Kind auf den Arm nehmen‹ durcharbeitet … Sondern das sind Instinkte, Triebe, Gedanken, Gefühle. Auch wenn man das Baby nicht kennt, hat man nach kurzer Zeit ein Gefühl dafür, wenn es weint: ›Hat es Hunger, hat es keinen Hunger?‹ Oder: ›Was tut ihm gut, was tut ihm nicht gut?‹ Und: Mann hat das auch. Ich wusste das auch nach wenigen Monaten: Bauchweh oder Zahnweh? Zumindest bilde ich mir ein, dass ich da was verstanden habe. Es hat auf jeden Fall manchmal geholfen, was ich gemacht habe. Natürlich habe ich auch manchmal meine Frau gefragt – das liegt aber auch daran, dass sie mehr Zeit mit dem Baby verbracht hat. Ich bin mir sicher, hätten wir getauscht, hätte sie mir dieselben Fragen gestellt.«

Und ich bin mir sicher, denke ich, dass es noch einen Haufen Menschen gibt, die unverändert mit dieser Fantasie eines Mutter-Genoms durch die Gegend schreiten. Zum einen bietet diese Ideologie nämlich gewissen Frauen die Rechtfertigung, sämtliche Erziehungsvorgaben an sich zu reißen, zum anderen liefert dieses Gähn-Gen gerade auch für einen gewissen Männer-Typus einen idealen Vorwand, sich überhaupt erst gar nicht einzubringen, *ist so eine Frauensache, weißt du,* Erziehung und so, da fehlen mir die biologischen Voraussetzungen. Oder soziologisch gesprochen: *das ist so eine Frauensache, weißt du,* Erziehung und so, weil Frauen nun mal eher auf einer empathischer Ebene und wir Männer auf einer Sachebene kommunizieren. Mit dem logischen Fazit, dass Frauen das Monopol auf LIEBE bis ans Ende der Zeiten gepachtet haben, während Männer in ihrer kalten Eis-Seele erfrieren.

Blödsinn.

Verschiedene Studien haben nachgewiesen, dass Erzieher und Erzieherinnen sich in ihrem Verhalten nicht sonderlich voneinander unterscheiden. Auch wenn das kaum vorstellbar erscheint, aber Männer sind, so sagt es zumindest die Wissenschaft, genauso »herausfordernd und explorationsorientiert«. Und Kinder können davon nur profitieren, wenn die Welt um sie herum von unterschiedlichen Ansichten und Anregungen geprägt wird.

»Wenn Frauen das alles genetisch besser beherrschten«, ergänzt Andreas Schnelle, »würde das meine Personalentscheidungen um ein Vielfaches vereinfachen. Weil eine Frau bringt das dann ja automatisch mit, kann also die das. Wobei es da noch viele andere Bereiche gibt, die auch für eine Einstellung wichtig sind, Strukturiertheit, Beobachtung, Auffassungsgabe, Organisation, Kommunikation, also nicht nur ›Die weiß, wie man mit einem Kind umgeht‹. Ich kenne umgekehrt keinen Mann, der das alles nur rational gelernt hat. Die Männer, die sich hier bewerben, die haben eine Bereitschaft, sich dem Thema zu widmen, und die haben meistens auch schon positive Erfahrungen gemacht, also dass es ihnen Spaß macht, dass den Kindern das Spaß macht und dass sie eine Basis finden miteinander. Das haben die ja auch irgendwo her. Dann müssten die ja auch ein spezielles Gen haben.«

Interessanterweise erinnere ich mich jetzt genauer, warum ich dieses Viertel in Düsseldorf so ungemein sympathisch empfinde. Vor über zwanzig Jahren hatte ich hier nämlich eine Liebelei mit Zsa Zsa, einer Kunststudentin, aus der Klasse dieses weltberühmten Lehrers *(na, wie hieß er noch mal, dieser eine, du weißt schon),* der aber nie anwesend war. Weshalb wir uns öfter treffen konnten. Zsa Zsa, erinnere ich mich, ist auch ohne Vater aufgewachsen, dafür aber gemeinsam mit Mutter und Großmutter. Und die Großmutter hatte schnell die Rolle einer liebenden Mutter übernommen, während ihre leibliche Mutter rauchte, die Beine hochlegte, Bier soff, dann aber auch wochenlang in obskuren Baukolonnentruppen unterwegs war und bei ihrer Rückkehr aggressiv die »Leistungsgesellschaft« verteidigte. Und Zsa Zsa, erinnere ich mich, hatte sich noch als junge Frau darüber beklagt, dass allen ihren Puppen die Haare geschnitten wurden. »Machen alle Mädchen mal«, hatte ich abgewunken. »Du verstehst das nicht«, hatte sie geantwortet. In ihrer Kindheit war es die eigene Mutter gewesen, die allen Puppen die Haare schnitt. Sie hasste nämlich Frauen mit langen Haaren, trug oben alles raspelkurz, und sie freute sich wie Bolle, wenn Zsa Zsa zustimmend über die geschorene Kopfhaut streichelte.

»Es hat also auch Vorteile, dass die Erziehung von Kindern ein Männer-Thema geworden ist«, summiere ich mein Sinnieren. Okay, ein entscheidender Grund ist (wie immer) die finanzielle Notwendigkeit. Die simple Tatsache, dass Frauen so früh wie möglich wieder in die Arbeit einsteigen, um Familienleben überhaupt bezahlbar zu machen. Aber es gibt auch zunehmend Männer, die das wollen. »Nur, wenn Männer sagen: Ich möchte mich beteiligen, dann führt das mitunter bei Frauen zu heftigem Widerstand.«

»Man muss schon gemeinsame Vorstellungen von Erziehung entwickeln«, antwortet Schnelle. »Früher war es weitgehend so, dass die Frau das halt gemacht hat und der Mann hat sich eingeschaltet, wenn Bedarf war. Oft dann halt beim Durchgreifen: ›Warte mal ab, bis Papa heute Abend nach Hause kommt!‹«

Auf dem Land zumindest ist das unverändert ein gern gespielter Klassiker. »Alle Männer, mit denen ich im Vorfeld gesprochen habe«, sage ich, »die sich aus vielerlei Gründen für mehr Zeit mit den Kindern entschieden haben, würden nicht mehr drauf verzichten wollen.«

»Das ist ja auch total bereichernd. Nicht nur Arbeit, man nimmt ja auch viel mit. Die meisten Männer möchten nicht mehr erleben, das Kind ist irgendwann groß und man hat da gar keinen Anteil dran gehabt. Ich hab da nur dran vorbeigelebt. Es gibt viele Väter, die haben nicht viel Zeit, aber die Zeit, die sie haben, nutzen sie auch intensiv mit dem Kind.«

Bindungsqualität, nennt sich das, erfahre ich. Es geht dabei eher zweitrangig um die Dauer, denn Vater und Sohn können bekanntermaßen auch viel Zeit miteinander verbringen, ohne sich großartig näherzukommen.

»Man kann auch sehr wenig Zeit miteinander verbringen und sich sehr nahekommen.«

»Mein Ideal als Vater«, plaudere ich, »also vor der Geburt, war immer: streng aber gerecht. Und im Endeffekt ist es: Liebe.«

»Das nennt sich ›autoritär-kooperativer‹ Erziehungsstil. Also wenn man was sagt, dann sollen die Kinder das auch respektieren und wertschätzen, aber ich will auch ein Vertrauter sein. So eine Mischung. Gerade wenn man mit vielen Kindern arbeitet, geht es nicht nur mit Vertrauen und keiner hört auf einen, keiner nimmt einen ernst, aber es soll auch kein Gefühl der Angst entstehen. Wenn die Kinder anfangen, den Erziehern blind zu gehorchen, dann ist da was falsch gelaufen. Weil das die falsche Ebene ist. Es gibt ein Vertrauen, dass das Kind auch ohne Drohungen und Angstzustände den Bitten nachkommt.«

»Ich könnte mir vorstellen«, montiere ich noch mal eine provokante Spitze, »manchmal sind die Frauen strenger als die Männer?«

»Manchmal ist es einfach eine Frage der Geduld«, antwortet er prompt. »Das ist natürlich von Mensch zu Mensch unterschiedlich. Der eine sagt, das ist mir schon ein zu großes Kuddelmuddel, der andere sagt, da ist noch Platz auf der Arche, da ist noch Platz im Turnraum, das könnte noch impulsiver sein. Manchmal haben Männer eine höhere Schmerzgrenze, gerade was Toben, Unruhe, Raufen angeht. Trotzdem gilt auch hier: Wenn Schluss ist, dann ist Schluss.«

»Die Kinder raufen also eher mit den Männern?«

»Das liegt aber auch daran, dass die Männer da ein bisschen schmerzfreier sind, die sind rabiater. Die tun den Kindern nicht weh, das meine ich nicht damit, aber die haben eher ein Gespür dafür, was tut dem Kind weh. Andersrum auch. Man steckt das eher weg, wenn Kinder übermütig zuschlagen, weil sie sich ihrer Kraft noch nicht so bewusst sind. Das machen Kinder auch unheimlich gerne, so zu schauen, wer ist der Stärkere und der Schnellere.«

»Ich habe manchmal das Gefühl, dass Männer auch mehr Blödsinn machen. Ich meine das jetzt positiv. Ganz im Gegensatz übrigens zum alten Bild vom humorlosen Patriarchen.«

»Die sind ein bisschen alberner. Wobei Mütter bestimmt genauso viel Quatsch machen, das verteilt sich nur mehr. Weil sie meist mehr Zeit mit dem Kind verbringen. Väter nutzen ihre Zeit intensiver für den Beziehungsaufbau, und der funktioniert halt gut durch Witz und Humor. Gerade bei Kleinkindern gelingt es dadurch, die Kinder zum Lachen zu bringen. Da ist man glücklich, wenn man es geschafft hat. Weil man dann auch das Gefühl hat, man hat das Kind erreicht und es nimmt einen wahr, es hat einen gerne. Das macht einen glücklich, wenn einen das Kind zurück anlacht. Und dann verbiegt man sich und stellt sich auf den Kopf, um dem Kind Freude zu bereiten. Auch bei den Erziehern haben Männer manchmal eine geringere Hemmschwelle, albern zu sein, um dadurch mit den Kindern in Kontakt zu kommen. Frauen denken da vielleicht unterbewusst, das geht auch von alleine.«

Bekanntermaßen gehen Dringlichkeiten, an denen man Spaß hat, leichter von der Hand, als Sachen, die einem komplett verleidet sind. Darüber hinaus ist es für die Kinder aber schnurzpiepe, ob ein Mann oder eine Frau als Erzieher arbeitet. Sie suchen sich denjenigen aus, sagt Schnelle, zu dem gerade der beste Bezug besteht. »Das wechselt auch, je nachdem, wer gerade ›Nein‹ gesagt hat. In der Regel sind die Männer größer als die Frauen, das ist schon mal ein Unterschied, auch ein Bart ist was anderes. Für ein Kleinkind sind es auch noch andere Gesichtsbilder.«

»Viele Kinder werden von Frauen alleine erzogen, wo es entweder gar keinen Vater mehr gibt oder nur noch schemenhaft am Rande. Und dann kommt ein männlicher Erzieher …«

»Wobei der das natürlich nicht ersetzen kann«, antwortet Andreas Schnelle. »Oder auch nicht will. Aber er kann ein Rollenbild vorleben. Oder das Rollenbild neu sortieren. Man hat halt immer ein Schema, in das man kategorisiert. Und für Kinder ist es nie falsch, seinen Horizont auf ein Schema oder eine Verhaltensweise zu verändern.«

Ansonsten durchlaufen die meisten Kinder wohl durchgehend eine längere Episode, in der Männer im täglichen Umgang nicht vorkommen. Sowohl im Kindergarten als auch in der Grundschule geben Frauen den Ton vor. Männer wiederum haben in diesen Jahren nichts zu melden. Ich erinnere mich noch gut daran, als ich mich aufgemacht habe, um den Elternabend im Kindergarten zu besuchen. Alleine unter Frauen. Die untereinander in diversen Gruppen verbandelt waren und sich scheinbar täglich irgendwo trafen, um *zwanglos* zu häkeln, zu basteln, irgendetwas vorzubereiten. Ich wollte das nicht. Und ich verstand auch nicht, was diese doofen pädagogischen Texte sollten. Es wäre noch hinnehmbar gewesen, diese mehr als fragwürdigen Exkurse als Kopie zum Mitnehmen zu empfehlen, aber in diesem Kindergarten bestand Lesepflicht. Laut und deutlich. Absatz für Absatz. Ohne wirklich darüber zu diskutieren, das war nicht erwünscht, diese Texte sollten offensichtlich nur inhaliert werden. Aber diese Ergüsse waren nicht wirklich interessant, auch nicht hilfreich, nicht einmal zumindest fachspezifisch, es war mehr so Alternativ-Gebrabbel.

Auch beim Kinderarzt: Hilflosigkeit.

Im Wartezimmer ausschließlich Frauen. Aber man muss sich vorstellen, selbst der Kinderarzt, ein Mann, nimmt einen Vater nicht richtig ernst. Er erklärt mir, wie meine Frau eine Salbe auftragen soll.

Andreas Schnelle kennt dieses Phänomen, dass sich Eltern gezielt an Erzieherinnen wenden, wenn sie etwas bequatschen wollen. »Es ist allerdings auch nicht so, dass die Väter immer zu den Männern gehen. Es ist unterschiedlich. Es kommt drauf an, zu wem die den besseren Draht haben, und ist gar nicht rein am Geschlecht festzumachen. Oft ist es inzwischen so, dass man jeweils einen Erzieher und danach eine Erzieherin befragt und dann wird das Beste aus beiden Meinungen zusammengetragen.«

»Ist denn in gemischten Teams die Kommunikation eine andere?«, frage ich.

»Es kommt immer auf den Charakter an, aber Männer sind oft ergebnisorientierter. Für sie steht das Ergebnis im Vordergrund und weniger der Weg. Für Frauen ist aber oft auch der Weg, der Entwicklungsprozess, das Ausdiskutieren eines Themas, das Sensibilisieren und Öffnen stärker im Vordergrund als das Ergebnis. Ansonsten hängt das immer mit der Person zusammen. Man sagt zwar den Frauen nach, sie reden mehr als die Männer, aber das habe ich so nicht unbedingt erlebt.«

Aus dem leicht geöffneten Fenster dringt Kinderlachen in das Bürozimmer. Mir kommt dabei eine Anekdote in den Sinn, die mir ein Fotograf vor einiger Zeit erzählt hat. Er schlenderte durch Köln, die Kamera griffbereit, um sommerliche Eindrücke zu verewigen. Dabei folgte er einem ähnlichen Kinderlachen bis in einen Park hinein, um sich gebannt einem geradezu archetypischen Bild von Unbekümmertheit und Frieden hinzugeben: Vier Kinder plantschten dort in einer verbliebenen Pfütze, kreischten und alberten. Der Fotograf zoomte und begeisterte sich, weil die Sonne die Szenerie ideal ausleuchtete – bis er plötzlich erschrocken die Flucht ergriff: »Bist du wahnsinnig?! Du fotografierst halb nackte Kinder! Wenn dich hier jemand stehen sieht, im Gebüsch, dann wirst du gesteinigt!«

Das ist ein heikles Thema.

»Männer stehen unter besonderer Beobachtung?«, frage ich.

»Es kommt sehr stark darauf an, wie viele Männer die Einrichtung schon hat. Auf dem Land ist das manchmal schwieriger. Ich komme selber vom Land, deshalb meine ich das auch nicht böse. Aber wenn über vierzig, fünfzig Jahre nur Frauen in der Kindertagesstätte arbeiten und dann kommt der erste Mann, kann es Skepsis geben. Weil das etwas Unbekanntes ist, und etwas Neues ist immer erst mal gefährlich. Das muss man erst mal beobachten. Und wenn man merkt, es ist nicht gefährlich, dann ist es gut – aber es dauert halt ein bisschen. Hier bei uns erlebe ich ganz selten noch böse Stimmen. Es gab das schon mal, dass jemand sagte: ›Ich möchte nicht, dass ein Mann die Kinder wickelt.‹ Da muss man sich aber auch für die Mitarbeiter einsetzen und sagen, der Mann hat die gleiche professionelle Ausbildung gemacht und es gehört genauso zu seinem Aufgabengebiet wie bei allen anderen.«

»Und schmusen bei Kindern? Gibt es da eine Grenze?«

»Es hat jeder erst mal eine persönliche Grenze. Es ist wichtig, dass man das den Kindern auch beibringt, weil dadurch lernen sie, dass sie selber eine Grenze haben. Ich mache ja auch nicht mit den Kindern, was ich will, sondern achte auf ihre Grenzen. Ein männlicher Mitarbeiter kann schließlich nicht zu einem Kind sagen: ›Nein, ich kann dich nicht trösten, weil ich ein Mann bin.‹ Das gehört zum professionellen Arbeiten dazu. Dass es darüberhinaus Grenzen gibt, sollte jedem Mitarbeiter klar sein.«

»Aber die Eltern? Gibt es da einen Generalverdacht gegenüber Männern?«

»Ich kann mir schon vorstellen, dass das aus Elternsicht anders wahrgenommen wird, aber es muss irgendwann in die Normalität übergehen. Wahrscheinlich ist das mitunter befremdlich: Kind auf dem Schoß eines Erziehers, ›Hoppe Hoppe Reiter‹ …«

»Bei einer Erzieherin würde kein Mensch etwas sagen.«

»Das ist vor allem eine Sache der Kommunikation. Es denken nicht alle Eltern so, aber ich bin mir sicher, dass sich die Männer dessen bewusst sind und auf ihre Außenwirkung achten. Es ist schon so, dass die Männer beim Toilette-Begleiten wesentlich lauter sprechen als die Frauen, damit man wahrnimmt, was da gerade passiert. Damit überhaupt erst niemand auf irgendwelche Gedanken kommen kann. Ich finde allerdings auch, dass der Selbstschutz gewisse Grenzen hat. Solche Einrichtungen, in denen ein Babyphone im Wickelraum installiert ist, damit die Eltern hören können, was da gesprochen wird – aber nur bei den Männern –, das sind für mich Dinge, die gehen nicht. Das ist erstens nicht wertschätzend, zweitens befeuert man ja damit noch die Annahme, dass potenziell immer eine Gefahr ausgeht. Die habe man jetzt erkannt und deshalb diese Maßnahme.«

Problem behoben. Das Problem heißt: *Mann.*

Man muss ihn einfach nur pausenlos belauschen und abhören. Bis zur inneren Blockade.

29

Zurück zu Hause, alleine, finde ich eine Nachricht in meinem elektronischen Postfach (sagt das heutzutage noch jemand?), wonach eine äußerst attraktive Dame, russischen Ursprungs, mich in der Partnerbörse auffordert, wir sollen doch, um »besser« zu kommunizieren, erst einmal Bilder tauschen. Und zwar außerhalb dieses geschützten Rahmens. Mmh, ja, nee, is klar, ich soll also meine private Mail-Adresse weitergeben, um zweitens eine unbekannte Datei einer noch unbekannteren Person auf meinen Rechner zu laden …

Also antworte ich scheinbar naiv in dem Nachrichtenfeld der Internet-Plattform, dass ich Svetlanas Vorgehen nicht ganz verstehe, aber ansonsten doch sehr interessiert sei.

Keine Antwort. Kurze Zeit danach ist Svetlana gesperrt.

Und mein erster Gedanke: *schade.*

Robert, du Vollhorst, das war doch schon nach der ersten Silbe klar, allein nur schon dieses Foto, viel zu blond, zu hübsch, zu jung, eine hundertprozentige Betrügerin, vor allem hundertprozentig: ein Mann! Aber ein bisschen melancholisch bin ich trotzdem.

Ich will nämlich irgendein Treffen. Felix ist nicht da. Irgendein Treffen!

*

Drei Tage später, nachdem ich wirklich wahllos, willenlos, zwanzig Anfragen herausgebombt habe, *hey, nur mal so gefragt,* stehe ich in Frankfurt vor den Stufen eines thailändischen Restaurants (»die haben aber auch chinesisches Essen und deutsches und italienisches«) und ärgere mich über meine partielle Unlust, alleine zu sein.

Was soll ich hier?

»Da bist du ja!«, rufe ich stattdessen begeistert aus (und meine damit eher den Umstand, endlich nicht mehr im Nieselregen herumstehen zu müssen; weniger ihre Garderobe).

»Soll man ja nicht machen«, antwortet Amelie glucksend (und meint damit eher den festen Vorsatz, für ein erstes Date besser mittags einen Kaffee zu trinken). Sie trägt eine zeitlos unmodische Jeanshose, einen zeitlos unmodischen Pullover und farblich angepasste Schuhe. Über ihrem Gürtel dehnen sich zwei übereinandergestapelte Wülste. Ihre bräunlichen Haare hat sie akkurat nach links und rechts gescheitelt, sodass zwei angedeutete Lockenwirbel oberhalb ihrer Wangenknochen enden. Zur hingehauchten Begrüßung aus Luftkuss links und rechts (noch einmal rechts?) drückt sie sich ausreichend an mich, sodass ich in ihren Haaren eine Mischung aus zu viel Parfum und ebensolchen Überbrückungszigaretten riechen kann.

»Macht man das eigentlich noch?«, frage ich und öffne die Restauranttür.

»Essen gehen?«

Gleich hinter dem Eingang taucht das zuckende Licht eines glucksenden Aquariums die Garderobe in einen violetten LSD-Sommer. »Diese Pseudoküsse zur Begrüßung«, sage ich und kann mich nicht von den tumben Fischen lösen, die mich gleichfalls anstarren, bevor sie durch eine vermeintlich realistische Unterwasserwelt aus Schatztruhen und Bergmassiven flitzen.

»Keine Ahnung«, antwortet Amelie.

»Mein Onkel hatte auch so ein Aquarium«, versuche ich den Faden gefädelt zu halten, irgendwie, »das war aber ausschließlich mit Seepferdchen gefüllt. Kein einziger Fisch. Und wenn er dann rauchte – und er rauchte viel –, dann zog der Zigarettenrauch zielstrebig auf das beleuchtete Aquarium hin.« Dort setzte er sich wie eine Sommerwolke gemächlich auf dem Wasser ab, bis er verschluckt wurde.

»Du rauchst nicht, ne?«, fragt Amelie.

Sie hat ziemlich viele Falten. »Ich will aufhören«, beantwortet sie gewissermaßen ihre Frage.

»Nein«, sage ich.

»Ich drehe selber …« Ihre Fingerkuppen sind gelblich.

»Nein«, sage ich.

Wir sind inzwischen zweimal durch den Raum geschlendert, um den ihrer Meinung nach *besseren* Tisch zu finden, dessen Exklusivität sich mir auch nach dem Hinsetzen nicht erschließt.

»Ich bin so aufgeregt«, stößt sie hervor, während wir die Speisekarte studieren. Das ist irgendwie ein Frauendings, denke ich, die Sache mit der angeblichen Nervosität und dass man das unentwegt betonen muss. Also blicke ich konzentrierter in die Aufzählung der sogenannten Speisen.

Ich bin nicht aufgeregt. Wozu auch? Das Einzige, das mich zu Hause kurzzeitig beschäftigt hat, war ein feiner Schmerz in der Daumenspitze, als ich mir mein Hemd zuknöpfte und dabei das Plastikrund durch ein äußerst widerstandsfähiges Loch drücken musste. Und dass sich dabei ein fast schon quietschendes, knarzendes Geräusch entwickelte, als ich den dicht gewebten Lochrand überwand.

»Ich glaube, ich nehme Hühnchen«, sage ich.

»Ich mache so was schließlich nicht jede Woche«, verharrt Amelie bei ihrer sogenannten Aufregung und setzt zu einer ausführlichen und vor allem uninteressanten Beschreibung ihres Elternhauses an. Mitsamt Geschwisterstammbaum und Scheidungschronologie. *Laaangweeeilig.* Das Einzige, das mir haften bleibt, ist eine obskure Veranlagung, quer durch die Generationen, benutzte Papiertaschentücher und schmutzige Unterwäsche einfach auf den Boden zu schmeißen, bis sich irgendwer heftig darüber aufregt. Wiederum quer durch alle Generationen.

»Mit scharfer Soße«, sage ich und verkneife mir den obligatorischen Nachschlag: *»Ich mag es scharf.«*

»Soso …«, übernimmt Amelie den Part.

Neben uns setzt sich inzwischen eine kleine Familie an einen Rundtisch. Vater, Mutter und Sohn. Jedes Mal, wenn ich so etwas sehe, versetzt es mir einen Stich. Dieses fast schon heilige Urbild einer Kerngemeinschaft trage ich unverändert in mir herum. »Papa«, sagt der Junge. *Felix,* denke ich. »Hannah«, sagt der Junge.

Wie bitte?

Amelie vor mir redet über das Wetter, die Menschen in Frankfurt und ihre Arbeitsstelle, aber ich bin mit allen Sinnen nur noch auf den Nebentisch fixiert. Warum spricht der Junge seine »Mutter« unentwegt mit Vornamen an?

Er ist im gleichen Alter wie Felix. Und er schaut seinen Papa mit den gleichen großen Augen an, wie ich es kenne. Er lacht laut und zieht am Ärmel seines Vaters und haspelt sich von Erinnerung zu Erinnerung. Und Hannah schaut auf ihr Handy.

Felix, denke ich.

Wenigstens albert der Vater für eine Minute mit seinem

Kleinen herum und steigt auf dessen Vorlage ein. Für einen Moment haben sie Spaß.

Hannah allerdings ermahnt den Jungen, er solle nicht so zappeln. Außerdem korrigiert sie seine Aussprache. »Darth Vader«, zischt sie, »das ist Englisch, mit Tieätsch.« Anschließend doziert sie darüber, dass alle diese Raumschiff-Sagen »totaler Quatsch« und im Weltraum keine Geräusche möglich seien. »Außerdem dürftest du diese Filme überhaupt noch gar nicht sehen.«

»Ich schaue die Zeichentrick-Folgen«, verteidigt sich der Junge.

»Aha, dann weißt du also überhaupt nichts von ›Star Wars‹«, bellt sie ihn nieder. Es ist schrecklich.

Hannah ist prinzipiell anderer Meinung als der Junge und offenbart in jeder Geste, jeder Silbe, dass sie mit dem Vater, dem Mann, allein essen will (um vermutlich so ein Schnurr-Ding abzuziehen) und dieses Blag komplett ablehnt. Der Junge wiederum schmachtet seinen Vater nur noch verzweifelter an und lacht lauter, übertreibt maßlos in seinen Schul-Anekdoten, um irgendwie von ihm wahrgenommen zu werden, ja, um ihn zu beeindrucken.

Aber dieser Vater sitzt jetzt schweigend auf seinem Stuhl.

Am liebsten würde ich aufspringen und ihn am Kragen packen, ihn anschreien, er solle diese Punze zur Räson bringen und seinen Sohn in den Arm nehmen. *Bitte!*

»xghkhzkjhgdc??«

»Tschuldige, ich war kurz in Gedanken. Deine Arbeit?«

»Die Kellnerin«, sagt Amelie räuspernd, »deine Bestellung.«

»Natürlich«, antworte ich und diktiere vor mich hin. Die Kellnerin trägt eine gigantische schwarze Hornbrille und erweckt bei mir auch durch ihre unbeholfene Art, zwei Zahlen auf einem Block notieren zu wollen, die Vorstellung, dass sie sich umdreht und gleich da vorne in die Glastür scheppert. Und nicht nur einmal.

»Schön hier«, sagt Amelie lächelnd.

Plötzlich ist mir alles klar. Die theatralische und gleichzeitig arrogante Aufrechtstellung ihres Kopfes, die Art, wie Amelie vermeintlich lasziv ihren Körper präsentiert und ihn gleichzeitig vor mir versteckt – das alles gilt nicht mir. Sondern: der Frau ist langweilig. Und sie will begehrt werden; es läuft nichts im Fernsehen; die beste Freundin ist im Urlaub. Und so weiter.

Also essen wir zu Abend. Wir haben ein *Date*.

Und geben uns gegenseitig das Gefühl, nicht einmal zu vermuten, dass der andere wissen könnte, was längst schon durch alle Poren schreit, dass wir uns nämlich mit Beginn des neuen Tages nicht einmal mehr grüßen werden.

»Manchmal erinnere ich mich bewusst an Orte«, murmele ich, »die mir besondere Gefühle verschafft haben. Und ich habe mal gehört, wenn man es hinkriegt, dort mit der gleichen Intensität, mit den gleichen Gedanken anzukoppeln – dann ist man schlagartig wieder zurück in der Vergangenheit, und kann da weitermachen.«

»Echt?«

Nein, natürlich nicht. Aber ich weiß nicht, was ich sagen soll.

Amelie lächelt gekünstelt. Dabei bleckt sie kurz die Zähne. Es erinnert mich an ein Pferd, dem ein Reiter an der Trense zieht.

»Hast du Kinder?«, fragt sie.

Ich nicke und erzähle von meiner Recherche über den Alltag von Scheidungsvätern. Das gefällt ihr nur bedingt.

»Ich will auch nicht, dass sich mein Ex unangemeldet bei meiner Süßen meldet«, sagt sie.

Großes Fragezeichen meinerseits.

»Ja, weil das Kind durch den ständigen Wechsel zwischen Mutter und Vater total hin- und hergerissen ist. Es kann sich nicht mehr auf einen Alltag einstellen. Ich kann dir nur aus der Sicht einer Mutter sagen, dass es einfacher ist, wenn es nur einen Lebensrahmen gibt. Ein Kind braucht vor allem Ruhe.«

»Ruhe?«

»Ja, Mutter und Tochter müssen wieder zur Normalität finden. Das ist umso wichtiger, wenn es irgendwann einen neuen Partner gibt, und der ist dann ja auch Vaterersatz.«

»Ersatz?«

»Nimm das nicht persönlich, aber aus Sicht einer Mutter ist der alte Vater ein Störenfried, der den Aufbau einer neuen heilen Welt behindert.«

»Ein Störenfried …«

»Was denn sonst? Jede Begegnung mit dem Ex erinnert automatisch an die alte Familie. Und das tut nur weh. Außerdem kommt ein Kind nicht damit klar, wenn der Vater Erziehungsvorstellungen hat, die anders sind als die der Mutter.« Dabei atmet sie stoßartig Luft aus, die sie mehrere Momente angehalten hat, und schließt versonnen die Augen.

»Ja, ja«, sage ich. Vierzigjährige Frauen sind merkwürdig, denke ich. Einerseits pausenlos tiefgründig, also schlecht gelaunt, andererseits nie wirklich an grundlegenden Fragen interessiert. Einerseits erlebe ich ein penetrantes Betonen der Bedeutung von »Astrologie« (ohne sich für Aszendenten zu interessieren), der Hammerwirkung von Yoga (ohne zu meditieren), andererseits wollen sie pausenlos »tanzen«, ständig tanzen, tanzen, tanzen! Aber dann auf Rumba. Oder zu Helene Fischer; Mucke eben.

Ich höre *House.*

Aber wir haben ein Date. Wir lächeln.

Ich habe plötzlich Angst, dass Ulrike wieder heiratet. Nicht weil sie sich an einen anderen Mann *verspricht,* sondern wegen der zusätzlichen Komplikationen mit Felix. Dieser ganze Patchwork-Mist ist doch für kleine Kinder nicht zu verstehen. *Oder doch?* Dieses verdammte Streben nach der heilen Familie, denke ich. Muss das denn ständig vor den Augen des Kleinen zelebriert werden? Und dann sitzt dieser Kerl auch noch ständig neben Felix, und albert mit ihm herum, und schlimmer noch: Ulrike nimmt die neue Liebe vielleicht zum Anlass, gleich ihr ganzes Leben *grundlegend* neu zu gestalten, wie Frauen nun mal so sind, und zieht dann weg, kündigt alles, und haut mal eben ab, mit Felix natürlich.

Und ich sitze hier. Alleine.

Und sie ist weg. Mit Felix.

»Ich bin eifersüchtig«, schießt es also aus mir heraus, »weil meine Ex-Frau einen neuen Freund hat.«

»Willst du denn wieder mit deiner Ex zusammen sein?«

»Nein.«

»Aber du bist eifersüchtig?«

»Ja.«

»Aha …«

»Sie soll auch keinen Freund haben«, sage ich, »so wie ich keine Freundin habe.«

»Aber du willst doch eine Freundin haben. Schließlich haben wir ein Date. Und was ist dann?«

»Dann kann sie auch einen Freund haben …«

»Das klingt kompliziert.«

Mehr noch als das: Es klingt bescheuert.

»Eines ist richtig«, sagt Amelie, »man muss wegen der Kinder im Vorfeld auf gewisse Dinge achten.« Wenn sie zum Beispiel einen Mann kennenlernt (»das klingt jetzt so, als ob ich ständig Verabredungen hätte, ich bin gar nicht so eine«), dann besteht sie auf einer Festnetznummer und führt als Erstes eine Rückwärtssuche durch. Dann verlangt sie die vollständige Anschrift des Mannes und fährt an dessen Adresse vorbei, prüft das Klingelschild sowie das weitere Umfeld. »Und zum Schluss noch Google Earth, um einen Eindruck von der sozialen Gesamtsituation zu erhalten. Klar, Name, Firma, das habe ich alles vorher schon im Netz geprüft.«

»Oh«, antworte ich, »mir reicht ein BH.«

»Du machst Witze, aber ich bin da schon einmal reingefallen. Ich war völlig ausgehungert nach Liebe und ständig auf der Suche nach einem Mann. Als ich dann David kennenlernte und der mich zum Essen einlud, war ich Feuer und Flamme. Für mich war es sofort die große Liebe. Ich habe David angehimmelt und mir ausgemalt, wie schön unser gemeinsames Leben aussehen wird ... Aber David ist lieber angeln gegangen, als sich mit mir zu treffen. Angeln! Sogar das habe ich hingenommen, weil ich alles an ihm toll fand. Wirklich alles! Denn er war nett und freundlich. Und das war für mich schon Anlass genug, mir die ganz großen Gefühle einzureden. Ich dachte wirklich, das Ende meiner Einsamkeit wäre gekommen.«

»Und dann?«

Sie prustet. »Heute denke ich nur: Was für ein Idiot! Ich bitte dich, ein Angler?!«

»Ja, mein Gott«, gebe ich entrüstet zurück, »ein Angler!« *Was ist daran so schlimm?*

»Darf ich dich mal etwas Persönliches fragen«, haucht sie, während ihre Stimme in den Keller poltert.

»Ich bin auf alles vorbereitet.« Und das meint: Alles.

»Was bist du eigentlich für ein Sternzeichen?«

»Fisch«, antworte ich nach einem kurzen Moment der Fassungslosigkeit. *Das* war also der persönliche Moment?

»Ha!«, stößt sie aus und rutscht rücklings in den Stuhl zurück. »Das habe ich gleich gewusst.«

»Ertappt«, antworte ich scheinbar verdattert. In Wahrheit war ich auf ihre Reaktion vorbereitet, weil ich das bekanntlich immer antworte. Fisch ist nämlich so ein Luschi-Sternzeichen, das passt zu jeder Stimmung. Ich bin überhaupt kein »Fisch«, aber diese Zuckerwürfel-Astrologie ist derartiger Humbug, dass ich mir nicht mehr anders zu helfen weiß. Es ist nicht einmal spirituell. Mir ist auch völlig unklar, was das jetzt bedeuten sollte, wenn ich ein »Fisch« wäre? Kinderglück? Trennung? Weltfrieden?

»Fische sind Einzelgänger«, triumphiert sie und leiert weitere Eigenschaften herunter, die alle »so genau« auf mich zutreffen, »so treffend«, und die in meinen Ohren allesamt völlig banal sind und auf so ziemlich jeden zweiten Sterblichen zutreffen müssten.

Nur eben nicht auf mich, denke ich, denn, wie gesagt, ich hab mit dem Wasser nicht viel am Hut.

»Geht man auf sie zu, fühlen sie sich verfolgt«, erweitert Amelie ihre Charakteranalyse und verschränkt die Arme vor der Brust.

Ich wiederum öffne geschlagen meine Handflächen und suche nach einem geeigneten Moment, das Ganze hier zu beenden. Irgendwie finde ich es immer noch merkwürdig, einer Frau einen Korb zu geben. Das hätte es in meiner Jugend nicht gegeben. Schon alleine die Vorstellung, noch einmal mit Amelie reden zu müssen, lässt mich schaudern. Bin ich jetzt ein Arschloch? Ich hoffe nicht. Andererseits ist es mir auch egal, denn ich wurde selber oft genug abgelehnt. Wahrscheinlich sogar von ihr, oder besser: dem *Typus* – allerdings vor fünfundzwanzig Jahren.

»Es ist schon spät«, räuspere ich mich vorsichtig und winke nach der Rechnung.

Vielleicht sollte ich viel offener sein, denke ich, aber mir fehlt dazu die Energie. Wenn ich diesbezüglich an Stavros, einen gleichaltrigen Bekannten, denke (kinderlos), der tagtäglich mit Anzeigen im Internet beschäftigt ist, und dann auch tagtäglich unterwegs, pausenlos auf Pirsch, auch mit mehreren Frauen gleichzeitig beschäftigt, die sich wiederum mit mehreren Männern gleichzeitig treffen; alles gehetzt, atemlos, auch beim Sex; gehetzt, atemlos, aber stets »großartig« (eben wie mit vierzehn); und der wirklich entschlossen ist, ein fünftes Mal vor den Traualtar zu treten – dann trinke ich lieber zu Hause noch ein Bier.

Irgendwie bin ich zu faul dazu. Oder vielleicht auch zu romantisch.

Es hat in dieser Gegend mal einen Heiratsschwindler gegeben, erinnere ich mich an dessen gigantischen Aufwand. Der Typ hat sogar die Homebanking-Seite einer Sparkasse im Internet kopiert, sodass er seinen Auserwählten simulieren konnte, mit ordentlichen Summen zu hantieren. Er hatte eine Etage angemietet (mit gefälschten Papieren), die er sich vom Feinsten einrichten ließ (Ratenkauf; unbezahlt), um dann beim öffentlichen Festgeldbuchen plötzlich zu stocken. Ups, meine Aktienverkäufe in Panama dauern etwas länger, das ist mir peinlich, könntest du mir zur Überbrückung einige Tausend Euro leihen, auch gegen Zinsen, nur für eine Woche; und dann war er spurlos verschwunden.

So ein Aufwand?

Irgendwie bin ich zu faul dazu. Bei seiner Festnahme soll der Mann gesagt haben, Frauen ab vierzig seien naiver als kleine Mädchen. Sie dürsteten noch ausgehungerter nach dem *einen Prinzen,* der vom Pferd steige. Und sie seien geradezu süchtig nach den doofsten Komplimenten. Du hast die schönsten braunen Augen, die ich jemals gesehen habe; so was sagen zu können, ohne zu lachen. Süchtig nach Aufmerksamkeit.

Aber ich will keinen Prinz spielen.

Dann bleib alleine.

»Ich will nie mehr verletzt werden«, sagt Amelie plötzlich leise.

»Schade«, antworte ich.

*

Draußen (»Nein, du brauchst mich nicht zum Auto zu begleiten!«) schaue ich in den Himmel. Eine vielschichtige Wolkenformation wird vom rhythmischen Schmerzstöhnen eines Menschen aus dem nahen Altersheim begleitet, immer alle zwanzig Sekunden, und alle zwei Minuten assistiert vom Brüllen eines Babys. Beides immer schön hintereinander. Und ein Hund bellt. Das ist Abendstimmung.

Ich beobachte die Sternschnuppen, die von fremden Autos durch schmale Fensterschlitze in hohem Bogen auf den kalten, dunklen Asphalt geschnipst werden und erst noch ein Bonsai-Feuerwerk an Tabakfunken anbringen, bevor sie verglühen.

Die Beschleunigungsgeräusche der vereinzelten Autos hallen bis weit an den Horizont, und ich horche genau hin, sogar noch, als die Autos nicht mehr sichtbar sind; irgendwo im Betondickicht verschwunden. In meiner Fantasie lausche ich weiter bis an die Stadtgrenze, bis an die Nordsee, bis weit über den Ozean, bis hoch hinauf in ferne Galaxien. Versessen auf etwas, das gerade entsteht oder das unmittelbar jetzt vergeht.

Und dann läuft plötzlich *das Kind* an mir vorbei.

Das aus dem Restaurant, denke ich, es geht an der Hand seines Vaters, hinter »Hannah«, und dreht sich tatsächlich kurz zu mir um. Und ich schlendere hinter den dreien. Ich will ihm zulächeln, aber es hat sich schon wieder bei seinem Vater eingehakt.

Bevor es sich noch einmal zu mir umwendet. *Ja!* Es schaut. Für einen Sekundenbruchteil scheinen unsere beiden Biografien miteinander verknüpft.

Aber dann greift es wieder den Arm seines Vaters und verschwindet hinter dem Wehen eines weiten Mantels.

30

Jean-Jacques Rousseau, der berühmte Aufklärer des 18. Jahrhunderts, war auch ein vollendeter Schwätzer. »Wer seine Verpflichtungen nicht erfüllen kann, hat nicht das Recht, Vater zu werden«, schrieb er pathetisch und gab gleichzeitig (heimlich) alle fünf Kinder, die er gezeugt hatte, nach ihrer Geburt in Findelhäusern ab.

Pathos und Vaterschaft vertragen sich nur minimal, notiere ich in meine Kladde und widme mich wieder Felix. Es regnet, wir sind in ein Hallenbad gefahren, und wenn wir nicht um die Wette schwimmen, ordne ich ein wenig meine Notizen und den Wust an willkürlichen Statistiken und Gesprächseinwürfen.

»Papaaa«, sagt Felix vorwurfsvoll, weil er es nicht mag, wenn ich mich an unseren Wochenenden hinter Zetteln verkrieche.

»Sofort«, antworte ich, »zwei Sekunden …«

»Eins … zwei …«

800 000 Kinder leben in Deutschland ohne leiblichen Vater, habe ich mir aufgeschrieben, unvorstellbar; 1,35 Millionen Kinder wachsen ganz ohne männliche Bezugsperson auf. Und es wären vermutlich noch viel mehr Ausgestoßene, wenn nicht Untersuchungen in Amerika ergeben hätten, dass unter den Schulversagern, Studienabbrechern,

Drogenabhängigen und Kriminellen der Anteil der Kinder, die ohne Vater aufwuchsen, überproportional hoch war. Danach gab es ein bescheidenes Umdenken in gewissen Gremien, wonach die Unterhaltszahlungen des Vaters vielleicht doch nicht das Wichtigste wären. Auch bei den Mädchen war das Risiko einer Teenagerschwangerschaft fünfmal und die Gefahr eines Schulabbruchs dreimal so groß wie bei einem Kind aus einer intakten Familie.

»Papaaa …«

»Sofort.«

Nur noch diese Zeile, diesen Gedanken notieren, über den Archetyp Vater, den Kinder brauchen, weil sie eine Einheit sind. Weil sie von einer Mutter und einem Vater abstammen. Weil sie eine Neuschöpfung sind, von zwei genetischen Sätzen und zwei Familiensträngen.

Jetzt.

*

»Es gibt 500 Punkte, wenn du es schaffst, mit dem Kopf bis auf den Boden zu tauchen. Du kriegst das hin, ganz bestimmt.« Ich bin der Mutmacher. Das ist so meine Aufgabe als Archetyp, aber ich mag das. Und Felix versucht es. Er liebt nämlich diesen Wettbewerb.

»Und?« Aufgetaucht, mit großen Augen, prustend, hastig atmend.

Daumen nach oben.

»Es gibt 1000 Punkte, wenn du es schaffst, bis zum anderen Beckenrand zu tauchen.«

»1000 Punkte?!«

Ich mag das, seine Begeisterung, gleichzeitig Ungläubigkeit, und notiere mir in meinem Hinterkopf, dass es ein wesentlicher Baustein für das Leben ist, wenn ein Kind von seinem Vater lernen durfte, wie man durch das Leben kommt. Also an den anderen Beckenrand.

Ulrike ist eher vorsichtig, denke ich, wie die meisten Mütter, eher besorgt, aber dafür geben sie Geborgenheit und Wärme. Väter (siehe Archetyp) machen Kinder mutig und selbstbewusst.

»Nicht ganz ... Aber probier es noch mal!«

Und noch einmal.

Und noch einmal.

*

Zu Hause, nach dem Abtrocknen, schaue ich heimlich wieder in meine Notizen (der Abgabetermin rückt unbarmherzig näher) und finde eine aufgeheizte Diskussion über das sogenannte »Wechselmodell«, wonach Trennungspaare die Kinder jeweils abwechselnd eine ganze Woche betreuten. Interessanterweise sind es fast ausschließlich Väter, die das favorisieren. Und die sich daraufhin in erbitterte Auseinandersetzungen mit ihren Ex-Frauen verstricken, die dieses Modell boykottieren. Wenn ich besagte Foren-Beiträge nun auf die Schnelle überfliege, spüre ich nur umso deutlicher den Hass, den frühere Lebens- und Liebespartner übereinander auskippen. Es ist nicht immer schön, das zu lesen (und gleichzeitig, in einem voyeuristischen Sinne, auch faszinierend; *so roh*). Geldfragen, wie immer, Erziehungsgegensätze und grenzenloses Misstrauen gegeneinander vermengen sich zu einer explosiven Mischung.

»Papa, machst du mir ein Brot mit Papalade?«

Wir haben inzwischen unsere eigene Sprache kreiert. An den sonstigen Tagen, bei Mama, darf er herkömmliche Marmelade essen.

»Wie heißt das?«

»Bitte …« Ziemlich leise.

Mit übereinandergeschlagenen Beinen, ein Handtuch zum Trocknen als Turban gesteckt, sitzt er auf der Couch und trinkt eine Tasse warmen Kakao. »Bääääh …«

Ich hebe die schrumpelige braune Schokoladenhaut von der warmen Oberfläche und schaue Felix fragend an. Von mir aus, denke ich an die Zettel-Diskussion zurück, mache ich das auch gerne jeden Tag. Das klassische Wochenend-Modell geht mir ohnehin auf die Nerven. Ich will den Alltag mit Felix leben, nicht das Außergewöhnliche. Mit ihm kochen, ihn zu Bett bringen, mit ihm spielen, Hausaufgaben kontrollieren und Schulbrote für ihn schmieren. Erst durch die Trennung ist mir dieses enge Verhältnis wichtig geworden, das ist richtig. Als Ulrike und ich noch ein Paar waren und ich damit ein *normaler* Vater, habe ich mein Kind ganz selbstverständlich abgeschoben. Wir alle haben das getan; wir waren eine normale Familie. Erst wurde Felix in den Mittagsschlaf beordert, weil das so unglaublich wichtig war (und wir damit endlich einmal Zeit hatten), obwohl er nicht wollte, aber musste; dann wurde er aus dem Tiefschlaf wieder hochgeschreckt, weil das Tagesprogramm weiterlaufen musste und er abends ja irgendwann wieder müde werden sollte. Dann wurde er angezogen und zur Urgroßmutter ins Altersheim gekarrt, damit ich zum Sport gehen konnte und Ulrike Zeit für sich hatte; obwohl Felix nicht wollte. Und eines Tages rebellierte er, heulte und schrie. Vor allen Leuten, auf dem Parkplatz, vor dem Auto. Er wollte nicht. Und mir wurde plötzlich übel.

Wir hatten diesen ganzen Quatsch über tyrannische Kinder gelesen, die den Eltern angeblich auf der Nase herumtanzen, also genau das, was man angeblich überall zu sehen bekäme, und wir hatten uns geschworen, uns niemals so behandeln zu lassen – und plötzlich wurde mir klar: Dieser vermeintliche Tyrann hier ist der einzig Normale. Und er hat als Einziger recht.

Felix braucht vor allem *Liebe,* Aufmerksamkeit – und nicht pausenlos klare Ansagen.

Als Scheidungsvater sehe ich das erst recht so. An unseren wenigen Wochenenden geht es nur noch um das Grundlegende. *Wie geht es dir? Das Leben ist einfach. Ich hab dich lieb.*

Felix ist in Ordnung, so wie er ist, und meine Gefühlspalette aus zeitweiliger Hilflosigkeit, Unzufriedenheit und Unsicherheit ist ebenfalls in Ordnung. An diesen Punkten muss ich mich beobachten und nicht blind den Nachwuchs manipulieren. Im Gegensatz zu diesen Vorreiter-Helden, die jeden gewonnenen Gerichtstermin öffentlich zelebrieren, habe ich auch nicht die geringste Lust, gegen seine Mutter vorzugehen. Unter keinen Umständen. Es geht nicht um irgendwelche juristischen Veränderungen, die durch immer neue Eingaben bewirkt werden sollen – es geht mir mehr um eine neue Gemeinsamkeit getrennter Paare. *Zusammen.* Überall geht es nur um Durchsetzen, Stärke, Erfolg und Vernichtung – dabei müssten gerade die Geschiedenen ein Vorbild für Frieden sein, in einer kriegerischen Welt. In aller Hilflosigkeit; unbenommen.

Wir wissen doch gar nicht mehr, wie so etwas noch geht.

Kinderwelt ist Frauenwelt, das ist leider unverändert Tatsache. Aber das ändert sich nicht durch Gerichtsverfahren. Gerade für die Jungs ist es wichtig, sich mit dem eigenen Geschlecht zu identifizieren, sonst verharren sie in einer lebenslänglichen Dauerabgrenzung vom Weiblichen. Ich kenne das. Leider ist das aber auch vielen Frauen nicht klar. Ohne Männer an ihrer Seite, von klein auf, sind Jungs dazu gezwungen, unentwegt *dagegen* zu sein, und zwar gegen alles, auch gegen Frauen, um irgendwie ihre Identität zu finden.

»Vielleicht können wir nächstes Jahr mal in Urlaub fliegen«, sage ich fröhlich.

»Ich will nicht fliegen, Papa, das ist zu gefährlich.«

Wo hat er das jetzt wieder her?

Während des Autofahrens schaltet er von alleine die Radionachrichten ab, weil sie ihn beunruhigen; Fernsehnachrichten schaue ich nicht mehr in seiner Gegenwart. Und trotzdem hat er irgendwie von einem Absturz gehört, und er weiß offensichtlich von einem Attentat in einem fernen Teil der Welt. *Politik*, Chaos, Hysterie, Extremisten – aber ich muss ihm gegenüber Hoffnung verbreiten. Die Vision einer schönen Welt. Einer guten Welt.

Ich muss Felix vor dem Bösen bewahren. Von den Nachrichten kann ich ihn nicht abschotten, dazu ist er zu neugierig, und auch zu aufmerksam, er spürt sofort, wenn Erwachsene die Stimme senken und flüstern, aber ich möchte es versuchen, ihm in seinen Ängsten beizustehen.

»Das ist nur ein einziges Flugzeug. Da fliegen jeden Tag Tausende Maschinen überall auf der Welt herum. Das war ein Einzelfall …«

Im Grunde, denke ich, reden wir uns das alles ein. Aber wenn ich ihn einfach nur abkanzele (wie es bei uns früher getan wurde, *davon verstehst du nichts*), dann verstärkt es nur sein Kopfkino. Ich kann mir gut vorstellen, wie er sich hoffnungslos darin verstrickt, aus den Schulhofinformationen, die auf ihn einprasseln, ein Bild zu basteln.

»Letztes Jahr war auch ein Absturz, Papa!«

Und zwar offensichtlich ein Bild, denke ich, das fast alle meine Altersgenossen heimsucht, so eine diffuse Gefühlspampe aus Negativität und Hoffnungslosigkeit, wonach alles immer schlimmer werde, unausweichlich, *egal, wo du auch hinguckst,* und die vertraute Welt aus den Fugen gerät. *(War sie denn jemals fest verankert?)* Da muss ich dringend gegensteuern.

»Ich weiß nicht, was letztes Jahr war … *(du weißt es ganz genau),* aber solche Sachen kommen nur deshalb in die Nachrichten, weil sie etwas Besonderes sind. Also selten. Nachrichten zeigen immer nur einen Ausschnitt von der Welt. Hier ändert sich doch nichts. Und fast überall ändert sich nichts. Es ist ruhig …«

Du klingst wie ein Wahnsinniger, denke ich.

»Und die Polizei hat alles unter Kontrolle«, ergänze ich. Die Polizei ist immer ein Pluspunkt. Sie hat immer alles unter Kontrolle, auch wenn die Erwachsenen sich hysterisch verkriechen. Ich erzähle gerne von der Polizei, weil es die Guten sind, die die Bösen einsperren.

In diesem Alter gibt es auch noch kein Theodizee-Problem. Die Frage nach dem Sinn oder Unsinn von Leid und Tod, nach den möglichen oder unmöglichen Motiven von Gewalttätern und Fanatikern beantwortet sich noch in einer simplen Gegenüberstellung: weil es die Bösen sind.

Es gibt Gute und Böse. Noch ist die Welt einfach; geordnet. Und *das* sind die Bösen.

»Das stimmt«, sagt Felix.

*

Eine Stunde später mag er keine Hemden tragen. Das ist mir neu. Es ergibt auch keinen Sinn. »Warum denn nicht?« Das blaue Hemd ist von seiner Oma, es würde ihm gut stehen, wenn wir Weihnachten dort aufkreuzen, und ich klinge schon wie eine Mama. »Was ist denn so schlimm an einem Hemd? Erklär es mir einfach.«

»Ich will nicht.«

Grandiose Erklärung.

Normalerweise ist Kleidung in seinem Alter nur bedingt problematisch (keinerlei Rosa, nicht mal als Streifen, nicht mal Applikationen, *dann lachen die anderen, ich bin doch kein Mädchen;* wenn Star Wars, dann auf keinen Fall Darth Vader, *der ist böse;* keine Micky Mouse), also trägt er am ersten Tag die Sachen, die Ulrike ihm verpasst, und anschließend die unseren. Mama-Wäsche und Papa-Wäsche. Aber neuerdings mag er keine Hemden tragen. »Sind die zu eng?«

»Ich mag einfach nicht!« Ohne Begründung.

»Probier es doch wenigstens mal an.«

»Bei Mama muss ich auch keine Hemden anziehen!«

Okay ... Also doch der kleine Egoist, der seine Eltern bedenkenlos gegeneinander ausspielt? Die Mama-Karte ist immer Trumpf. Das weiß er natürlich ganz genau, der alte Taktik-Fuchs. In einer herkömmlichen Heile-Welt-Konstellation würde diese Strategie nicht mal ansatzweise funktionieren, aber in einer Trennungsfamilie erreicht er zumindest einen Achtungserfolg. Weil Ulrike und ich (wie fast alle Getrenntlebenden) kaum miteinander reden.

Also: Argument ignorieren.

»Nun zieh es doch einfach nur mal an. Danach kannst du es wieder ausziehen.«

»Aber ich behalte das danach nicht an«, mault er und wechselt in Windeseile zwischen Alt und Neu, Shirt und Hemd, um es sich unverzüglich wieder vom Körper zu schälen. »Angezogen – fertig!«

Mein Hauptproblem dabei ist immer die Unsicherheit.

Und dass ich darüber mit niemandem reden kann; Felix trifft keine Schuld. Er trainiert nur für das Leben. Und das Balgen um Kleinigkeiten gehört dazu. Dafür braucht er mich, damit er sich anstrengen lernt und das Auseinandersetzen studiert. Er braucht mich nicht, um sich gut zu fühlen.

»Warum musst du denn bei Mama keine Hemden tragen?«

Ulrike ist normalerweise strenger, das wundert mich; der Papa ist lockerer.

Felix hebt nur schweigend die Schultern. Und senkt den Blick.

Mama hat recht, normalerweise immer, das habe ich mir zum Motto erkoren, ich will ihr nicht in den Rücken fallen. Von gewissen Ausnahmen abgesehen – so darf Felix bei mir am Wochenende länger aufbleiben. Auch wenn der Bett-Rhythmus dann am Sonntagabend (zugegebenermaßen) wieder schwieriger wird.

Felix darf bei mir am Computer surfen – weil ich neben ihm sitze und mit ihm zusammen schaue. Und es gibt keine festen Essenszeiten. Mampfen mutet eher wie in einer WG an, was mich manchmal stört, aber wir sind andererseits auch nur zu zweit. Insgesamt denke ich, dass Felix mit diesen unterschiedlichen Regelungen gut zurechtkommt. Zwei Welten – zwei Lebensweisen. Es fordert ihn. Es ermutigt ihn, Situationen nicht einfach hinzunehmen, sondern sie umzuwandeln.

»Ich frage Mama einfach mal per SMS, warum Hemdentragen uncool ist.«

»Jetzt gleich?« Felix schaut lächelnd zu mir hoch.

Es gefällt ihm, wenn wir kommunizieren. Wenn er merkt: Die Eltern tauschen sich aus. Über ihn.

31

Weihnachten, zum Beispiel, ist auch so ein Thema. Das sogenannte Fest der Feste. *Katastrophe.*

Und Kommunion steht an. Ulrike und ich tauschen uns aus. Deshalb stehen wir in den Fluren des Amtsgerichts. Und ein weiteres Schlachtfeld ist sein Geburtstag. *Katastrophe.*

»Heiligabend plus erster Feiertag bei deiner Mutter und den Großeltern«, sagt Ulrike und blättert in ihrem Taschenkalender, »der zweite Feiertag bei mir und den Großeltern.«

Letztes Jahr war es noch umgekehrt. Mir ist das weitgehend gleichgültig. Und Felix offensichtlich ebenso, denn so kann er zweimal Weihnachten feiern, genauso wie Geburtstag. Einmal bei Mama und einmal bei Papa. Streng genommen verliert sich dadurch der besondere Charakter des Heiligen Abends und so weiter, aber jenseits einer juristischen Gesetzesklarheit beginnt das Leben. Und Felix steht dadurch zweimal im Mittelpunkt und ist wertvoll. Mehr geht nicht.

Bei der Kommunion wiederum lässt sich keine Einigung erzielen. Ulrike mag das ganze Ritual nicht, hat mit Kirche ein Problem; ich wiederum will diese ganze Diskussion nicht und habe gelesen, dass man die Feier erst einmal »ruhen lassen« könnte. Ideal also, dachte ich.

Ulrike mag aber auch dieses »Ruhen« nicht.

Sie hat Felix zwischenzeitlich auch schon darüber aufgeklärt, dass es keinen Osterhasen gibt. Richtig, natürlich, weil er sich diverse Fragen gestellt hat und weil es in seiner Umgebung genügend »aufgeklärte« Kinder gibt, die die wahren Hintergründe schon herausposaunen. Trotzdem, ich hätte das nicht forciert. Wie immer. Wahrscheinlich ist das einer meiner Grundfehler.

Ulrike will also auch die Frage nach der Kommunion grundlegend regeln und Felix aus der Kirche abmelden. Was soll ich machen? Mich heldenhaft widersetzen? Felix interessiert das alles überhaupt nicht. Kirche ist für ihn *laaaangweilig*.

»Du hättest dich doch früher darum kümmern können, wenn es dir so wichtig ist«, sagt Ulrike und, wie immer, hat sie recht. Und gleichzeitig empfinde ich es als falsch. Wann hätte ich mich denn darum kümmern sollen? In den wenigen Stunden, in denen er bei mir ist? Und wie? Es interessiert ihn doch alles längst nicht mehr.

Also warten wir im »Büro für Kirchenaustritte« und ich habe wieder nachgegeben.

Das ist eben der Unterschied zwischen Paaren und Geschiedenen, denke ich. Paare agieren als Team, egal wie, und sei es noch so chaotisch oder schwammig. Geschiedene wiederum ackern als Konkurrenten. Es ist ein pausenloser Wettkampf: Wer erzieht besser, wer liebt besser? Wer nutzt mehr? *Du* (auf jeden Fall) schadest.

Nur getoppt von der einen alles überragenden Frage: Wen mag Felix lieber?

»Hier bitte unterschreiben«, säuselt die Beamtin mit verschwörerischer Stimme und lenkt unsere Aufmerksamkeit ganz nach unten auf das Dokument. Dort tippt sie zweimal mit dem Zeigefinger.

»Mmh«, sage ich, »im Unterschriftenfeld gibt es aber nur ein Kreuz für ›Verheiratete‹, keines für ›geschiedene Eltern‹.«

Schweigen.

Kurzzeitige Verwirrung. Die Beamtin ist tatsächlich durcheinander. Hinter ihr, an der Wand, hängt ein imposanter Italienisch-Lern-Kalender. Einige Dutzend Abreißblätter stapeln sich in unterschiedlichen Lernpacken zwischen Kaffeetassen und Keksdosen. So wie ich die Frau einschätze, reißt sie wahrscheinlich jeden Morgen gewissenhaft ein Vokabelblatt von ihrem Kalender, noch vor dem ersten Kaffee, mit dem stetigen, ehrgeizigen Vorsatz ausgestattet: *Heute,* und zwar ganz besonders *heute,* endlich all das zu lernen, was sie schon seit Wochen vergessen hat. Um dann nach einer weiteren Stunde zu verzweifeln, wahrscheinlich sogar zu schreien, dass sie wieder zu wenig gebüffelt hat.

»Unterschreiben Sie einfach«, murmelt sie nach einer gefühlten Ewigkeit.

»Aber nicht, dass wir jetzt wieder verheiratet sind, wenn wir das unterschreiben.« Ich mache nur Spaß.

Die Beamtin verzieht keine Miene.

Ulrike wiederum lacht höhnisch. Das gefällt mir.

Die Frau vom Amt tippt wieder mit dem Zeigefinger.

Letztlich unterschreiben wir als ›Ehepaar‹, gemeinsam, nebeneinander, ein merkwürdiges Gefühl, zum ersten Mal seit der Scheidung. Und auch so symbolträchtig, denke ich, denn wir können uns trennen, tagtäglich, aber als Eltern sind wir bis in alle Ewigkeit miteinander verbunden.

Ich muss mich von diesem Unsinn in meinem Kopf verabschieden, denke ich, dass jeder Schmerz und jeder Streit, jede vermeintliche Niederlage und jede vermutete Kränkung etwas Schlechtes ist und all dieses Schlechte wiederum nur wegen der Scheidung geschieht. Es gibt kein Leben ohne Schmerz. Es gibt kein Leben ohne Konflikte. Auch nicht bei den Paaren. Es ist nicht alles *schön.*

Und wir werden einander nicht mehr los.

Der alltägliche Wahnsinn
einer zutiefst verunsicherten Nation

Robert Kisch

MÖBELHAUS

EIN TATSACHENROMAN

Ein renommierter Journalist verliert durch die Wirtschaftskrise seinen Job. Er hat einen kleinen Sohn. Er muss Geld verdienen. Und strandet als Möbelverkäufer in der Provinz. In einem der größten Möbelhäuser der Republik. Er trifft auf ehemalige Maurer, Musiker, Hoteldirektoren, Architekturstudenten – alles dabei im Kreis seiner Kollegen. Robert Kisch berichtet mit spitzer Feder von seinem neuen Leben: absurd, beklemmend, entlarvend.

»Robert Kisch schreibt meisterhaft, kühl und emphatisch.«

Volker Weidermann, Frankfurter Allgemeine Sonntagszeitung

Nach dem gefeierten Debüt Möbelhaus *der zweite Tatsachenroman von Robert Kisch*

Robert Kisch

GLÜCK

EIN TATSACHENROMAN

Gekündigt und geschieden: Robert Kisch sucht sein verlorenes Lebensglück und begibt sich auf eine Reise quer durch Deutschland. Er begegnet einem Physiker, einer Zen-Lehrerin, einem Unternehmensberater, einer Hospiz-Mitarbeiterin und einem ehemaligen Flüchtling. Erstaunt registriert Kisch eine große Bewegung aus der Mitte der Gesellschaft: Menschen, die nicht mehr links oder rechts stehen, sondern die ihr Leben danach ausrichten, was wirklich wichtig ist. Und er findet das, was er für sich längst verloren glaubte.
Dieser mutige Roman öffnet die Augen. Und das Herz.

»Dieses Buch hat mir eine Menge Glück gebracht.«
Christiane Westermann, WDR2

DROEMER